시오노 나나미 | 전쟁3부작

1

콘스탄티노플 함락

시오노 나나미 | 전쟁3부작

최은석 옮김

1

한길사

KONSUTANCHINOPURU NO KANRAKU
by Nanami Shiono

Copyright ⓒ 1983 by Nanami Shiono

Original Japanese edition published by Shincho-Sha Co., Ltd.
Korean translation rights arranged with Nanami Shiono
through Japan Foreign-Rights Centre

Translated by Choi Eun-seok
Published by Hangilsa Publishing Co., Ltd., Seoul, Korea

콘스탄티노플의 정복자 메메드 2세. 콘스탄티노플 함락은 '턱없는 야심에 도취된 풋내기, 잘 봐줘도 선대 술탄이 남긴 영토를 현상 유지하면 다행인 그릇' 정도로 평가되던 술탄 메메드 2세를 일세를 풍미한 영웅으로 바꿔놓았다.

(위) 콘스탄티노플 함락. 1453년, 비잔틴제국의 수도 콘스탄티노플의 함락은 동서를 불문하고 사회적·군사적으로 대변혁을 강제하는 계기가 된 역사적 사건이었다.
(아래)대포의 위력. 술탄은 헝가리의 유명한 대포 기술자를 고용하여 당시 지중해세계 최강이라 평가되던 콘스탄티노플의 삼중 성벽을 파괴할 수 있었다.

보스포루스 해협 연안의 두 요새. 아시아의 성이라는 뜻을 지닌 '아나돌루 히사리'(위)와 건너편 연안에 메메드 2세가 지은 유럽의 성이라는 뜻의 '루멜리 히사리'(아래). 루멜리 히사리의 건설은 보스포루스 해협 항해의 안전을 기하기 위해서라는 표면적인 이유보다는 콘스탄티노플 공략의 기초 준비였다.

대포를 이용한 공성전. 유럽에서는 14세기부터 대포가 사용되고 있었지만 대포의 진정한 위력에 착안해서 이를 활용한 자는 메메드 2세가 처음이었다.

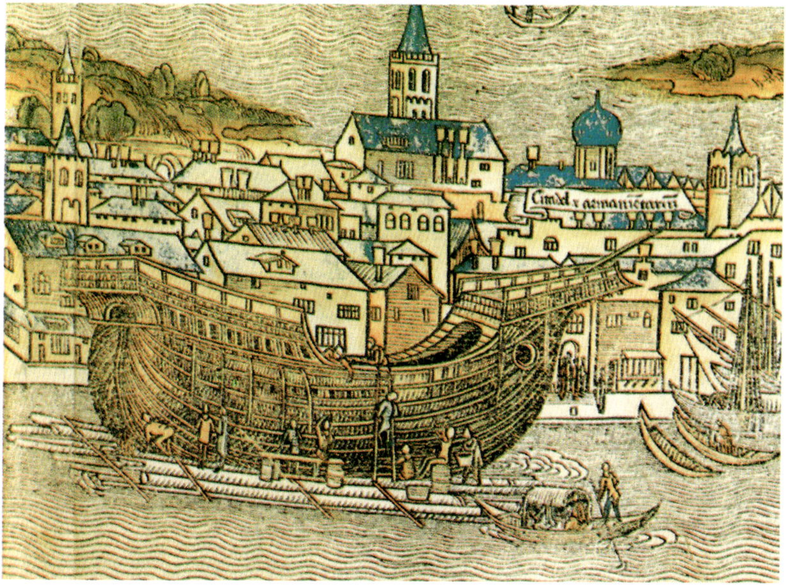

(위)베네치아의 조선소. 제노바와 함께 동방무역을 독점하고 있던 베네치아는 상선과 상선단 호위함대를 지속적으로 건조하기 위한 조선소를 따로 두고 있었다.
(아래)15~16세기 지중해의 군선. 노를 저어 움직이는 갤리선에 큰 삼각돛을 달았다.

메메드 2세의 콘스탄티노플 입성. 스물한 살의 젊은 술탄은 대신들과 장군들, 거기에
이슬람교 고승들까지 거느리고 예니체리 군단의 호위를 받으며 카리시우스 문을 지나
콘스탄티노플에 입성하고 있다.

제4차 십자군의 콘스탄티노플 공략. 비잔틴제국은 1453년 투르크에 의해 완전 소멸되기 이전에도 1204년의 제4차 십자군 원정에 의해 일시적이나마 멸망하고 그 자리에 라틴제국이 창건되기도 하였다.

오늘날의 성 소피아 대성당. 비잔틴제국의 황제 유스티니아누스 1세 때 세워진 가장 상징적인 이 건축물도 콘스탄티노플에 입성한 메메드 2세의 손에 의해 1453년 모스크로 개조되었다가, 1935년부터는 박물관이 되었다.

"아무리 난공불락의 성이라도 시간은 항상 공격자의 편이다"
● 시오노 나나미

콘스탄티노플 함락

17	'전쟁 3부작'을 읽는 독자들에게 보내는 저자의 말
21	두 명의 주인공
41	현장의 증인들
85	콘스탄티노플로!
129	공방전의 시작
153	해전의 승리
165	금각만의 상실
179	최후의 노력
203	무너져가는 사람들
213	콘스탄티노플 최후의 날
231	에필로그
265	2천 년 로마에 바치는 조가 | 옮긴이의 말

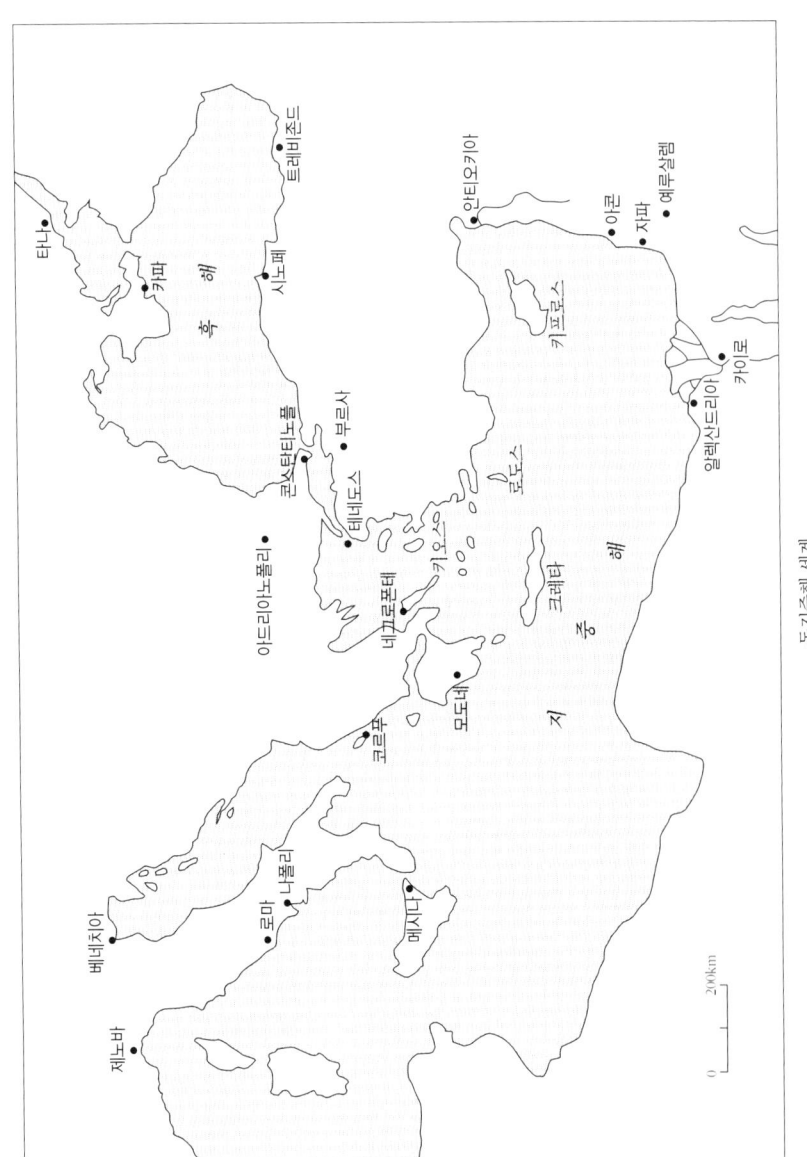

동지중해 세계

'전쟁 3부작'을 읽는 독자들에게 보내는 저자의 말

 호메로스의 『일리아스』를 처음 읽은 것은 열여섯 살의 여름날이었다.

 눈앞의 모든 것이 한순간에 달라진 것 같았다. 뭐라 말하기 힘든 막막한 감정으로, 자기 속에서 무엇이 어떻게 변했는지 확실치는 않았다. 어쩌면 내가 지금까지 해온 글쓰기는 이 막막한 감정을 분명히 그려내려 한 시도였을지도 모르고, 앞으로 남은 삶도 이를 위해 살아갈지도 모르겠다.

 이렇듯 『일리아스』를 통해 지중해 세계에 매료되었기에 전쟁을 그려보고 싶다는 생각을 한시도 잊은 적이 없다. 여느 전쟁이 아니라 『일리아스』에 묘사된 것 같은 다른 문명 간의 대결로서의 전쟁을 말이다.

 이런 유의 전쟁 중에 내가 감당할 수 있는 범위인 르네상스 시대에 지중해 세계에서 일어난 것으로는 세 가지밖에 없다.

 1453년의 콘스탄티노플 함락과, 1522년의 로도스 섬을 둘러싼 공방전, 그리고 1571년의 레판토 해전.

그 시대를 살았던 사람들로서는 불행하기 그지없는 일이지만 전쟁이 이렇게 세 번만 일어났던 것은 물론 아니다. 그래도 역사적인, 바꿔 말해서 전쟁을 계기로 뭔가가 바뀌었다는 관점에서 보면 이 세 전투를 드는 것이 좋지 않을까 생각했다.

그렇다고 해서 열여섯 살 때부터 이 세 전투를 써야지 하고 생각했던 것은 아니다. 그로부터 10년 뒤 처녀작 『르네상스의 여인들』을 썼을 때까지도 그런 생각은 없었다. 이 생각이 머릿속에 움트기 시작한 것은 역시 25년이 지나서 베네치아공화국의 통사인 『바다의 도시 이야기』를 준비할 때였던 것 같다.

『콘스탄티노플 함락』과 『레판토 해전』은 베네치아공화국과 직접적으로 연관되어 있다. 그리고 『로도스 섬 공방전』도 베네치아 쪽 사료가 없으면 도저히 쓸 수 없다. 즉 이 세 가지 '결정적 전투'는 베네치아에 지금도 남아 있는 상세하고 객관적인 사료들을 공부하는 동안 내 머릿속에서 꼴을 갖추었고, 그것이 운좋게도 열여섯의 그 여름날 이래 가슴 속에 품어온 지중해를 무대로 전쟁 이야기를 쓰고 싶다는 생각과 맞아떨어졌다고 할 수 있겠다. 『바다의 도시 이야기』를 쓴 뒤에야 이 지중해 전쟁사 3부작을 쓰기 시작한 사정은 그런 데 있다.

호메로스의 『일리아스』에서 뭔가 가져올 게 있을까 하고 몇 번이고 읽어보았지만, 인간을 그리는 것을 제일의로 한다는 것을 빼고는 달리 가져올 것이 없었다.

그 책에서는 신들의 응원이라는 유쾌한 부분이 꽤 중요한 위치를 차지하고 있기 때문이다. 그리스군을 응원하던 것은 아테나 여신 등 여러 신들이고, 트로이 쪽의 응원단장은 포세이돈이라는 식이어서 재미는 있지만 르네상스 시대에는 도저히 맞지 않는다고 생각되어 단념할 수밖에 없었다.

두번째로, 흉내내고 싶어도 그럴 수 없었던 것이 하나 있는데, 10년에 걸친 전쟁을 전쟁 10년째부터 쓰기 시작하는 호메로스의 방법이었다. 호메로스는 역시 천재라는 것을 통감하긴 했지만, 어쨌든 흉내는 낼 수 없었다.

동로마제국의 수도 콘스탄티노플을 둘러싼 공방전은 50일 남짓, 로도스 섬을 둘러싼 공방은 6개월, 그리고 레판토 바다의 전투는 5시간도 안 되어 결판이 났다. 이런 전투를 묘사하는 데, 아무리 감격했다 할지라도 호메로스의 방식을 차용할 수는 없는 것이다. 10년 동안 계속되야 10년째부터 쓰는 방식이 살아날 수 있으니 말이다.

결국 세 전투 각각을 이렇게 쓰는 게 제일 낫겠다 싶은 방식에 따라 썼다. 50일에는 50일에 어울리게, 6개월은 6개월에 어울리게, 그리고 5시간은 그 5시간으로 치닫는 부분은 크레센도(점점 세게)로, 5시간이 지난 뒤에는 데크레센도(점점 여리게)로.

3부작 모두에 참고문헌은 붙이지 않기로 했다. 주요 참고문헌은 『바다의 도시 이야기』 하권 뒷부분에서 다 소개해두었기 때문이다. 이 역시도 베네치아공화국사를 쓴 뒤에야 이 전쟁사 3부작을 쓸 수 있었던 사정을 반영한 것이겠다. 베네치아가 남긴 사료를 읽으면서 정확하고 객관적인 기록을 남기는 것만큼 후세에 효과적으로 선전하는 것도 없다는 생각을 하고 있는 요즘이다.

1987년 봄 피렌체에서
시오노 나나미

두 명의 주인공

수도 콘스탄티노플

한 도시의 함락이 국가 전체의 멸망으로 이어지는 예를 역사에서 찾기란 그리 어렵지 않다. 하지만 한 도시의 함락이 오랜 세월 지속적으로 주변 세계에 영향을 미쳐온 한 문명의 종언으로까지 이어지는 예가 인류의 긴 역사에서 과연 몇이나 될까? 더구나 그 함락이 연도뿐만 아니라 몇 월 며칠, 아니 몇 시에 일어났다는 것까지 분명히 전해지는 예라면……. 콘스탄티노플은 멸망한 날짜가 뚜렷할 뿐 아니라 탄생한 날도 뚜렷하다는 점에서 분명히 보기 드문 도시이다.

서기 330년 5월 1일을 기점으로 해서 보스포루스 해협 연안의 이 도시는, 그때까지 쓰던 비잔티움이라는 이름을 버리고 창립자 콘스탄티누스 대제의 이름을 따서 '콘스탄티누스의 도시'라는 뜻인 콘스탄티노폴리스로 불리게 된다. 이것이 비잔틴제국이라고도 불리는 동로마제국, 다시 말해 그리스어를 공용어로 사용하는 로마제국 1123년 간의 수도가 된다.

여기서는 일상적으로 통용되는 표기법대로 영어식 발음에 따라 콘스탄티노플이라 쓰겠지만, 사실 이 도시가 1천여 년 세월 동안 콘스탄티노폴리스라는 그리스·라틴식 명칭 하나만으로 불렸던 것은 아니다. 이 도시와 어떤 식으로든 관계를 가졌던 민족들은 각기 자국어 발음으로 이 도시를 불러왔다. 예컨대 이 도시의 말년에 긴밀한 관계를 가졌던 이탈리아는 자기들 식으로 콘스탄티노폴리라 불렀다. 현재 이 도시의 공식 명칭인 '이스탄불'도 콘스탄티노폴리스를 터키어식으로 부르던 것이 오랜 세월을 거치면서 본래 이름을 알아볼 수 없을 정도로 변해버린 결과일 뿐이다.

아드리아노폴리스가 현대 터키어에서 '에디르네'로 발음되는 것과 마찬가지인데, 이런 식으로 따지면 원래 뜻이 '하드리아누스의 도시'인 아드리아노폴리스도 제국이 멸망하기 100여 년 전에 터키의 수도가 되었으므로 이렇게 그리스·라틴식으로만 부를 수는 없다. 하지만 당시에는 투르크인들 자신도 에디르네라는 이름을 쓰지 않았으므로 굳이 이 명칭을 고집할 이유도 없다. 따라서 이 책에서는, 사료에서 가장 자주 쓰이는 명칭인 이탈리아식 발음 '아드리아노폴리'로 통일할 수밖에 없었다.

서쪽 로마가 쇠락의 길을 걷고 있던 만큼 '신(新) 로마'로도 불린 콘스탄티노플의 빠른 발전상은 당시 사람들의 주목을 끌기에 충분했을 것이다. 더구나 이 도시는 유럽과 아시아를 연결하는 요충지에서 태어났기에 그 탄생 시점부터 이미 지중해 세계 전체의 수도로 자리잡을 운명을 지니고 있었던 것이다.

이 '신 로마'가 서쪽 로마와 완전히 다른 면모를 보인 부분이 하나 있다. 동쪽 로마는 처음부터 기독교를 주요소로 하는 제국이었던 것이다. 동로마제국의 황제가 공식 석상에서 걸치는 기다란 망토는 보라색이 아니라 주홍색이었다. 고대 로마제국에서 황제의 색이었던 보라색을 기독교회는 죽음의 색, 상복의 색으로 삼았기 때문이다.

흔히 4세기의 창립 당시부터 이미 동로마제국은 서로마제국보다 더 활기가 넘쳤다고 하지만, 지중해 세계의 수도로서 지위를 확립한 것은 역시 종가라 할 수 있는 서로마가 멸망한 5세기 말부터일 것이다. 그리고 그로부터 한 세기도 채 지나지 않은 6세기 중반에 동로마제국의 세력권은 최대 판도를 보여주었다. 전성기 고대 로마제국에는 못 미친다 해도 유스티니아누스 황제 때 비잔틴제국의 영토는 서로는 지브롤터 해협, 동으로는 페르시아와의 경계까지, 북으로는 이탈리아에 접한 알프스 산맥, 남으로는 나일 강 상류에까지 미쳤던 것이다(지도1 참조).

하지만 십자군 원정이 시작되는 11세기에 이르면 이 세력권은 대폭 축소되기 시작한다. 서유럽 기독교 세력과 동방 이슬람교 세력이 맞부딪힌 이 시대에, 교리 문제로 가톨릭과 분리된 그리스 정교의 본거지 비잔틴제국은 이 두 신흥 세력의 틈바구니에서 어정쩡한 중간자로 남게 되었다. 동지중해 제해권이 비잔틴인의 손아귀를 떠나 해양 도시국가인 제노바와 베네치아의 수중

지도1 565년경 유스티니아누스 대제 시대의 비잔틴제국

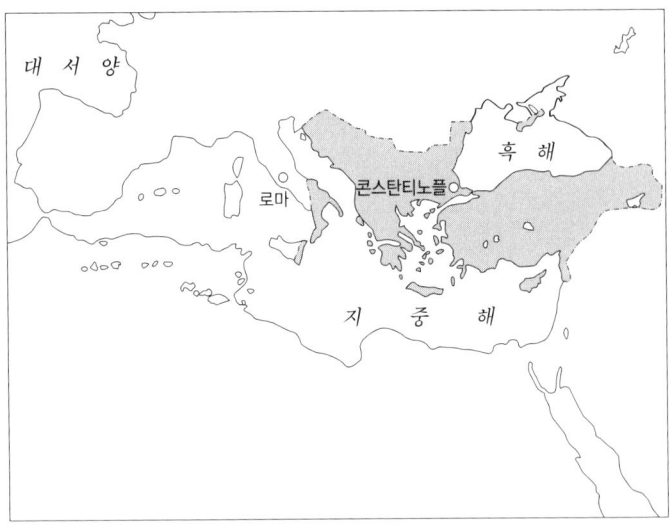

지도2 십자군 원정이 시작되는 11세기의 비잔틴제국의 세력권

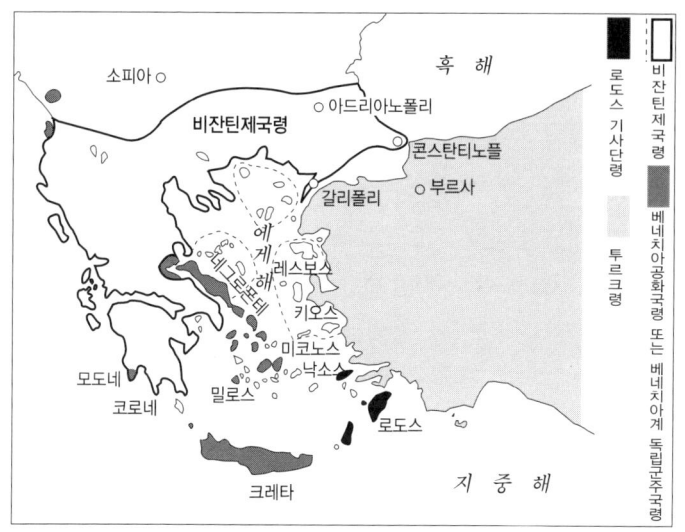

지도3 1340년 당시의 동지중해 세계 세력분포도

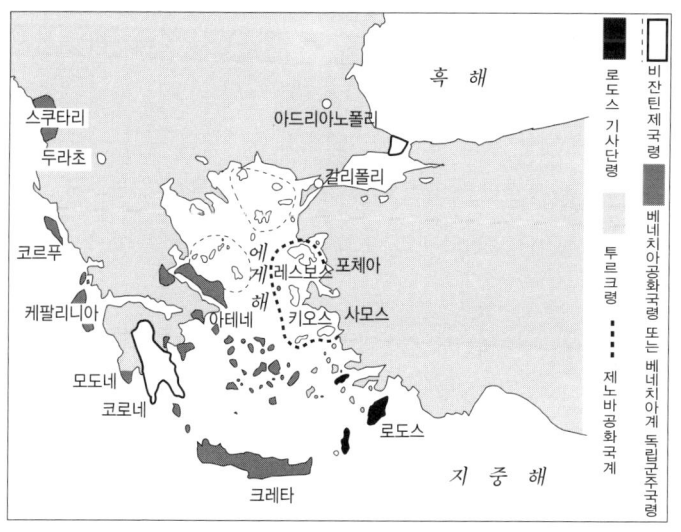

지도4 1402년 당시의 동지중해 세계 세력분포도

으로 옮겨간 것도 이 시대의 일이다(지도2 참조). 이 상태가 계속 유지되다가 1204년의 제4차 십자군 원정에 의해 일시적이나마 제국은 멸망하고 그 자리에 라틴제국이 창건되었다. 이 시기에 동로마제국의 핏줄을 이은 것은 콘스탄티노플의 망명자들이 소아시아 지역에 세운 니케아제국뿐이었다.

비잔틴인들은 불과 60년 만에 '라틴인'을 몰아내버리고 콘스탄티노플로 돌아왔지만, 불행히도 당시 동방에서는 만만치 않은 적이 성장을 거듭하고 있었다. 그들은 바로 아나톨리아 땅에서 힘을 쌓고 있던 오스만 투르크족이다. 이후 1세기 동안 비잔틴제국이 후퇴에 후퇴를 거듭하는 모습은 아무리 성자필쇠(盛者必衰)가 역사의 이치라고는 해도 무심히 바라보기가 힘들 정도이다(지도3, 4 참조).

투르크가 보스포루스 해협을 건너 유럽 땅을 차례차례 정복해 간 결과, 일찍이 영광으로 빛나던 대제국의 영토는 수도 콘스탄티노플 주변을 빼고 나면 펠로폰네소스 반도의 일부 정도만 남게 된다. 남쪽으로 펼쳐진 에게 해는 인구가 기껏해야 20만도 안 되는 베네치아와 제노바라는 이탈리아 해양 국가들이 장악하고 있었다.

6세기부터 10세기에 걸친 비잔틴제국의 전성 시대, 콘스탄티노플의 인구는 교외를 포함해서 100만이라 일컬어졌다. 그러던 것이 15세기가 되면 10만이나 될까말까 한 정도로 줄어든다. 도시 지역의 인구 밀도만 따지면 오히려 베네치아나 제노바 쪽이 더 높을 정도였다. 뿐만 아니라 냉철하고 합리적인 사고를 자유롭게 구사함으로써 르네상스 문명의 창조자가 된 당시 이탈리아인들이 보기에 15세기 비잔틴인들은 정신의 문제인 종교와 지상의 문제인 정치를 분리하려 하지 않는 중세적인 비합리주의자들의 떼거지였고, 종교 토의에만 열중할 뿐 공동체의 효율적 운영에 필수불가결한 적극성과 협조의 정신이 전혀 없고 미신에 쉽게 동요하는, 한마디로 정말 칠칠치 못한 민족일 뿐이었다.

이처럼 영토면에서는 투르크에 포위되어 있으며 군대는 없는 거나 마찬가지고, 경제적으로는 서유럽 상인 국가들에 지배당하고 있던 15세기 비잔틴제국을 이끌던 황제가 우연히도 창립자와 이름이 같은 콘스탄티누스 11세였다. 동로마제국 최후의 황제가 된 그는, 스러져가는 우아한 문명을 체현하는 듯 명예를 중히 여기되 온화한 성품을 잃지 않는 마흔아홉의 세련된 신사였다. 결혼을 두 번이나 했지만 두 번 다 황후가 먼저 세상을 떠났고 슬하에 자식도 없었다.

바로 이 콘스탄티누스 황제에게 고대 그리스·로마 문명의 영향을 받았지만 이들과는 다르고, 오리엔트 문명을 충분히 흡수하면서도 자기만의 독자성을 지켜온 비잔틴 문명의 상징, 콘스탄티노플을 지키라는 사명이 주어진 것이다. 상대는 갓 스무 살 난 투르크 청년이었다.

술탄 메메드 2세

서기 1300년을 전후하여 소아시아 내륙부 아나톨리아 땅에서 힘을 결집하기 시작한 오스만 투르크 민족을 주목한 동시대인은 한 명도 없었을 것이다. 그런데 그로부터 불과 28년 뒤에 그들은 마르마라 해에 인접한 도시 부르사를 정복했다. 영토 확장의 진로를 서쪽으로 정한 것은 동쪽의 몽골제국이 벅찬 상대인 데 반해 서쪽의 비잔틴제국은 이미 약골로 전락했기 때문이었는데, 아나톨리아 유목민족으로서는 자연스런 선택이었을 것이다. 투르크인들은 정복한 부르사를 수도로 삼았는데 이즈음의 소아시아는 이미 투르크 세력 일색이었다.

그들은 이 정도로 만족하지 않았다. 투르크 민족의 서진(西進)은 그뒤로도 계속되어 1354년에는 갈리폴리가 그들에게 정복되었다. 다르다넬스 해협에 면한 항구 도시 갈리폴리는 아시아가 아니었다. 맨 끄트머리라고는 해도 엄연히 유럽인 것이다. 뿐만 아니라 이 도시는 에게 해에서 다르다넬스 해협과 마르마라 해를 지난 다음 그대로 북상해서 콘스탄티노플로 향하는 항로에서 중요한 의미를 지니는 요충지이기도 했다. 그 때문에 갈리폴리 함락은 뺏긴 측인 비잔틴제국뿐 아니라 이곳을 통해 콘스탄티노플이나 흑해 연안의 여러 도시들과 교역해서 번영을 누리던 서유럽 해양 국가들까지도 자극한 사건이었다. 당시로서는 가장 뛰어난 정보망을 자랑하던 베네치아공화국에 신흥국 투르크의 위협을 알린 첫번째 첩보가 접수된 것은 바로 이해의 일이었다.

자력으로 반격할 능력이 이미 오래전에 사라져버린 비잔틴제국, 서유럽 안에서 벌어진 내분에 힘을 쏟아야 했던 베네치아와 제노바라는 양대 해양 세력 모두가 이에 대처할 기회를 놓치고 있는 동안 발칸 지방을 향한 투르크의 진공은 착실히 추진되었다.

1362년, 아드리아노폴리 함락

1363년, 필리포폴리 낙성(落城)

트라키아 지방이 완전히 투르크의 수중에 떨어진 셈이다. 2년 뒤 투르크는 수도를 아시아의 부르사에서 유럽 땅의 아드리아노폴리로 옮겼다. 이후로도 서진을 계속하겠다는 생각을 이보다 더 확실히 보여주는 것도 없었다. 트라키아와 잇닿아 있는 불가리아, 마케도니아, 그리고 비잔틴제국까지도 즉시 동요하기 시작했다. 불가리아는 물론이거니와 공식적으로는 비잔틴령인 마케도니아도 투르크의 속국이 되어 연공금과 군사를 제공하겠다고 약속했다. 비잔틴제국 황제도 매년 술탄의 궁정으로 연공금을 바치고 술탄이 원정에 나설 때는 황제나, 황제가 안 되면 황족 한 명이 군사를 이끌고 종군한다는 의무까지 떠안게 되었다.

그뒤로도 투르크군은 날 때부터 패전을 모르는 이들처럼 연전연승을 거듭했다. 1385년에 불가리아의 수도 소피아가 함락되었고, 1387년에는 마케도니아의 테살로니카도 투르크의 수중에 떨어졌다. 비잔틴제국의 속국화도 끊임없이 진행되어, 다반사처럼 벌어지는 황족간 분쟁으로 차기 황제를 결정짓지 못하자 투르크의 술탄이 결정해주기를 기다렸다가 간신히 결말을 지은 때도 있을 정도였다. 14세기 말이 되면 비잔틴제국 황제의 힘이 미치는 지역은 수도 콘스탄티노플 주변 및 펠로폰네소스 반도 내륙부로 국한된다. 황제가 직접 서유럽까지 가서 투르크에 맞서기 위한 원군의 파견을 청한 것도 이 시기의 일이다. 동지중해 세계의 실상을 아는 사람에게 당시 비잔틴제국의 운명은 바람 앞의 등불 같아 보였을 것이다. 이 시기에 이르러 투르크의 콘스탄티노플 포위망은 어떤 낙관론자도 만만히 볼 수 없을 만큼 완벽하게 구축되어 있었다.

그러나 '투르크의 대군, 콘스탄티노플로 진군중'이라는 소식에 급히 조국으로 돌아온 마누엘 2세는 투르크의 위협이 하루아침에 사라져버렸다는 전혀 뜻밖의 보고에 접하게 된다. 이해 1402년에, 술탄 바예지드가 이끈 투르크의 대군은 소아시아의 앙카라에서 티무르가 이끄는 몽골군에 맞서 전투를 벌인 끝에 완패를 기록한 것이다. 술탄까지도 포로가 되어버리는 처지에 놓인 채 몽골에 쫓기는 신세가 된 투르크군은 그토록 많던 군사가 다 어디로 가버렸는지 의심스러울 정도로 완전히 소멸해버렸다. 투르크 병사들의 잔학성도 유명했지만 몽골인의 잔학성은 투르크보다 훨씬 더했다. 몽골군이 지나간 자리에는 개 짖는 소리, 어린아이 울음소리 하나 들리지 않는다는 말이 나돌 정도였다.

술탄까지 적의 포로가 되는 완패를 처음으로 겪은 탓에 공황상태에 빠져든 투르크 궁정은 곧바로 내분이 일기 시작했다. 이 내분 상태는 그로부터 3년 뒤 티무르가 죽고 몽골제국이 급격히 붕괴해간 뒤에도 수습되지 않았다. 이에 비잔틴제국을 필두로 하여 그때까지 투르크의 속국 신세로 전락해 있던 나라들은 자유를 되찾을 호기가 왔다고 판단했다. 하지만 이들 각국은 연공금을 끊고 군사 지원 요청을 묵살했을 뿐, 투르크가 패전과 내분의 타격에서 벗어나는 데 걸린 20년이라는 세월을 자국의 방위력을 증강시키는 데는 전혀 활용하지 않았다. 실제로 20년 뒤에 투르크가 다시 공세로 전환하자 이들 각국은 어쩔 줄 몰라 했다. 결국 방어에 성공하긴 했지만 콘스탄티노플이 한때 투르크군에 포위되었고, 비잔틴제국 이하 여러 나라들은 술탄 무라드 2세의 요구에 즉각 굴하여 20년 간 끊고 있었던 연공금을 지불하고 군사를 제공한다는 약속을 해야만 했다. 다시 1402년 당시의 상황으로 돌아간 것이다.

술탄 무라드는 재차 지배망에 편입된 영토를 다지는 데 전념하는 쪽이 더 낫다고 믿었던지, 그때부터 거의 30년 동안 대규모 침략 행동에는 나서지 않았다. 전투가 간간이 벌어지긴 했지만 대부분 방위전이었으며 콘스탄티노플에는 손끝 하나 대지 않았다.

사실 당시의 콘스탄티노플은 비잔틴제국의 수도이긴 했어도 일종의 자유 무역항 같은 곳이었다. 여기를 기지로 삼아 제노바·베네치아가 주축이 된 서유럽 통상 국가와 아라비아나 아르메니아, 유대인 등 오리엔트 지방의 전통적인 상업 민족이 상업 경쟁을 벌이고 있었던 것이다. 투르크 민족은 같은 이슬람교도인 아라비아인과 달리 본질적으로 유목민이어서 상업에 능수능란하지 못했다. 이처럼 자신이 서툰 분야를 다른 민족이 대신 해주고, 거기서 생긴 이익으로 투르크의 수도 아드리아노폴리도 풍요로워진다면 단순한 자유 무역항으로서의 콘스탄티노플의 존재 정도는 묵인해도 좋다고 생각했을지도 모른다. 무라드가 가장 두터운 신임을 하고 있었던 재상 할릴 파샤는 친(親)서유럽, 친비잔틴파로 알려져 있었다.

한편, 베네치아도 투르크와 공식적인 우호통상조약을 맺고 콘스탄티노플을 기지로 삼아 소아시아 및 흑해 연안과 교역함으로써 막대한 이익을 거뒀다. 정말로 현실적인 시각에서 공존공영을 목적으로 한 타협점을 찾는다면 콘스탄티노플만으로 움츠러든 비잔틴제국을 온존시키는 것이 제일 낫다는 분위기가 15세기 전반기에는 지배적이었던 것이다.

그러나 비잔틴제국도 서유럽 세력도, 그즈음 소아시아 땅에서 알렉산드로스 대왕이나 율리우스 카이사르의 생애에 이상할 정도로 관심이 많은 한 청년이 성장하고 있었음을 알지 못했다.

메메드 2세(무하마드 2세)는 1432년에 투르크의 수도 아드리아노폴리에서 술탄 무라드의 셋째 아들로 태어났다. 모친은 출생이 천한 기독교도 노예였다고 하는데, 술탄은 아들을 낳아준 이 여자 노예를 그다지 총애하지 않았던 듯하다. 태어난 지 2년 만에 메메드는 맏형이 총독으로 있던 소아시아의 도시 아마시아로 어머니, 유모와 함께 옮겨갔기 때문이다. 그런데 3년 뒤에 맏형이 세상을 떠난다. 이에 따라 당시 다섯 살이던 메메드가 아마시아 총독으로 임명되었는데, 그렇다고 해서 그가 특별히 술탄의 총애를 받았던 것은 아니다. 술탄의 아들 자격으로 아드리아노폴리에서 개최된 연회에는 때때로 불려가기도 했던 것 같다.

둘째 형이 아마시아로, 그가 마니사로 서로 자리를 바꿔 임명된 것은 그로부터 얼마 지나지 않아서였다.

1443년, 신원불명의 암살자에 의해 둘째 형이 살해당한 것이 계기가 되어 당시 열한 살이던 메메드는 술탄의 후계자가 되었다. 이제 세상에 하나뿐인 후사가 된 만큼, 지금까지 그를 총애하지 않던 아버지 술탄에게도 그를 수도로 불러들일 마음이 생겼을 것이다. 어머니의 곁을 떠나 아드리아노폴리의 궁정으로 거처를 옮긴 메메드는 아직 어린 소년이었지만, 전투 때문에 수도를 비울 때가 많았던 아버지를 대신해서 술탄의 부재시 섭정을 행해야 했다.

이런 때에 메메드를 보좌한 이가 재상 할릴 파샤였다. 하지만 그는 보좌관이라기보다는 감시자였고, 주인의 언동을 도저히 납득할 수 없을 때는 당당히 반대 의견을 내놓을 뿐만 아니라 빨리 말을 거둬들이라 재촉할 때도 드물지 않았다. 그가 이처럼 행동할 수 있었던 것은 기독교 노예 출신 대신들이 많은 투르크 궁정에서 재상까지 지낸 아버지를 둔 순수 투르크 혈통의 명가 출신은 자기 혼자뿐이란 것 때문만은 아니었다. 할릴이 정무를 집행할 때 보여주는 뛰어난 균형 감각을 술탄 무라드가 완전히 신뢰하고 있었기 때문이었다. 이 아버지는 아들에게 할릴 파샤가 비록 신하이더라도 '라라', 곧 선생님이라 부르게 했다.

그런데 그 다음해 바르나 전투에서 기독교군을 상대로 대승을 거둔 술탄 무라드는 이로써 당분간 투르크 영토는 걱정하지 않아도 된다고 생각했는지 돌연 은퇴를 선언했다. 아직 마흔 살밖에 안된 그의 결심은 투르크 국민뿐 아니라 서유럽 세계까지 깜짝 놀라게 했는데, 재상들의 탄원에도 불구하고 무라드의 결심은 변하지 않았다. 열두 살 난 아들에게 자리를 물려주고 곧장 마니사에서 은거를 시작해버린 것이다. 이러한 권력의 이양을 믿을 수 없었던 베네치아의 첩보기관은 그뒤로도 유럽의 아드리아노폴리에 있는 메메드를 '유럽의 술탄', 소아시아 마니사에 은거하고 있는 무라드를 '아시아의 술탄'이라 칭했다.

실제로 메메드가 권력을 장악할 수 있었던 것은 불과 2년 정도밖에 되지 않았다. 갑자기 수도로 온 아버지가 재차 술탄의 자리에 앉은 것이다. 일종의 쿠데타인 이 사건을 배후에서 획책한 이는 재상 할릴 파샤로 되어 있다. 콘스탄티노플 공략의 뜻을 드러내기 시작한 열네 살의 메메드에게 불안감을 느꼈다든가, 메메드가 예니체리 군단의 신뢰를 얻지 못하는 데 절망했기 때문이라는 등의 이유가 거론된다. 무라드에게 돌아와달라고 청한 이는 재상이었지만, 다른 두 명의 대신, 이샤크 파샤와 사루쟈 파샤도 할릴에게 동조했다. 남은 한 명의 대신 자가노스 파샤만은 메메드파였던 것 같다. 어쨌든 정작 당사자인 메메드는 아버지가 수도에 도착한 날 사냥을 나가서 아무것도 몰랐고, 궁전에 돌아왔을 때는 이미 모든 것이 끝나 있었다.

그날 이후, 술탄 무라드는 아들 메메드에게 마니사에서 칩거할 것을 명했다. 바로 얼마 전까지 부친이 은거하던 곳이라고는 하지만 추방이나 다름없었다. 다시 친정(親政)을 시작한 무라드는 할릴, 이샤크, 사루쟈 등 세 대신의 유임을 선언했다. 보좌를 충실히 수행하지 못했다는 이유로 아시아로 좌천된 이는 자가노스 파샤 한 명뿐이었다.

메메드의 체면은 완전히 짓뭉개진 것이다. 열네 살이면 이제 어른 대접을 받아도 무리 없는 나이였으며, 누구보다도 자긍심이 강했던 그였던 만큼 이런 식의 사태 전개는 참기 어려운 굴욕이었을 것이다. 따라서 이전과는 완전히 다른 기분으로 마니사에서의 생활을 영위했음에 틀림없다. 간혹 아버지가 전장에 나설 때 따라나서기도 했지만 전장에서의 메메드에 관해 특별히 기록된 것은 없다. 나중에 이 방면에서 훌륭한 재능을 보인 그이므로, 이때의 평범함은 아버지인 술탄이 그가 활약할 여지를 주지 않았기 때문이리라. 수도에서 멀리 떨어진 마니사의 메메드는 전쟁보다는 여색·남색을 불문하고 난행에 젖어 지내는 것으로 이름을 떨쳤다.

추방 2년째에 그는 아들 바예지드를 얻었다. 생모는 원래 기독교도 출신인 알바니아 여자로 메메드 자신의 어머니와 마찬가지로 신분이 낮은 여자 노예였다. 그리고 다시 1년이 지난 뒤 이번에는 언니가 카이로의 술탄에게 시집갔을 정도로 뼈대 있는 투르크 명가의 딸을 본처로 맞아들였다. 하지만 열여섯 살의 남편은 미모로는 언니 이상이라고 소문이 자자했던 이 아내를 전혀 사랑하지 않은 것 같다. 둘 사이에 아이가 생기지 않았다. 이즈음 어머니가 세상을 떠났다.

이런 생활이 5년째에 접어든 1451년 2월, 메메드는 마니사

땅에서 부친의 서거 소식을 들었다. 이슬람교의 가르침을 거스르고 술을 무척이나 많이 마셨던 무라드는 돌연 졸도하여 혼수상태에 빠져든 지 나흘 만에 숨을 거둔 것이다. 그의 나이 이제 겨우 마흔일곱. 재상 할릴은 이런 경우의 관습에 따라 일단 술탄의 죽음을 공포하지 않고 급히 마니사로 사신을 보냈다. 메메드가 사실을 안 것은 부친의 죽음 이후 사흘이 지나서였다고 한다.

 이제 두 달만 있으면 열아홉 살이 될 이 청년은, 새 술탄의 수도 입성에 어울리는 준비가 갖춰질 때까지 기다릴 수 없었다.

 "나를 따를 자, 오라!"

 단지 이 말만 던지고 애마인 아라비아산 흑마를 타고 기수를 북으로 돌려 달려갔다. 대신들과 예니체리 군단이 여태까지 자신을 어떻게 평가해왔는지는 익히 알고 있다. 더구나 수도에는 아직 갓난애라고는 해도 배다른 동생이 있다. 투르크 명문가 출신으로 무라드의 총애를 듬뿍 받은 여자가 낳은 자식이다. 밤낮없이 말을 달리고 또 달린 청년이 비로소 몸을 쉬인 곳은 다르다넬스 해협을 건너 갈리폴리로 향하는 배 위에서였다.

 1451년 2월 18일, 메메드 2세는 정식으로 술탄의 자리에 즉위했다. 선대 술탄 때의 투르크 중신들이 널따란 정전(正殿)을 메우고 있었지만, 하렘의 우두머리인 환관 외에는 누구 하나 젊은 술탄이 앉아 있는 옥좌에 가까이 가려 하지 않았다. 재상 할릴 파샤도, 대신 이샤크 파샤와 사루쟈 파샤도 멀찍이 서 있을 따름이었다. 정전에 있는 이들 중에 여태까지의 사정을 모르는 사람은 한 명도 없다. 팽팽하게 긴장된 분위기가 정전 안을 무겁게 짓누르고 있었다. 그때 메메드 2세의 목소리가 울려 나왔다.

"왜 내 대신들은 그렇게 멀리 있는 건가?"

그는 옆에 있던 환관에게 말했다.

"할릴에게 자기 자리로 돌아가라 이르라."

무겁고 답답했던 공기가 순식간에 사라졌다. 이로써 할릴 이하 선대 술탄 시절 대신들의 유임이 정해진 것이다. 옥좌 우측으로 늘어선 중신들을 향해 메메드는 말을 이어갔다.

"이샤크 파샤는 아나톨리아 군단을 이끌어 돌아가신 아버님의 시신을 부르사의 묘소까지 모시도록 하라."

옥좌 앞에 나온 이샤크 파샤는 바닥에 이마를 조아리는 투르크식 예를 취한 다음 그 명을 받들었다. 이윽고 선대 술탄의 총비(寵妃)가 입장하여 술탄의 즉위를 축하했고, 공손한 태도로 치사를 다 들은 메메드 2세는 이샤크 파샤로 하여금 그녀를 처로 삼게 했다. 하지만 정전에서 이런 광경이 펼쳐지는 동안 하렘의 욕실에서는 메메드의 어린 이복동생이 욕조 속에서 죽어가고 있었다. 훗날 투르크제국의 관습이 된 술탄 즉위 직후의 동생 살해는 이처럼 메메드 2세에 의해 선례가 마련된다.

목이 잘려도 할 말이 없다 생각하던 할릴 파샤의 유임도, 이에 안도하여 가슴을 쓸어내리던 사람들이 생각하던 것만큼 단순명료한 문제는 아니었다. 할릴의 맹우(盟友)이자 정책상의 동조자인 이샤크 파샤는 선대 술탄의 장례를 마친 뒤 아나톨리아에 머물라는 명령을 받았고 수도 귀환도 불허되었다. 맹우들은 교묘하게 갈라 세워진 것이다. 그리고 그 대신 선대 술탄이 좌천시킨 자가노스 파샤가 수도에 들어왔다.

비잔틴제국도 서유럽 각국도 이 일련의 현상이 지니는 의미를 깊이 생각지 않았다. 새로 즉위한 술탄은 비잔틴제국을 비롯하여 오리엔트 여러 나라들이 술탄 무라드 시대에 체결한 우호·불가침조약을 갱신하는 데 어떤 난처한 요구도 하지 않았기 때문이다. 제노바나 베네치아와의 우호통상조약 갱신도 전혀 문제없이 이뤄졌다. 그리고 이 젊은 술탄은 세르비아 왕의 여동생으로 술탄의 하렘에 헌상되었던 마라를, 그녀가 하렘에 들어올 때 가져왔던 지참금에 갖가지 선물과 여유 자금까지 주어서 고국으로 돌아가게 했다. 마라는 하렘에 있을 때도 기독교를 버리지 않았음을 서유럽 세계도 익히 알고 있었기 때문에 이 조치는 곧 새 술탄이 기독교도에 대해 온건한 태도를 취하리라는 증거라고 해석하는 이가 많았다. 유럽 여러 나라는 열아홉 살 난 새 술탄을, 위대한 무인이자 의로운 사내였던 아버지의 뒤를 이어 그 유산을 지키는 데 온 힘을 쏟을 그릇이라 평가한 것이다.

하지만 그렇게 쉽사리 낙관할 수만은 없었던 사람들이 적으나마 있었다. 그 중 한 명이 비잔틴제국 황제 콘스탄티누스 11세이다. 황제는 투르크와 비잔틴 간의 상호불가침조약이 갱신되었음에도 불구하고 메메드 2세 즉위 후 불과 한 달 만에 서유럽 세계에 원군 파견을 요청하는 사절을 보냈다. 이 문제는 그리스 정교회와 가톨릭 교회의 재합동이라는 골치 아픈 문제와 뒤엉켜 있는 만큼 사태가 간단히 해결되리라고는 당사자인 황제조차도 기대할 수 없는 일이었다.

현장의 증인들

1452년 여름, 베네치아

"왜 병원이란 데는 어딜 가나 이렇게 시끄러운 거야?"

니콜로는 병실을 차례차례 지나치며 답이 뻔한 질문을 새삼스레 다시 던지고 이리저리 머리를 굴린다. 파도바 대학 의학부에 입학한 해부터 헤아리면 벌써 10년도 넘는 세월이 흘러갔다. 그런데도 병원이 시끄럽다며 화내는 버릇만은 교수를 따라 처음 병실에 들어섰던 그때 그대로이다. 하지만 의사가 아닌 환자의 친척으로 병원에 올 때는 아무리 시끄러워도 전혀 괴롭지 않았다는 생각이 들자 이내 씁쓸하게 웃었다.

환자가 시끄러운 게 아니다. 병실 벽을 따라 늘어선 침대 주위에 모인 가족이나 친족들이 다른 사람한테 폐를 끼치는 것도 아랑곳하지 않고 멋대로 뱉어대는 큰 소리가 돌로 된 아치형 천장을 때리고 웅웅대는 소음으로 되돌아오는 것이다. 조용한 곳은 성지순례길에 병이 들었지만 베네치아에는 아는 이 하나 없는 그런 사람들 주변뿐이었다. 병상에 드러누운 채 벽에 그려진 그리스도의 기적을 멍한 눈으로 더듬는 이들도 그들뿐이었고, 의사나 간호사 혹은 백의를 입은 사람이 병실에 들어올 때마다 그 뒤를 불안한 눈길로 좇는 이들도 이 고독한 병자들뿐이었다.

유달리 시끄러운 병원 입구를 빠른 걸음으로 빠져나온 니콜로는 아까 수위가 전해준 대로 병원 바깥 광장 가운데에 있는 저수조 곁에 검은 외투를 걸친 남자 하나가 서 있는 것을 곧 알아차렸다. 수위는 누군가가 전할 말이 있다면서 광장 우물가에서 기다리고 있다고만 했기 때문에 그는 환자 가족이겠거니 생각했다. 한데 그가 낯익은 해군부 직원이라는 것을 알게 되자 의외라는 생각에 일순 발길이 멈춰졌다. 그는 가까이 다가와 니콜로 곁에 서서 조용하고 공손한 어조로 말했다.

"만종이 울릴 즈음 은밀히 해군부에 와주십사고 트레비사노 제독께서 청하십니다."

니콜로는 '가지요'라고만 답했다. 그리고 머리를 가볍게 조아리는 사내를 그대로 두고 다시 병원 입구로 들어섰다.

니콜로가 근무하는 병원이 있는 산 폴로 구에서 해군부가 있는 산 마르코 구까지 가려면 대운하를 건너야 한다. 백의 대신 일상복인 검은 외투를 걸친 니콜로가 리알토 다리 옆까지 왔을 때 운 나쁘게도 도개교인 리알토 다리는 지나는 배를 위해 중앙부가 열리고 있어 잠시 기다려야 했다. 눈앞으로 거목 같은 돛대가 연달아 지나가는 낯익은 광경을 마치 난생 처음인 듯 신선한 느낌으로 바라보는 그의 등 뒤에서, 근처 산 자코모 교회의 종이 만종을 알리며 은은히 울리기 시작하고 있었다. 그 종소리를 들으며 니콜로는 오후 내내 머릿속을 떠나지 않던 의문에 다시 휩싸였다. 코르푸 섬에 있어야 할 트레비사노가 왜 이맘때에, 그것도 은밀히 본국으로 돌아온 것일까?

해군부는 원수 관저(팔라초 두칼레) 안에 있다. 산 마르코 선착장 쪽으로 열린 입구를 통해 들어온 니콜로는 이미 익숙한 건물 안으로 안내도 없이 성큼성큼 걸어들어가 곧바로 해군부가 있는 구역으로 향했다. 바르바로 가문의 일원인 니콜로는 베네치아공화국 귀족의 권리이자 의무로서 공화국 국회에 의석을 갖고 있어서, 나라 밖에 있지 않는 한 일요일마다 열리는 국회에 꼬박꼬박 출석하고 있었던 것이다.

다른 때라면 사람들의 출입이 끊이지 않을 해군부이지만, 비상시가 아닌 이상 만종을 신호로 일을 마무리짓는 것이 베네치아 관공서의 관습이어서 입구의 커다란 문 앞에는 아침에 찾아왔던 사내가 홀로 있을 뿐이었다. 틀림없이 그를 기다리고 있었을 사내는 아무 말 없이 니콜로를 이끌어 방 다섯 개를 지나더니 막다른 곳에 있는 방에 이르러 문에 달린 쇠고리 손잡이를 세 번 두드렸다. 기다릴 틈도 없이 곧장 문이 열리고, 건너편에 문이 열리며 생긴 공간을 가득 메우는 느낌으로 트레비사노가 있었다. 해군 제독은 얼굴에 미소를 띠면서도 정중한 몸짓으로 구면인 니콜로를 방 안으로 불러들였다. 두 사람의 등 뒤에서 조용히 문이 닫혔다.

현장의 증인들

가브리엘로 트레비사노도 니콜로 바르바로처럼 귀족 출신이다. 굳이 따지자면 통상 쪽으로 진로를 잡은 형들과 반대로 의학을 선택한 니콜로 쪽이 좀 이상한 인생 경로를 밟고 있는 셈이다. 해운국 베네치아공화국의 귀족들은 니콜로의 형들이나 트레비사노처럼 바다에 삶을 거는 것이 보통이었기 때문이다. 그 중에서도 트레비사노는 해군 장수로서의 능력을 인정받아 아드리아 해역을 담당하는 코르푸 섬 주둔 함대의 부사령관으로 두 번 연속 선출된 상태였다. 아드리아 해의 제해권 유지가 자국 방위의 관건이라고 믿고 있는 베네치아인들로서는 자신의 안전을 그에게 맡겨둔 것이나 마찬가지였다.

실제로 가브리엘로 트레비사노는 거기 그가 있다는 것 하나만으로도 주위 사람들을 안심시키는, 그런 체구의 소유자였다. 오랜 해양 생활의 경험이 타고난 육체를 더욱더 단련시켜주었기 때문일 것이다. 쉰 살이 약간 넘은 트레비사노의 나이를 엿볼 수 있게 하는 것은 희끗희끗해지기 시작한 머리와 얼굴의 아래쪽 전반을 뒤덮은 수염뿐이었다.

니콜로는 이 트레비사노와 함께 배를 두 번 탄 적이 있다. 상선단의 호위함대를 지휘하던 트레비사노의 배에 선의(船醫)로 승선한 것이 바로 그였다. 첫 항해는 이집트의 알렉산드리아로 간 다음 시리아를 돌아 키프로스, 크레타에 기항한 후 다시 베네치아로 돌아오는 항로를 따라 행해졌다. 베네치아 의사들은 대학이나 병원에서 일하면서부터 선의로서 국외로 나가는 경우가 종종 있었으므로 니콜로의 예가 특별한 것은 아니다. 다만 이때의 이집트행은 호위함대를 붙일 정도로 불안한 것이었고, 결국 소규모이긴 하지만 오며가며 해전을 세 차례나 치르고 본국 귀항도 두 달이나 늦어진 그런 항해였다.

두번째는 그리스의 네그로폰테까지 간 다음 돌아올 때는 크레타를 경유하는 항로를 따른 항해였다. 이때는 베네치아의 제해권이 100퍼센트 통하는 해역을 여행했기 때문인지 무사히 예정대로 귀국할 수 있었다. 어쨌든 니콜로는 이 두 번의 항해를 통해 전시·평시를 불문하고 어떤 경우에도 변함없는, 침착 냉정하고 인간미 넘치는 트레비사노의 사람됨을 가까이서 볼 수 있었다.

"여기로 부른 이유를 어느 정도 눈치챘을 거라고 생각은 하네만."

트레비사노는 니콜로가 의자에 앉자마자 늘 그렇듯이 자잘한 인사치레는 생략한 채 바로 본론으로 들어갔다.

"겨우 이틀 전에야 원로원에서 결의되어 아직 국회에는 통고 전이니 모를 수도 있겠지만, 베네치아공화국은 비잔틴 황제의 원군 요청을 받아들여 콘스탄티노플로 함대를 파견하게 되었네. 지휘관으로는 내가 임명되었지. 선의로는 자네가 같이 갔으면 해. 여태껏 다른 의사들하고도 항해한 적이 많지만 이런 임무에는 아직 젊긴 해도 자네가 적격인 것 같은데."

평소 존경하던 트레비사노에게서 이런 말을 듣자 30대 중반을 바라보는 니콜로인데도 왠지 갑자기 젊어진 듯한 기분이 들어 대답했다. 30대의 남자는 상대에 따라 20대가 되기도 하고 40대

같은 성숙함을 보이기도 하는 법이다.

"콘스탄티노플에는 가본 적이 없으니까 잘 되었습니다. 기꺼이 따라가겠습니다."

"전투가 벌어질지도 몰라."

"콘스탄티노플 함락이 시간 문제라는 얘기는 어릴 때부터 들었습니다. 그런데도 여지껏 버티고 있으니까 당분간은 이 상태 그대로 가지 않겠습니까?"

이 말은 매주 일요일마다 출석하는 국회에서 들은 동료들의 의견을 별 생각 없이 그대로 입에 올린 데 지나지 않았다. 귀족이긴 해도 자기가 원하는 진로를 택한 니콜로는 정치에는 관심이 없었다. 귀족으로 태어났기에 의무에 따라 국회에 출석하긴 하지만, 그것은 확실한 이유 없이 결석하면 2년치 급료에 맞먹는 벌금이 부과되기 때문이었다. 의석을 얻은 지 15년이나 지났는데 지금까지 의사당에서 발언한 것은 겨우 두 번밖에 안 되고, 그나마도 두 번 다 페스트에 대한 대책이 논의될 때였다. 트레비사노는 자기보다 적어도 스무 살은 어린 이 의사의 의견에 일순 시선을 멈췄을 뿐 별다른 대답 없이 하던 말을 이어갔다.

"함대는 대형 갤리선 두 척으로 편성되네. 출항은 열흘 뒤, 9월 중순. 국회에서는 흑해에서 귀항해 오는 상선단을 콘스탄티노플에서 기다렸다가 베네치아까지 호위해 오기 위해 군선을 파견한다고 할 거야. 하지만 자네는 의료 업무 전체를 관장해야 하고 필요한 의료품도 골라서 조달해야 할 테니, 공식적인 이유만 알아서는 안 되겠지. 오늘 자네를 부른 까닭은 원로원 결의의 속

사정을 알려주고 싶어서야."

긴장하면 오히려 평온한 표정을 짓는 버릇이 있는 니콜로는 아무 말 없이 고개를 끄덕이기만 했다. 트레비사노의 말이 이어졌다.

"자네도 알다시피 비잔틴제국의 명이 위태롭다고 한 지는 꽤 오래되었지. 황제가 처음으로 서유럽에 원군 파견을 요청한 때부터 헤아려도 벌써 반세기가 지났으니까. 물론 그간 정세가 호전된 적이 있기도 했지만 지금의 비잔틴제국은 바다를 빼고 나면 투르크에 완전 포위된 육지의 섬에 지나지 않아. 베네치아공화국이 콘스탄티노플로 떠나는 대사에게 임지에 닿았을 때 제국의 주인이 황제가 아닌 술탄으로 바뀌어 있다면 어떻게 해야 할지를 지시해온 것도 20여 년이나 되었네. 비잔틴제국에 관한 한 비상 사태가 일상이 되어버렸다고 해도 될 거야.

그런데 다른 사람의 안전까지도 책임진 사람이 제일 조심해야 할 것은 익숙함에서 오는 판단착오네. 아무리 비상 사태가 일상이 되었다고는 해도 언제 진짜 비상 사태가 발발할지 모르는 거니까 그런 경우에 대응할 방도를 생각해둬야 한다는 거지. 투르크의 술탄이 보스포루스 해협을 따라 요새를 구축하고 있다는 정보가 들어와 있네. 자네도 선의가 아니라 군의관으로 가는 거라고 생각했으면 하네. 그러면 의료 물자의 종류와 양도 자연히 정해지겠지."

니콜로는 그제서야 눈앞을 가린 안개가 사라진 듯한 느낌이 들었다. 하지만 이야기를 듣는 동안 생긴 의문을 묻지 않고서는 못 견딜 것 같았다.

"그런데 제독님, 갤리선 두 척은 너무 적은 것 아닙니까?"

트레비사노는 더 자세하게 설명하는 것은 니콜로에 대한 자신의 개인적인 호감 때문이라는 듯 연장자다운 인내심으로 차근차근 대답했다.

"자네도 알겠지만, 우리나라와 투르크는 예전부터 불가침조약을 체결해왔고 최근, 작년 가을이니까 겨우 일년 전에 조약을 갱신했네. 그런가 하면 비잔틴제국과도 아주 오래전부터 우호조약을 맺어왔지. 한마디로, 공세와 수세에 있는 두 나라 모두와 정치·경제적으로 우호관계를 맺고 있는 것이 우리 베네치아공화국이야.

투르크가 우리나라에 대고 선전포고를 한 적은 없어. 그렇다고 해서 같은 기독교 국가인 비잔틴제국의 원군 요청을 거절해 버리면 서유럽에서 우리의 입장이 애매해지고. 물론 콘스탄티노플이 우리나라의 오리엔트 무역에 중요한 기지라는 것을 잊어서도 안 되고. 사정이 이렇다 보니 설령 50척을 보낼 여유가 있어도 실제로는 보낼 수가 없는 거야. 평시의 상선단 호위는 갤리선 두 척이 고작이었으니까.

그리고 원군을 더 보낼지 말지는 정부가 이런저런 정치적 사정을 다 고려해서 결정할 거네. 공식적인 파병 이유 외에 내게 주어진 임무는, 정말로 비상 사태가 생긴다면 본국에 조회하고 말고 할 시간도 없을 테니까 어떻게 하는 것이 국가에 이로울지 자체 판단해서 행동하는 것이네. 필요할 경우 죽어라, 한마디로

이거지."

 트레비사노의 말투는 무척 담담해서 듣고 있는 니콜로도 상당히 자연스럽게 받아들일 수 있었다. 설령 그가 강한 어조로 말을 늘어놓았다 해도 니콜로의 마음은 전혀 동요하지 않았을 것이다. 정치에 무관심하다지만 니콜로 바르바로도 베네치아 귀족 계급의 일원이다. 누구보다도 먼저 제일선에 서야만 비로소 지배계급에 속할 자격을 얻는다는 것은 그의 할아버지, 아버지가 실천을 통해 가르쳐준 바였다.

 그날 밤 식사 시간, 트레비사노의 배에 올라 콘스탄티노플로 가게 되었다고 했을 때 맏형은 "그래?"라고만 했다. 원로원 의원인 맏형은 모든 것을 알고 있을 터였다. 그런데도 거기에 관해서는 한마디도 않고, 또 동생이 어디까지 알고 있는지를 알아보려 하지도 않았다. 통상에 종사하는 관계로 형제들의 재산을 관리하기도 하는 둘째 형은 잠시 알렉산드리아에 갔다가 바로 전날 귀국했기 때문인지 활기 차 보였고 말도 많았다.

 "콘스탄티노플에 가면 잘 보고 와. 저 영광스런 동로마제국의 수도가 이젠 얼마나 처량한 신세가 되어버렸는지 말야. 게다가 일단 거기 가서, 제노바 놈들이 제멋대로 설치는 꼴을 보면 냉정 그 자체인 너라도 하루 만에 반제노바파가 될걸? 베네치아가 오리엔트 무역 거점을 알렉산드리아로 옮긴 건 정말 잘한 일이야."

 니콜로가 남겨두고 가게 될 아내와 아직 어린 아들은 화젯거리가 되지도 못했다. 남편이 집을 떠나 있거나, 만에 하나 돌아오지 못하게 될 경우 형제들이 전적으로 뒤를 봐준다는 것은 베네치아 귀족 집안의 불문율이기 때문이었다. 니콜로의 머릿속을 가득 채우고 있는 것도 의료품 일람표를 만드는 일을 빼고 나면 병원 후임자를 뽑는 것뿐이었다.

이틀 뒤, 완성된 일람표를 가지고 해군부에 가려고 산 마르코 선착장 옆을 지나고 있던 니콜로의 눈앞에 선원들의 긴 행렬이 나타났다. 여느 때라면 베네치아인 누구에게나 낯익은 이 광경에 눈길도 주지 않고 지나쳤겠지만 어쩌면 자기가 탈 배에 오를 사람들일지도 모른다는 생각에 니콜로는 행렬 맨 앞까지 가 보았다.

아니나 다를까 거기에는 트레비사노가 서 있고 그 옆 책상에 앉은 서기가 차례로 자기 앞에 서는 선원들의 이름을 명부에 적어 넣고 있었다. 베네치아공화국에서는 상선이든 군선이든 선장이 부하 선원을 고르지 않는다. 선원 쪽이 선장을 보고 응모하는 것이다. 배와 선장은 정해져 있으므로 선착장에 늘어선 갤리선 옆에 선장의 이름을 적어 넣은 팻말을 세워놓기만 하면 선장이 굳이 거기 있어야 할 이유는 없다. 하지만 그냥 서 있기만 할지라도 선원이 응모하는 동안 선장이 그곳에 있어야 한다는 것이 무언의 규칙이었다. 어쩌면 이 관습은 이름을 적기 전에 자기 운명을 내맡길 사내의 얼굴을 한 번 더 보고, 마지막으로 마음을 결정하게 하기 위한 것일지도 모른다.

선원들의 긴 행렬을 뒤로 한 니콜로는 이 선원들과 자신은 스스로의 의지로 트레비사노를 택한 점에서 완전히 같다고 생각했다.

1452년 여름, 타나

흑해의 최북단 아조프 만의 가장 깊숙한 곳에 자리잡은 타나는, 만안(灣岸)에 얼음덩이가 떠다니기 시작하는 늦가을이 오기 전에 남쪽으로 떠나야 하는 상선들의 출항 준비로 여름에는 너나할것없이 정신없이 바쁜 곳이다. 베네치아인이 대다수인 이탈리아 상인들에게 최북단의 상업기지인 타나는, 돈 강을 따라 북상하면 갈 수 있는 모스크바보다 조국인 이탈리아 쪽이 훨씬 더 먼 곳이다. 하지만 이곳은 노예, 모피, 소금에 절인 생선이나 밀 등의 대산지(大産地)를 끼고 있기 때문에 서유럽 상인들에게는 길고 혹독한 겨울을 감수해도 좋을 만큼 매력 있는 거점이기도 했다.

사람과 화물들로 붐비는 타나의 선착장을, 한눈에 서유럽 상인임을 알 수 있게 하는 검은 외투를 바닷바람에 휘날리며 한 사내가 걸어오고 있었다. 피렌체 상인 자코모 테탈디다. 걸음걸이는 여느 때처럼 가볍지만 머릿속은 방금 전 베네치아 상관(商館)에서 들은 소문으로 가득 차 있었다. 보스포루스 해협 서안에 투르크가 대규모 요새를 구축하고 있다는 소문이었다. 돈 강 상류까지 나아가서 모피를 사들이느라 눈코 뜰 새 없었던 테탈디는 타나에서 초여름부터 자자했던 이 소문을 지금까지도 몰랐던 것이다.

그러나 콘스탄티노플을 거점으로 삼아 흑해 연안의 산물을 매매하기를 십여 년 동안 계속해온 테탈디이다. 그저 요새를 짓고 있다는 정보만이라면 깊이 생각할 필요도 없다. 전장 30킬로미터에 이르는 보스포루스 해협에는 산 위에서 아래를 짓누르는 듯한 느낌을 주는 제노바 성채가 이미 두 개나 구축되어 있다. 이 둘 다 그저 주변 해역을 감시하기 위한 것일 뿐, 그 밑을 지나는 배를 공격하기 위한 것은 아니다. 그렇지만 투르크인이 구축하고 있는 요새는 해협 양안에 바짝 붙어 있다고 한다. 더구나 구축 지점은 해협의 폭이 가장 좁은 곳으로, 마주보고 있는 아시아 쪽에는 규모가 작긴 해도 그 역시 해협에 바짝 붙어 있는 투르크 요새가 이미 있다. 테탈디는 그에게 이 정보를 전해준 베네치아 상인의 의견에 동의할 수밖에 없었다.

"투르크인은 해협의 항해 자체를 지배할 작정인 거요. 그러고는 콘스탄티노플을 공격하겠지."

비잔틴제국의 실상을 잘 아는 테탈디도, 실로 방위에 딱 맞는 천혜의 지형에다가 지중해 세계에서 가장 견고한 성벽으로 이름 높은 콘스탄티노플이 간단히 함락되리라고는 믿고 싶지 않았다. 하지만 설령 수도가 보전된다 해도 앞으로 흑해 무역이 상당히 어려워지리라는 점만은 분명했다.

"이쯤 해서 일을 접고 귀국하는 게 좋을지도 모르겠다."

처자가 남아 있는 피렌체를 마지막으로 떠나온 지 적어도 5년. 결심이 선 그는 발길을 되돌려 오던 길을 다시 가기 시작했다. 베네치아 상관에 가서 자신과 짐을 맡길 배를 예약하기 위해서였다.

상관 예약계의 대답은 9월의 모든 배가 완전 예약되었다는 것이었다. 테탈디는 결국 10월 초에 타나를 출발해서 트레비존드에 기항한 뒤 콘스탄티노플로 향하는 배를 예약할 수밖에 없었다.

"출항 때까지는 시간이 남아도니까 밀이나 사면서 때워야겠다. 모피는 서유럽까지 실어가겠지만 밀은 콘스탄티노플에 닿으면 그 자리에서 다 팔릴 테니까 오리엔트 장사는 끝까지 챙기는 셈이군."

테탈디는 마흔다섯 살 생일을 즈음해서 뭍에 오른 뒤 보낼 나날들을 상상하면서, 피렌체인 특유의 군살 없는 얼굴에 씁쓸하게만 보이는 미소를 띠었다.

1452년 여름, 세르비아

왕궁을 나오자마자 미하일로비치는 크게 숨을 들이쉬었다. 올려다보는 눈망울에 구름 한 점 없는 여름 하늘이 내리덮인다. 흥분하는 것도 무리는 아니다. 그는 이제 갓 스물둘. 그런데 방금 전 왕이 1,500기의 기병의 지휘를 그에게 맡긴 것이다. 기병대를 이끌고 아시아로 가라. 이것이 왕의 명이었다.

세르비아는 콘스탄티노플 하나만 물 위에 뜬 기름 방울같이 남겨놓고 무서운 기세로 서진을 계속해온 투르크와 국경을 접하는 처지에 놓인 기독교 국가 가운데 하나이다. 그 때문에 나라를 지키려는 노력은 애처로울 정도여서, 뼈아픈 패전을 겪은 뒤에는 왕녀를 술탄의 하렘에 헌상하여 근근이 독립을 유지하고 있었다. 그나마 일년 전 술탄 무라드가 죽었을 때는, 왕녀 마라에게 아이가 없는 것이 걸리던 차에 새 술탄이 어떻게 나올지 너무 걱정되어 왕은 밤잠을 못 이룰 정도였다. 그러나 젊은 새 술탄은 망부(亡父)의 다른 처첩들에게는 냉혹한 조치를 취하면서도 마라만은 그녀의 희망에 따라 고국으로 돌려보냈다. 사람들 사이에는 이를 두고 광신적인 이슬람교도치고는 보기 드문 행동이라는 평판이 떠돌았다. 특히 세르비아에서는 왕녀의 고매한 인품과 교양에 젊은 술탄이 경의를 표할 수밖에 없었을 것이라 믿고 있었다.

일단 투르크의 위협이 가셨다고 안도의 숨을 내쉰 왕에게 날아든 것이 술탄의 원군 파견 요청이었다. 아나톨리아 지방을 중심으로 술탄에게 반기를 든 카라만 수장국(首長國)의 수장 이브라힘 베이를 제압하는 데 힘을 빌려달라는, 문면만은 실로 정중한 편지였다. 거절은 꿈도 꿀 수 없었다. 이교도를 돕는 일이지만 싸울 상대 역시 이교도 투르크인이라는 것 정도가 기독교국인 세르비아에는 유일한 위안이었다. 왕은 술탄의 요청대로 1,500기의 기병을 보내기로 결정했다. 지휘관으로는 젊지만 책임감이 강하다는 이유로 미하일로비치가 선임되었다. 왕은 미하일로비치를 임명할 때 메메드 2세 앞으로 보내는 마라의 편지를 주었다. 편지에는 반란을 일으킨 투르크군이 하루빨리 진압되기를 신에게 기원하며, 세르비아의 1,500 기병이 도움이 된다면 더할 나위 없이 기쁘겠다고 적혀 있다고 했다.

기병을 선발하는 권한은 미하일로비치에게 일임되었다. 그는 지형이 험한 아나톨리아에서 말을 자유자재로 부릴 수 있는 데 선발 기준을 두기로 했다. 뽑힌 사람들은 한결같이 20대의 젊은 기사들이다. 기병대의 출발 날짜가 겨울로 정해진 것에 미하일로비치는 전혀 의구심을 품지 않았다. 투르크의 수도 아드리아노폴리에 가려면 세르비아를 떠나 동쪽으로 불가리아를 횡단해야 한다. 일단 아드리아노폴리에 집결한 뒤, 거기서 다시 동진하여 콘스탄티노플 근처에서 보스포루스 해협을 건너 전장인 아나톨리아로 향한다. 기후가 혹독한 아나톨리아에서 겨울을 피해 여름에 싸울 생각이라면 세르비아를 떠나는 것은 겨울이어야 한다.

미하일로비치는 출진까지 남은 날을 부하들의 훈련에 투자하기로 했다. 술탄 메메드 2세는 정예 1,500기를 보내달라고 했다. 조국 세르비아의 안전을 확보하기 위해서는 숨통을 쥐고 있는 술탄의 요구처럼 말 그대로 정예여야 했던 것이다.

1452년 여름, 로마

요 며칠 간 이시도로스 추기경은 가슴 밑바닥에서 솟구치는 감격을 간신히 숨긴 채 지위에 어울리는 위엄을 지키느라 고생하고 있었다. 마음 같아서는 지위도, 쉰 살이라는 나이도 잊고서 로마 시내를 기쁨에 들떠 고래고래 소리지르며 뛰어다니고 싶었다. 20년 간 지녀온 신념, 동료들의 차가운 시선을 감내하면서 품어온 생각이 이제 비로소 실현될 수 있게 된 것이다. 더구나 그것을 실행하는 당사자로 임명된 것은 바로 자신이었다. 이시도로스는 이것을 실현시키는 것만이 조국 비잔틴제국을 구하는 유일한 길이라고 믿어 의심치 않았다. 그리스 정교회와 가톨릭 교회의 재합동. 이에 기반한 서유럽 각국의 원조에 의해서만 투르크의 위협 아래 놓인 콘스탄티노플을 구할 수 있다는 것을 믿어 의심치 않은 것이다.

동서 양 교회의 연합에 이르는 길도 지난했지만, 이시도로스 자신이 지금까지 살아온 반생(半生)도 신에 봉헌한 삶치고는 얄궂으리만치 파란으로 가득 찬 나날이었다.

콘스탄티노플에서도 마르마라 해에 가까운 성 데메트리우스 수도원의 원장으로 있던 이시도로스가 당시 황제 요한네스의 부름을 받아 바젤에서 열린 공의회에 출석하게 된 것은 1434년의 일이다. 그리스 정교회를 대표해 공의회에 출석한 성직자들 속에서 갓 서른 살인 이시도로스는 대표단의 말석을 차지하는 것이 고작이었지만, 처음으로 다른 나라의 고위 성직자들과 동석하게 된 젊은 그에게 이 경험은 강한 자극을 안겨주었다. 그는 또한 이 기회에 교리 이론가로서의 능력을 발휘하는 것도 잊지 않았기에 이것이 높은 평판을 얻어 콘스탄티노플에 돌아오자마자 키예프의 대주교로 임명되었다. 이 자리는 전 러시아 주교직 중에서도 으뜸가는 지위였기 때문에 4년 뒤 이탈리아의 페라라와 피렌체에서 열린 공의회에서 그는 대표단에 없어서는 안 될 일원이 되었다.

한데 이 이탈리아 방문은 그의 생각을 근저에서부터 바꿔놓는 계기가 되기도 했다. 이시도로스는 베네치아에서, 페라라에서, 그리고 꽃의 도시라 불리던 피렌체에서 훗날 르네상스라 불리게 되는 시대의 새로운 물결을 보고 느낀 후 정신이 확 깨는 듯한 충격을 받은 것이다. 종교가 생활의 구석구석까지 지배하기에 툭하면 인간의 자유로운 활력이 억압되곤 하는 비잔틴 문명 같은 것은 이들 이탈리아 도시에서는 그림자도 찾아볼 수 없었다.

물론 이탈리아인들은 비잔틴 문명을 존중하여 이를 앞다퉈 수용했지만 어디까지나 자신들의 욕구에 부합하는 것만을 흡수했을 뿐, 자신들에게 맞지 않는 것에는 관심도 보이지 않았던 것이다. 그렇긴 해도 그리스를 버리고 이탈리아에 정착한 학자들은 그 학식에 귀를 기울이는 수많은 사람들 덕택에 콘스탄티노플에서보다 더 활기 차게 생활하고 있었다.

이시도로스는 그때까지 회의적이었던 비잔틴과 서유럽의 결합을 확신하기 시작했다. 바야흐로 새로운 활력의 중심은 일찍이 비잔틴인들이 야만적이라고 경멸한 서유럽이고, 서유럽측 요구처럼 로마 가톨릭 교회를 주축으로 동서 교회의 연합이 이뤄져도 어쩔 수 없다는 결론에 달한 것이다. 그와 생각을 같이한 그리스 정교회의 유력자로는 학식으로 맞설 자가 없다고 평가되던 베사리온이 있었다. 5년 뒤, 가톨릭의 세례를 받은 이 두 사람은 추기경에 임명된다.

그러나 이시도로스도 베사리온도 가톨릭 중심의 동서 교회 연합이 현실적으로 가능하다고 생각해서 제창한 것은 아니다. 그들이 진정으로 심각하게 받아들인 것은 이것만이 조국을 구할 수 있는 유일한 길이라는 생각 때문이었다. 그들의 눈에는 이에 반대하면서 자신들을 배신자 취급한 그리스인들이 그저 과거의 영광에 매달릴 뿐 아무런 재주도 없는 고루한 퇴물로 비쳐질 뿐이었다.

그뒤 학자로서 이탈리아에 정착해버린 베사리온의 몫까지 더해서 동료들의 증오를 온통 혼자 떠맡게 된 이시도로스는 눈코 뜰 새 없는 10년을 보내게 된다. 러시아에 파견되어 그곳 그리스 정교도를 설득하는 데 노력을 기울였지만 실패하고 감옥 생활까지 경험한 적도 있다.

결국은 탈출에 성공해서 로마로 돌아왔지만 그뒤로도 콘스탄티노플과 로마를 얼마나 많이 오갔는지 헤아려보기가 힘들 정도였다. 이 모든 난관에도 불구하고 그의 확신이 흔들리지 않은 것은 비잔틴제국의 위정자와 지식인 계급 중에 자신의 생각에 찬동하는 이가 적지 않았기 때문이다. 반대의 주체는 수도사와 민중이었다. 그는 이들의 감정적인 반발도 서유럽의 원조를 구체적으로 보여주면 사라질 것이라 믿고 있었다.

그 모든 것들이 어제 일만 같은데, 이제 이시도로스는 교황이 제공한 배와 병사들을 이끌고 콘스탄티노플로 향하려 하고 있다. 벌써부터 성 소피아 대성당에서 엄숙히 치러질 동서 교회의 합동 미사가 눈에 아른거렸다. 그리고 동과 서가 한데 뭉쳐 이교도 투르크를 추격하는 기독교군의 우렁찬 함성도.

1452년 여름, 콘스탄티노플

카리시우스 문으로 들어와 성 소피아 대성당으로 향하는 큰 길 중간쯤에서 북으로 꺾어져 금각만(金角灣)으로 향하는 완만한 내리막길 한가운데에 성 구세주 전능자 교회에 부속된 수도원이 있다. 이 수도원에 딸린 방 하나가 게오르기오스의 거처가 된 지도 벌써 2년이 다 되어간다.

게오르기오스는 처음부터 수도사로 출발한 인물은 아니다. 고대 그리스 철학과 신학을 배운 뒤 사설 학원을 열어 가르치고 있었는데 그 학식이 궁정에도 알려져 황제의 비서관으로 일한 적도 있다. 이탈리아에서 열린 공의회에 이시도로스나 베사리온과 함께 출석하기도 했다. 그러나 이시도로스보다 몇 살 어린 그는 이탈리아에서 돌아온 후 동서 합동에 반대하는 입장을 취하게 된다.

이탈리아에서 새로운 시대의 움직임을 보지 못한 것도 아니었고, 동서의 연합 그 자체에 반대하는 것도 아니었다. 다만 서유럽측이 요구하고 이시도로스와 베사리온이 찬성하는 연합 방식에 도저히 동의할 수 없었다. 그가 이탈리아에서 뼈저리게 느낀 것은 비잔틴 문명과 서유럽 문명의 근본적인 차이였다. 그리고 가톨릭 교회 중심의 동서 연합은 그리스 정교도의 혼을 버리지 않으면 도저히 실현할 수 없으며, 이를 무시하고 연합을 강행해 버리면 그리스 정교회는 분열을 거듭하다 결국엔 지상에서 자취를 감추게 되리라는 점이었다. 그의 눈에는 사람들이 이제 더 이상 그리스 정교도가 아니라 단지 그리스인, 슬라브인, 아르메니아인으로 남게 될 미래가 그려지는 듯했다.

물론 그라고 해서 투르크의 술탄이 보스포루스 해협에 요새를 짓고 있음을 모를 리 없다. 황제의 측근들이 걱정하듯 이것이 콘스탄티노플 공격의 전조일지도 모른다는 생각은 그도 하고 있다. 하지만 게오르기오스의 생각에는, 혹 콘스탄티노플이 함락되어 비잔틴제국이 멸망하더라도 그 역시 신이 정한 운명인 것이다. 신이 비잔틴인에게 내리는 징벌인 것이다. 그 때문에 그리스 정교를 버리면서까지 나라를 지키는 것은 신의 뜻에 반하는 신성모독적 행위이다. 신심 깊은 기독교도 중 어느 누가 영원한 세계의 구원을 희생하면서까지 허상에 불과한 현세를 지킬 것인가?

게오르기오스는 이미 투르크 지배하에 들어간 그리스 정교도의 신앙이 더욱 강하다는 것이야말로 자신의 생각을 입증하는 증거가 된다고 믿고 있었다. 오랜 전통을 버리고 동서 교회의 연합을 벼락치기로 이뤄내면 그 결과 연합에 반대하는 각지의 그리스 정교도들이 서로 소원해져 결국엔 소멸해버릴 것이다. 그러느니 차라리 투르크인에게 정복되는 쪽이 신앙을 지키는 데는 오히려 더 좋지 않은가. 이것이 누구 못지않게 비잔틴제국을 사랑하는 게오르기오스가 도달한 결론이었다.

한갓 껍질일 뿐인 국가의 생존은 그에게는 상대적인 문제에 지나지 않았다. 그의 생각에 찬동하는 그리스인은 많았고, 그가 사는 수도원은 연합 반대파의 본거지처럼 되어 있었다.

1452년 여름, 콘스탄티노플

게오르기오스의 수도원을 찾아오는 사람들 중에 한 이탈리아인 젊은이가 있었다. 우베르티노라는 갓 스물두 살 된 학생이다. 베네치아공화국령인 북이탈리아 브레시아 태생으로, 이탈리아에서 그리스 철학을 배우고 나서 어떻게든 본고장에서 더 깊이 공부해보고 싶다는 생각에 동경해 마지않던 콘스탄티노플에 온 것이 2년 전 봄. 게오르기오스에게서 사사받기 시작한 때부터 헤아려도 이미 일년을 넘어서고 있었다.

서유럽인이면 으레 '라틴구'로 통칭되는 금각만 연안 일대에 살게 마련인데도 그리스 철학과 언어를 배우는 것이 목적인 까닭에 그는 그리스인들 속에 섞여 살고 있다. 라틴구로 가는 것은 그곳 베네치아 상관 안에 있는 은행으로 가족이 보내온 돈을 받으러 갈 때와 베네치아 대사관 주소로 부쳐오는 편지를 받으러 갈 때뿐이다.

우베르티노는 가톨릭교도이기 때문에 솔직히 말해서 게오르기오스의 수도원에서 벌어지는 열띤 종교 토의에는 위화감을 느끼기도 한다. 하지만 콘스탄티노플에 살면서부터 좋든 싫든 비잔틴적인 것에 익숙해지게 된 요즘엔 라틴구 주민들이 비합리적이라고 비난하는 현상들도 그렇게 칼로 자르듯이 말할 수 있는 것은 아니라는 느낌을 갖기 시작했다. 이 이탈리아인 학생은 철학을 말할 때가 적어졌는데도 변함없는 열의를 가지고 스승이 있는 곳에 들르기를 멈추지 않았다. 논의에는 가담하지 않은 채 게오르기오스를 둘러싼 무리들 바깥에 눈에 띌 듯 말 듯 앉아 있는 이 젊은이를 열광적으로 논의에 참가하는 그리스인들은 무시는 해도 배격하지는 않았기 때문이다.

라틴구 사람 누구나가 입에 올리는, 보스포루스 해협 연안에 완성중인 요새에 대해서는 우베르티노도 알고 있었다. 베네치아인이 주류인 라틴구에서는 신중을 기하기 위해 처자만이라도 피난시키려는 사람이 나날이 늘어갔다. 하지만 여름의 콘스탄티노플은 배편이 넉넉지 않다. 상선은 항해에 유리한 여름철을 최대한 활용하기 때문이다. 베네치아령 네그로폰테나 크레타 섬으로 피난시키는 것도 흑해에 가 있는 배가 돌아오는 늦가을이나 되어야 가능했다.

우베르티노가 방을 빌려 살고 있는 지역에 있는 그리스인들은 그들이 '라틴인'이라 부르는 사람들과는 다른 반응을 보이고 있었다. 투르크인이 유럽의 성이라는 뜻의 '루멜리 히사리'라는 이름을 붙인 이 요새는 보스포루스 해협을 통해 흑해 연안 여러 도시와의 통상에 종사하는 라틴인의 행동을 견제하기 위한 것이라 믿고 있었다.

그리스인들 중에는 자기네 도시를 이용해서 막대한 부를 축적한 서유럽 상인에게 반감을 품은 자가 많아서 이제 흑해 무역도 옛날 같지 않을 거라며 남몰래 좋아하는 이들까지 있었다. 사정이 이러하니 피해가 자신에게도 미칠 수 있다는 생각을 하는 이는 적었다. 더구나 지금까지 투르크군은 두 번이나 콘스탄티노플을 공략해 왔지만 그때마다 끝내 목적을 달성하지 못하고 돌아가지 않았던가. 수도 함락의 가능성을 진지하게 생각하는 그리스인은 적었다. 설령 최악의 사태가 벌어져도 그것은 신의 뜻이기 때문에 달게 받아들일 수밖에 없는 것이다. 콘스탄티노플에 사는 그리스인들 사이에는 낙관적인 예측과 운명론적인 사고방식이 실로 비잔틴식으로 한데 어우러져 있었다.

어느 날 오후, 여느 때처럼 게오르기오스의 수도원에 들러서는 철학을 말하지도 않고 종교 논의에 가담하지도 않은 채 사람들의 열변에 귀기울이면서 하루를 보낸 우베르티노가 귀가 인사나 할 요량으로 스승에게 다가갔을 때 게오르기오스는 평소와 달리 그를 별실로 따로 불러 얘기를 꺼냈다.

"자네도 이탈리아로 돌아가는 게 어떻겠나. 그곳에서는 내 평판이 별로일 테니 소개장을 써줄 수는 없네만, 자네 정도 실력이면 좋은 스승이나 근무처를 찾느라 고생하지는 않을 거야. 그리스 철학을 배울 생각이면 지금은 몰라도 앞으로는 여기보다 베네치아나 피렌체, 로마가 나을지도 모르네. 가르칠 사람이나 책도 이탈리아 쪽에 더 많으니까."

우베르티노는 공손히 스승의 배려에 감사드리고 수도원을 나섰다. 생각해보면 당연한 일이다. 이권을 지켜야 하는 상인도 아닌 유학생이 굳이 여기 남아 있을 이유란 하나도 없다. 그렇다고 해서 귀국할 결심이 서는 것도 아니었다. 왜 그런지는 자기도 알 수 없었다. 그저 황급히 결정을 내린다는 것이 어색하게만 느껴졌다. 라틴인들이 나무에 집착해서 숲을 놓치기 일쑤라고 욕해대는 비잔틴식 사고방식에 어쩌면 자신 또한 물든 것이 아닐까 하는 생각이 들자, 아직도 언뜻언뜻 소년티가 나는 젊은이의 볼에는 오랜만에 쾌활한 웃음이 떠올랐다.

1452년 여름, 갈라타

 갈라타 언덕에 우뚝 솟은 탑에 오르면 눈 아래 펼쳐진 금각만 건너편으로 콘스탄티노플 시가를 한눈에 조망할 수 있다. 상선들이 떼지어 모인 선착장이 보이고, 바로 맞은편에는 수많은 탑으로 요충지를 무장한 한 겹 성벽이 이어진다. 성벽 여기저기에 입을 벌린 성문도, 짐을 싣고 바삐 드나드는 사람들도 온통 햇빛이 내리쬐는 정오쯤 되면 조그마한 장난감처럼 보여 그 수를 다 헤아릴 수 있을 정도다. 성벽 바로 뒤로 펼쳐진 라틴구에는 상품을 저장하는 창고와 상관, 가게들이 있어 그 근처에 있는 선착장은 언제나 사람들과 짐, 배로 붐비고 있었다.
 시가에서 가장 높은 장소에, 더 한층 높이 서서 주위를 흘겨보고 있는 것은 성 소피아 대성당의 둥근 지붕이다. 거기서 서쪽으로 눈을 옮기면 교회와 수도원이 많은 것으로 유명한 콘스탄티노플인 만큼 숫자를 세어볼 엄두도 안 나리만치 많은 종루가 줄지어 있다. 그리고 서쪽 끝, 시가지 변두리에 사각형으로 높이 치솟은 황궁이 보이고, 황궁을 지킨 채 금각만 연안까지 뻗어 있는 한 겹 성벽도 알아볼 수 있다. 지중해 세계 최대의 도시 콘스탄티노플을 한눈에 굽어볼 수 있는 이곳에 서 있으면, 아니 이곳에 설 때마다 로멜리노의 가슴은 답답해지곤 한다.
 "올해는 어쩌다가 내 처지만 이렇게 난처해졌을까?"
 로멜리노는 주위 사람은 아랑곳없이 다시 한번 하릴없는 한숨을 땅이 꺼져라 쉬었다.

안젤로 로멜리노는 갈라타에 있는 제노바 거류구의 행정관이다. 금각만을 끼고 콘스탄티노플을 마주한 이 거류구는 주변 지역에 대한 제노바의 통상 활동에서 중요한 거점이었다. '제노바인의 탑'으로 통칭되는 이 갈라타의 탑을 중심점으로 해서 금각만과 보스포루스 해협으로 내려가는 성벽에 감싸인 이곳은 200년이나 이어온 제노바인만의 땅이다. 에게 해의 키오스 섬과 이곳 갈라타, 그리고 흑해 연안의 카파, 이 세 군데를 거점으로 하는 제노바 상인은 적어도 이 지역에서만은 숙적 베네치아 상인을 완전히 압도해왔다. 전용 선착장에서부터 창고들이 줄지어 늘어선 이곳 갈라타는 제노바인 전용의 상업기지로, 마주보는 콘스탄티노플의 라틴구가 베네치아인 중심이라고는 해도 피렌체인이나 앙코나인들, 그리고 남프랑스의 프로방스나 에스파냐 카탈루냐 지방의 상인도 섞여 있는 것과는 철저히 대조된다. 이 경쟁 상대들이 일하는 곳을 한눈에 굽어볼 수 있는 갈라타의 탑이야말로 비잔틴제국에서 제노바인들이 차지하는 위상을 상징하는 것이었다.

갈라타 지구에 이렇게 든든한 탑을 갖춰놓은 것도, 보스포루스 해협 연안 산 위에 견고한 성채를 두 개나 지어놓은 것도 흑해 통상에 온 힘을 쏟아온 제노바로서는 지극히 당연한 일이었다. 반면 베네치아는 이미 오래전에 주요 통상 지역을 오리엔트에서도 남쪽인 이집트의 알렉산드리아와 시리아 일대로 옮겨놓았기 때문에 다각경영을 주로 하는 그들에게 콘스탄티노플과 흑해 연안 시장은 여러 거점 중의 하나일 뿐이었다.

그런 만큼 갈라타 행정관은 제노바 경제에 실로 중요한 자리였는데, 우직하지만 적극성은 부족한 로멜리노에게는 버거운 자리이기도 했다. 아니, 이것은 누구보다도 그 자신이 잘 알고 있어서 잠깐 동안만이라는 조건이 아니었다면 이 자리에 앉지도 않았을 것이다. 실제로 그가 임명되고 3개월 뒤에 본국에서 신임 행정관이 임명되기도 했다. 로멜리노는 이 신임자가 도착하는 날을 학수고대할 따름이었다. 제발 자기가 있는 동안만이라도 아무 일 없기를 바라면서.

그렇다고 해서 임무를 소홀히 한 것은 아니었다. 봄에 시작된 투르크의 요새 건설 소식을 즉각 본국 제노바에 통보하고, 이것이 흑해 무역에 주력하는 제노바 경제에 중대한 결과를 초래할 수 있음을 진언한 것은 바로 그였다. 그뒤로도 공사가 예상외로 빨리 진행되는 데 놀라 요새 건설이 만에 하나 콘스탄티노플 공략의 전조라 할 경우 갈라타의 제노바 거류구는 어떻게 대처해야 할지 끊임없이 문의한 것 역시 그였다. 하지만 본국 정부는 이제서야 두 척의 배와 병사 500명을 파견한다는 통지를 보내왔을 뿐이다.

거류구 주민의 안전도 로멜리노에게는 골치 아픈 문제였다. 건너편 라틴구에 사는 서유럽 상인들이 대부분 잠깐 동안 홀몸으로 떠나온 것과는 사정이 다르기 때문이다. 갈라타는 너무나 오랫동안 완전한 독점을 누려왔기 때문에 처자가 딸린 사람들이 대부분이고, 여기서 나고 자란 '제노바 시민'도 적지 않았다. 그들은 모든 것을 이곳에 쏟아부었다. 한마디 피난 명령만으로 해결할 수 있는 문제가 아닌 것이다.

설상가상으로 로멜리노는 상황이 이런 식으로 골치 아프게 돌아간다면 해결은 어림도 없는 과제를 떠안고 있었다. 그 과제란, 갈라타가 계속 제노바 땅으로 남아 있어야 제노바가 오리엔트와 통상을 계속할 수 있음을 명심하고, 비잔틴제국과 서유럽을 자극하지 않는 한도 내에서 투르크와의 우호관계를 유지하는 데 전력을 다한다는 것이다. 상대방에게 자신들의 존재가 꼭 필요하다고는 할 수 없는 상태에서 중립을 지키는 것만큼 어려운 과제는 없는 법이다. 본국 정부는 로멜리노에게 바로 이런 과제를 떠맡겼다.

60대 중반이라면 아무리 지중해를 주름잡은 상인이라도 은퇴해서 고국으로 돌아가 안락한 생활을 즐길 나이다. 아내가 먼저 세상을 떠나고 슬하에 자식도 없는 로멜리노도 곁에 두고 일을 가르치던 조카에게 갈라타의 사업을 넘겨주고는 제노바로 돌아가 동생 일가와 조용히 여생을 보낼 날을 그리고 있었다. 그러던 것이, 돌아가기는커녕 힘에 벅찬 임무를 떠맡게 되어버렸으니 한숨이 절로 나오는 것도 무리는 아니다.

"우호관계를 확인하는 사절을 황제와 술탄 둘 다한테 한 번 더 보내서 상호관계를 확인해둬야겠지."

로멜리노는 경사가 급한 탑의 나선형 계단을 조심조심 내려가면서 누구에게랄 것 없이 중얼거렸다.

1452년 여름, 콘스탄티노플

 황제 앞에 나올 때마다 프란체스의 가슴 한 켠에서는 애틋한 감회가 북받쳐 올라 온 몸을 가득 채운다. 콘스탄티누스가 아직 모레아의 군주였던 시절에 비서관으로 일하기 시작했던 당시 프란체스의 나이는 스물일곱. 자신보다 세 살 어린 콘스탄티누스가 후사가 없던 형 요한네스의 뒤를 이어 황제로 즉위한 것은 4년 전의 일이다. 그 이후로 프란체스의 지위도 올라가 이제는 대신이 되었지만, 비서관이었던 그때와 똑같은 경애의 마음으로 황제를 모셔왔다. 프란체스가 24년 간이나 피를 나눈 형제 같은 충절을 바쳐온 것을 황제도 알기에 지금까지도 은밀히 처리해야 할 일들은 프란체스에게 부탁하곤 했다.
 "우리 황제만큼 심신이 모두 고귀한 이는 어디에도 없다."
 프란체스는 자신의 일처럼 자랑스럽게 생각했다. 실제로 콘스탄티누스 11세는 신체가 마른 편이긴 해도 균형이 잡혀 있었고 키도 컸으며, 굴곡이 뚜렷하고 갸름한 얼굴은 따스한 느낌을 주는 눈매와 턱수염과 어울려 위엄이 있으면서도 인간미를 잃지 않았다. 이런 그가 주홍색 망토를 바람에 휘날리며 백마를 타는 모습은 프란체스가 아닌 그 누구라도 옛 로마 황제가 저러했으리라 고개를 끄덕이며 황홀해할 만했다. 성격도 청렴결백하고 성실 그 자체인 사람이었다. 자신과 의견이 달라도 인내심을 갖고 귀기울여서 동서 교회 연합 반대파의 최선봉인 게오르기오스마저도 한 인간으로서 황제를 경애하지 않을 수 없었다. 물론 국민들 사이에서의 인기는 더 말할 나위도 없었다.

프란체스는 그러나 자식운이 없는 황제가 애처로워 견딜 수가 없었다. 콘스탄티누스는 스물네 살 때 결혼했지만 첫 아내가 된 에피루스 왕의 딸은 불과 2년 만에 세상을 떠났다. 자식은 없었다. 그 3년 뒤에 이번에는 레스보스 섬 영주의 딸과 재혼했지만 그녀 역시 자식을 낳기 전에 먼저 세상을 떠났고, 그뒤 황제는 죽 홀로 지냈다. 황제로 즉위한 다음에는 후계자 문제도 있고 해서 더 이상 독신으로 있을 수는 없게 되었다. 그래서 2년 전부터 프란체스가 중심이 되어 황후를 물색해오고 있던 터였다.

신부 후보감으로 점찍어둔 이들 중에는 베네치아공화국 원수의 딸이나 트레비존드 황제의 딸도 있었지만, 세르비아의 왕녀 마라가 누구보다도 적당하다고 생각되었다. 첫째, 아직 아이를 낳을 수 있을 만큼 젊다는 것이 큰 이유였다. 두번째 이유는 선대 술탄의 하렘에 있을 때에도 이슬람교로 개종하지 않았기에 그리스 정교도들이 종교 문제를 제기할 리도 없다는 것이었다. 무엇보다도 중요한 이유는, 마라가 새 술탄 메메드 2세로부터 정중한 대우를 받고 있다는 점이었다. 투르크와의 관계가 가장 중요한 과제인 비잔틴제국으로서는 이는 충분히 매력 있는 '지참금'으로 생각되었다. 비잔틴의 황족이 투르크 술탄의 미망인과 재혼한 선례도 있으니 문제될 것은 없었다.

가장 이상적이라고 생각했던 이 혼담은 그러나 당사자인 마라의 거절로 무산되었다. 이 기독교도 왕녀는 조국을 위해 하렘에 들어가 있는 동안 행여 신의 은혜로 살아서 하렘을 나갈 수 있다면 평생 결혼하지 않겠노라 서원한 적이 있었던 것이다. 이런 말을 들은 이상 황제로서도 어쩔 수가 없었다. 결국 재혼 상대는 카프카스 지방의 소국 그루지야의 왕녀로 낙착되었다. 작년 가을에 프란체스는 그루지야에 가서 혼담을 마무리짓고 왔다. 하지만 왕녀가 혼례를 위해 흑해를 건너 콘스탄티노플로 오는 시일은 되도록 빨리 해달라고 했을 뿐 정확한 날짜를 잡지는 않았다.

어차피 황제로서도 혼례일이나 기다리고 있을 여유는 없었다. 작년 2월 이래 비잔틴제국의 황제는 하루도 맘 편할 날이 없었던 것이다.

작년 2월에 일어난 일련의 사건은 황제의 뇌리에서 한시도 떠나지 않았다. 비잔틴제국을 현상태대로 온존키로 약속한 술탄 무라드의 갑작스런 죽음, 속마음을 알 수 없는 젊은 술탄 메메드 2세의 즉위. 이 모든 상황이 황제를 불안하게 했다. 물론 무라드처럼 속내를 터놓고 있던 할릴 파샤 이하 세 대신이 유임되고 상호불가침조약이 무난히 갱신되자 황제는 일단 안심할 수 있었다. 그러나 투르크는 철저한 전제군주국이다. 비잔틴제국은 그런 투르크에 삼면이 포위되어 있는 것이다. 투르크를 움직이는 사람은, 불혹의 나이에 이른 황제로서는 그 속을 알기 힘든 스무 살의 젊은이였다. 황제가 다시 서유럽에 군사 원조를 청하는 사절을 파견키로 한 것은 1451년 봄의 일이었다.

황족 한 명을 대표로 한 사절단은 곧장 콘스탄티노플을 떠나 4월에 페라라의 에스테 가(家)에 닿았으며, 그뒤 베네치아를 경유하여 8월에는 로마에서 교황 니콜라우스 5세를 만났다. 로마를 떠난 대표단은 곧이어 나폴리로 향하여 아라곤 왕에게도 원군을 요청할 예정이었다. 콘스탄티노플에서 거두는 이익을 기준으로 따진다면 제일 먼저 원조에 나서야 하는 것은 당연히 제노바이겠지만, 당시의 제노바는 어떤 국가적인 행동을 취하기에는 너무 약했다. 결국 같은 기독교 세계에 속하는 나라들에게 이슬람교국인 투르크에 대항하는 데 힘을 빌려달라고 청할 수밖에 없었던 것이다. 여기서 사절단에게 부과된 가장 중요한 임무는 가톨릭 교회 중심의 동서 교회 연합을 인정한다는 황제의 결의를 로마 교황에게 전달하는 것이었다.

그해 가을, 교황 니콜라우스 5세가 동서 연합을 조건으로 원군 파견을 약속하는 편지를 황제에게 보내왔다. 반면 베네치아는 경제 원조를 승낙하고 콘스탄티노플 주재 베네치아 은행에 최대한 빨리 자금을 제공하라고 명하긴 했어도, 이탈리아에서 벌어진 내전 때문에 베네치아의 단독 파병은 힘들며 밀라노와 피렌체가 휩쓸여 들어간 이 내전을 속히 수습해 서유럽 세력의 공조 체제를 이루도록 노력하겠다는 말만 전해왔다. 또 원군을 보내는 대신 비잔틴 황제 자리를 달라고 요구한 나폴리 왕은 애당초 고려 대상이 될 수 없었다. 가톨릭 세계에서는 세속의 최고권력자라 할 수 있는 신성로마제국 황제의 경우, 같은 가톨릭 국가인 헝가리 왕국과 전쟁중이어서 오리엔트가 어찌 되든 아무 관심도 없었다. 프랑스 왕도 강 건너 불 보듯 하는 데서는 신성로마제국 황제와 다를 바가 없었다. 에스파냐는 자국 내의 이슬람교도 문제만으로도 벅찬 지경이었다.

해가 바뀌어 1452년이 되어서도 서유럽의 태도에는 이렇다 할 변화가 없었다. 유일한 변화는 동서 교회 연합에 대한 황제의 결심을 알고 나서 더 한층 강경해진 반대파가 노골적으로 반대 의사를 표명하기 시작한 것뿐이었다. 콘스탄티노플의 중심이라고 해도 좋을 성 소피아 대성당 앞 광장은 큰 소리로 반대를 외치며 줄지어 행진하는 수도사들과 험악한 표정으로 그 뒤를 따르는 민중들로 하루가 멀다 하고 가득 메워졌다. 언제나 그 중심에는 검은 승복을 입은 게오르기오스가 있었다.

황제 주위에서도 반대파의 목소리는 표면 위로 떠올랐다. 황족이자 재상이었던 루카스 노타라스는,

"교황의 면류관을 보느니 투르크인들의 터번으로 콘스탄티노플이 뒤덮이는 꼴을 보겠다."

라고까지 거리낌없이 말하고 다닐 정도였다. 늘상 곁에 있었던 만큼 프란체스는 황제의 고뇌를 뼈저리게 느낄 수 있었다. 서유럽의 원군을 직접 눈으로 보면 반대파도 목소리를 낮추리라는 것만이 황제의 유일한 희망이라는 것 또한 말하지 않아도 알 수 있었다.

그러나 그해 2월, 원군은 그림자도 보이지 않는데 메메드 2세가 인부 5천 명을 모으라 명했다는 정보가 콘스탄티노플을 기겁하게 했다. 처음에는 아드리아노폴리에 궁전을 지을 것이라는 예상이 지배적이었지만, 그렇게 말한 사람들도 3월에 들어서 인부들 무리가 전혀 방향이 다른 보스포루스 해협 연안에 집결하

기 시작하자 입을 다물 수밖에 없었다.

그리고 3월 26일, 30척의 배를 이끌고 술탄이 친히 그곳에 당도한 것이다. 갈리폴리에서 출항, 마르마라 해를 북상해서 콘스탄티노플 앞바다를 통해 보스포루스 해협으로 들어가는 술탄의 선단(船團)을 해군이 없는 비잔틴은 그저 조용히 지켜볼 수밖에 없었다. 육지에서도 3만을 넘는 군사가 아드리아노폴리에서 동쪽으로 진군, 보스포루스 해협의 유럽 쪽 연안에 이르러 해상으로 온 군사들과 합류했다. 그리고 얼마 지나지 않아 요새 구축이 시작된 것이다.

할릴 파샤, 자가노스 파샤, 카라쟈 파샤 등 세 중신이 분담하게 된 공사는 경쟁이나 하듯 빨리 진척되어, 요새는 이를 지켜보는 메메드 2세 앞에서 놀랄 만한 속도로 형태를 갖춰가고 있었다. 메메드 2세는 여기에 유럽의 성이라는 뜻의 '루멜리 히사리'라는 이름을 붙였다. 건너편 연안에 있는 성에 아시아의 성이라는 뜻인 '아나돌루 히사리'라는 이름이 붙은 것을 딴 것이다.

물론 황제는 즉각 항의 사절을 보냈다. 요새 구축 지점은 누가 뭐래도 비잔틴령인 것이다. 게다가 '아나돌루 히사리'를 지을 당시 술탄이었던 메메드 2세의 조부는 황제에게 허가를 청한 다음에 지었는데, 메메드 2세로부터는 사전에 어떤 연락도 없기도 했다.

또한 구축 현장에 있던 그리스 정교 수도원이 아무 양해 없이 파괴되어 그 석재가 요새를 짓는 데 충당된 것도 항의의 한 가지 이유였다. 그러나 메메드 2세의 대답은, 요새는 해협의 항해상 안전을 위한 것이며 이로써 해적이 자취를 감춘다면 비잔틴측으로서도 이익이 아니냐는 것이었다. 인부들과 군대를 부양한다는 이유로 부근 촌락이 약탈되고 있다는 소식에 항의차 보낸 두 명의 사절을 이 스무 살의 젊은이는 일언반구도 없이 목을 쳐버렸다.

황제는 콘스탄티노플 시내에 있던 600명 남짓한 투르크인들을 붙잡아 감금했지만 해군은커녕 변변한 육군도 없는 비잔틴제국이 할 수 있는 것이라곤 아무것도 없었다. 결국 투르크인들은 전원 석방되었고, 촌락 주민들에게만은 해를 끼치지 말아달라는 부탁을 하면서 포도주를 선물로 보내기까지 해야 했다.

메메드 2세는 일단 수락했지만, 그의 생각에 해를 끼쳐서는 안 될 주민이란 어디까지나 저항하지 않는 자들에 한정될 뿐 조금이라도 저항하는 자들은 황제와 협약한 틀을 벗어나는 존재들이었다. 실제로 아무런 움직임도 보이지 않는 콘스탄티노플에 절망하여 저항운동을 일으킨 마을 주민이 전원 학살된 적도 있었다. 차마 이것만은 좌시할 수 없어 성밖으로 치고 나간 비잔틴 기병대도 거의 전멸당하고 간신히 몇 기만이 살아서 돌아왔을 뿐이었다.

요새는 8월 말에 완성되었다. 해협 양안에서 위로 올라가는 지형을 따라 역삼각형의 형태를 한 '루멜리 히사리'는 전체 길이 250미터에 높이 15미터, 폭 3미터인 성벽을 두르고 있었고, 70미터는 됨직한 세 개의 큰 탑과 아홉 개의 작은 탑을 요소 요소에 마련하는 것도 잊지 않았다. 완성된 요새에는 1개 부대가 주둔하고 있으며 해협에 접한 큰 탑에는 대포도 갖춰놓았다고 한다. 비잔틴측은 이 모든 것을 현지에 침투시킨 첩보원의 보고를 받은 베네치아 대사를 통해 알게 되었다. 정보 수집마저도 서유럽인의 도움 없이는 불가능해진 것이다.

황제의 간담을 서늘하게 한 사건은 여기서 그치지 않았다. '루멜리 히사리'가 완성된 뒤, 올 때와는 반대로 육로를 통해 아드리아노폴리로 돌아갈 것 같던 메메드 2세가 전군을 이끌고 콘스탄티노플 성벽 밖에 눌러앉은 것이다. 성문을 모조리 닫아건 채 숨죽인 콘스탄티노플의 삼중 성벽을 앞에 둔 투르크군은 천막을 치고 미동도 하지 않았다. 이것이 도대체 무엇을 의미하는지 황제는 도저히 감을 잡을 수 없었다. 황궁 근처의 성벽 위에서는 아득히 먼 맞은편 평야를 가득 메운 투르크군의 천막들이 확연히 눈에 들어왔다. 각양각색의 천막들 중에서도 단연 두드러지는 커다란 빨간 천막은 틀림없이 술탄의 천막이리라.

사흘 뒤, 이들 천막이 걷히고 투르크군의 군사와 군마 무리가 서쪽으로 멀어져가고서야 비잔틴인들은 간신히 안도의 한숨을 내쉴 수 있었다.

1452년 가을, 아드리아노폴리

열두 살 난 투르순을 한번이라도 본 사람은 누구든지 이 투르크 소년의 아름다움에 넋을 잃곤 했다. 새하얀 도자기 같은 살결은 너무나 차고 매끈해 보였으며, 가느다란 초승달꼴 눈썹 아래

가늘고 긴 검은 눈은 언제나 고요한 채 타고난 색기를 띠고 있었다. 몸매도 버드나무마냥 가냘프고 나긋나긋해서 일거수일투족이 조용하면서도 범하기 어려운 기품이 있었다.

투르순은 2년 전부터 메메드의 시동(侍童)이었다. 술탄의 궁정에 있는 시동은 많지만 순수 투르크인은 찾아보기 힘들다. 메메드의 아버지 무라드 때부터, 지배하에 있는 기독교 국가에서 몇 년에 한 번씩 10대 초반의 소년들을 강제로 모아 그 중 머리와 용모가 뛰어난 이들을 이슬람교로 개종시킨 뒤 시동으로서 궁정에 들여 장차 관료가 되도록 교육시키는 것이 관습이 되어 있었다. 다른 소년들은 개종까지는 동일한 과정을 밟지만, 그뒤 군대로 넘겨진다. 이것이 술탄의 친위대이자 그 용맹함으로 이름을 떨친 예니체리 군단이었다. 이 투르크 특유의 관습 때문에 술탄의 거의 모든 시동이 비록 이슬람교로 개종했다고는 해도 원래는 기독교도인 노예들로 채워지게 된 것이다. 순수 투르크인인 투르순이 시동이 될 수 있었던 것은 메메드가 술탄이 되기 전부터 그를 가까이서 섬기고 있었기 때문이다.

투르순이 그를 처음 섬기기 시작했을 무렵, 메메드는 술탄의 후계자이면서도 수도에 머무는 것마저 허락되지 않은 채 허울만 좋은 소아시아 총독에 임명된 추방자 신세였다. 부친이 죽어서 정황이 일변하기를 기대해보려 해도 그는 아직 40대 중반의 장년이었다.

그 즈음의 메메드는 술과 남녀를 불문한 성애에 미쳐서 매일을 보내는 실로 섬기기 힘든 주인이었다. 상처 입은 맹수 같던 당시의 메메드를 투르순은 정성을 다해 섬겼다. 메메드가 술탄이 된 뒤에도 관례를 어기면서까지 투르순을 곁에 둔 것은 이 투르크 소년의 비할 데 없는 아름다움 때문만은 아니었다. 메메드의 뜻을 그만큼 잘 알아차리는 시동이 달리 없었던 것이다.

목이 마르다고 생각한 순간 등 뒤에는 이미 잔을 받쳐든 투르순이 무릎을 꿇고 있었다. 잔에 가득 찬 물이 아직 차가운 것을 보면 바로 직전에 뜬 것임에 틀림없다. 또 춥다고 느낄 즈음이면 주인의 외투를 손에 받쳐든 소년이 등 뒤에서 기다리고 있었다. 그렇다고 해서 다른 시동들처럼 흥분한 메메드가 포도주가 가득 찬 잔을 집어던지거나 할 때도 공포심을 있는 대로 드러내면서 자지러지듯이 사죄한다거나 하지도 않았다. 주인이 저토록 화를 내는 것은 술을 마시려 기울인 잔에 콘스탄티노플의 삼중 성벽이 새겨져 있기 때문임을 소년은 알고 있었기 때문이다. 메메드의 총애를 사기 위해 사사건건 서로 부딪히는 시동들의 분쟁에도 그만은 초연했다.

투르순이라고 해서 등줄기를 타고 흐르는 고통이 뒤섞인 그 쾌감에 무심했던 것은 아니다. 다만 주인 메메드는 한 가지 생각에 골몰하면 이전까지 그의 관심사이던 모든 것들, 즉 술이나 성애, 사냥까지도 잊어버리는 성격의 소유자라는 것을 잘 알기에 주인이 부르지 않는 한 주제넘게 자기가 먼저 다가가서는 안 된다는 생각이었을 뿐이다. 어쩌면 이 열두 살 난 미소년은 사랑하는 사람과 자신의 관계를 이렇게 그어둘 때 성애의 기쁨이 더 커짐을 무의식적으로 느끼고 있었던 게 아닐까? 시동을 자주 갈아

치우던 메메드도 투르순만은 내치려 하지 않았다.

주인의 뜻을 헤아리는 데 자기 이상 가는 자는 없다고 생각하는 투르순이지만, 자신이 알아차릴 수 있는 것은 일상의 세세한 일들뿐임은 스스로도 알고 있었다. 이 생각은 메메드가 술탄으로 즉위한 뒤 나날이 강해져만 갔다. 그렇다고 해서 눈앞에 보이는 메메드의 풍모가 즉위를 즈음해서 일변한 것은 아니다. 유약해 보이지는 않지만 20대 초의 젊음이 드러나는 날씬한 몸매도, 희고 갸름한 얼굴도, 가느다란 눈에 검은 눈동자로 상대를 집어삼킬 듯 바라보는 강한 눈길도, 약간 큰 편인 매부리코도, 그 밑으로 난 붉고 얇은 입술도 투르순이 시동이 되었을 무렵과 조금도 바뀌지 않은 것이다. 다만 이전부터 가신들과 자신 사이에 거리를 두곤 했던 젊은이로는 보기 드문 중후함이 더 한층 강해져 그의 인상 자체를 바꾼 것만은 사실이다.

젊은 새 술탄을 일일이 비판하는 목소리는 투르순의 귀에도 들어오고 있었다. 개방적인 성격이어서 병사들과도 곧잘 어울리고 신뢰를 바탕으로 신하들의 경애심을 한 몸에 모으던 아버지에 비해 메메드 2세의 태도는 오만하기 그지없었다. 게다가 평생 소박한 생활을 즐겼던 무라드와 반대로 그 아들은 호화로운 옷을 좋아하고 무엇이든 화려하기를 바랐다. 또 촌뜨기 무사 같던 아버지의 말투와 반대로 메메드 2세의 말투는 절대 권력을 손 안에 거머쥔 사람이라고 생각할 수 없으리만치 정중했다. 바로 옆에서 시중을 드는 투르순이 보기에는 이야말로 메메드의 차갑고 냉철한 마음가짐의 표현일 뿐이었지만 말이다. 그리고 누구에게도 속마음을 열어 보이지 않는 이 젊은이는 대신들의 의표를 찌르는 명령을 연달아 발했다.

첫 명령은 소아시아로 보낸 진압군의 철수였다. 반란군은 아직 완전히 진압되지 않았다. 하지만 아나톨리아 산악지대에 틀어박혀 있는 카라만 수장 베이와 그 휘하 군사를 완전히 진압한다는 것은 간단한 일이 아니었기에 일단 빗장만 질러놓고 더 이상 매달리지 않기로 한 것이다.

그리고 다음해 봄, 대규모 인부의 징집령이 발해졌다. 대신들에게 밝힌 이유는 보스포루스 해협 항해의 안전을 기하기 위해 '아나돌루 히사리'가 있는 지점 맞은편에 요새를 하나 더 건설한다는 것이었다. 투르크의 영토가 유럽과 아시아 양 대륙에 걸쳐 있는 만큼 보스포루스 해협을 건너지 않으면 동부와 서부의 왕래도 불가능하다. 그런데 바로 이곳에서 최근 수년 간 에스파냐 해적이 말썽을 부려 그곳을 지나는 제노바 및 베네치아 상선도 골머리를 앓고 있었다. 이런 사정도 있고 해서, 애당초 콘스탄티노플 공략의 기초 준비일지도 모른다고 의심한 할릴 파샤를 제외하고는 대체로 메메드 2세가 내세운 이유에 납득했다.

서유럽 요새들의 조감도를 참고로 해서 메메드가 스스로 고안한 내용에 따라 진행된 '루멜리 히사리' 건설은, 이런 유의 공사로서는 이례적으로 빨리 진행되었다. 전체 공정을 한 사람에게 맡기지 않고 세 개의 큰 탑과 그 주변 성벽을 각각 고관 한 명씩이 나누어 맡도록 한 것도 메메드의 생각이었다. 세 명의 고관들에게 이 공사는 술탄의 시선을 등 뒤에 느끼면서 벌이는 경쟁이었다. 실제로 이런 방식이 얼마나 유용한지는 곧 눈앞에 나타났다. '루멜리 히사리'는 사람들의 예상을 넘은 단기간에 완성되었다. 메메드 2세가 아드리아노폴리로 돌아온 것은 가을이 막 시작되던 어느 맑은 날이었다.

한편, 우르반이라고 이름을 밝힌 한 헝가리인이 아드리아노폴리에 모습을 나타낸 것은 가을이 한창인 10월 말의 일이었다. 자신이 콘스탄티노플 성벽을 파괴할 만큼 강력한 대포를 만들 수 있다고 말하는 이 남자를 투르크 궁정 사람들은 그저 비웃을 뿐, 아무도 상대하지 않았다. 하지만 술탄이 속으로 무슨 생각을 하는지 아무도 알 수 없었다. 보고 부실의 죄로 목이 잘릴지도 모른다는 생각에 겁이 난 한 사람이 일단은 보고를 해두자는 생각에 이 사실을 술탄에게 알리자, 메메드 2세는 즉시 그를 데려오라는 명령을 내렸다.

얼굴의 반이 적갈색 수염으로 뒤덮인 이 헝가리인을 술탄의 방으로 인도한 것은 투르순이다. 두루마리 다발을 품고 따라온 헝가리인은 투르순의 지시에 따라 카펫 위에 투르크식으로 앉더니 마룻바닥에 두루마리를 차례차례 펼치기 시작했다. 복잡한 선으로 꽉 찬 도면을 알아볼 수도 없고, 지중해 세계에서 가장 견고하다는 콘스탄티노플 성벽은 알라 신도 못 부술 거라고 생각하는 투르순이 그 성벽을 파괴할 수 있다는 대포 얘기에 흥미를 가질 리가 없었다. 그보다는, 여기 오기 전에 콘스탄티노플에 들른 이 헝가리인이 비잔틴제국의 궁정에서는 문전박대를 당했노라고 얘기하는 대목이 훨씬 더 쉽게 귀에 들어왔다.

하지만 문득 눈길을 돌리자, 낮은 의자 위에 투르크식으로 앉아 헝가리 사내의 말에 귀를 기울이는 주인의 모습이 여느 때와는 달라 보인다. 묵묵히 듣고만 있는 젊은 술탄의 시선은 눈앞 마룻바닥에 펼쳐져 있는 도면들에 박힌 채 움직일 줄 몰랐다. 그날부터 우르반이라는 이 헝가리인은 술탄의 궁정에 머물게 되었다. 메메드 2세는 이 유럽인에게 그가 비잔틴 황제에게 요구한 액수의 세 배에 달하는 보수를 약속했다. 아무 예고 없이 술탄을 만날 수 있는 사람은 재상 할릴 파샤도, 아들 바예지드도 아닌, 장발에 수염이 텁수룩한 이 기독교도 한 명뿐이었다.

술탄의 행동거지가 바뀐 것은 그후 얼마 지나지 않아서였다. 대낮에도 뭔가에 홀린 듯해서 가까이 가는 것이 꺼려질 정도였다. 그 이전에도 뭔가에 몰두할 때가 종종 있긴 했지만, 이번처럼 오래 가기는 처음이었다. 밤에도 잠을 못 이루는 듯 바로 옆방에서 대기하고 있는 투르순의 귀에도 침상 위에서 엎치락뒤치락하는 소리가 전해져 왔다.

술에도 손을 대지 않게 되었고 성애에도 전연 무관심해졌다. 여태까지는 투르순도 머리를 조아린 채 방을 물러날 때면 목덜미에 주인의 뜨거운 눈길을 느끼곤 했지만 요즘은 아름다운 시동의 존재는 주인의 안중에 없는 듯했다. 뿐만 아니라 옷차림에 누구보다도 신경을 많이 쓰던 술탄이 이제는 수염을 다듬는 것마저 잊곤 했다. 선이 아름다운 가늘고 긴 눈도 움푹 들어가 번뜩일 뿐이고 시동이나 노예도 겁이 나서 가까이 갈 수 없게 되었다. 오직 투르순만이 언제나처럼 명령을 기다리면서 메메드의 곁을 떠나지 않았다. 그는 알고 있었다. 자신의 젊은 주인이 오랜 바람을 실현할 방도를 이제야 비로소 찾아냈음을.

술탄이 일개 병사로 변장해서 거리로 나가보기 시작한 것도 이 즈음부터이다. 그를 따르는 이는 역시 병졸로 변장한 투르순과 힘 좋기로 유명한 흑인 노예뿐이다. 술탄은 이 두 사람만을 거느리고 밤중의 아드리아노폴리로 몰래 나간다. 행선지는 예외 없이 병사들이 많이 모이는 곳이다. 병사들 중 한 명이 어쩌다 그를 알아보고 술탄에게 인사를 할라치면 흑인 노예의 큰 칼이 빛을 뿜었다.

그러던 어느 날 밤, 침실에 있던 술탄이 투르순에게 즉시 재상을 부르라는 명을 내렸다. 마중나가 있던 흑인 노예들과 함께 나타난 할릴 파샤는 뜻밖의 시각에 갑자기 내려진 소환 명령에 올 것이 왔다고 생각한 듯했다. 그가 메메드의 침실로 들어서는 순간 손에 들린 은쟁반에 산더미처럼 쌓아올린 금화가 이리저리 떨어져 투르순이 일일이 주워 담아야 할 정도였다.

메메드 2세는 실내복을 입은 채 침대에 앉아 있었다. 노재상은 그 앞 마룻바닥에 머리를 조아려 공손히 술탄에 대한 예를 표한 다음 가지고 온 은쟁반을 받들어 올려 술탄 앞에 내밀었다. 젊은 술탄이 입을 열었다.

"이것은 무슨 뜻입니까, 선생님."

열두 살 나이로 아버지로부터 자리를 물려받았을 때, 무라드는 아들에게 할릴 파샤를 스승이라 생각하고 그 충고를 받아들이라고 말했다. 그날 이후 메메드는 아버지가 죽은 뒤 문자 그대로 전제군주가 된 뒤에도 공식 석상이 아닌 한 할릴을 계속해서 '라라', 곧 선생님이라고 불렀다. 노재상은 답했다.

"주인님, 야심한 때에 고위 가신이 주인의 부름을 받으면 빈 손으로 알현해서는 안 되는 것이 오랜 관습인바, 저 역시 이에 따랐을 뿐입니다. 여기 제가 가지고 온 것은 따지고 보면 모두 주인님의 것, 제 것은 아닙니다."

젊은이는 말했다.

"그대의 재물은 내게 필요없소. 아니, 그대가 지금 내게 주려 하는 것보다 훨씬 더 많은 재물을 그대에게 내릴 수도 있소. 내가 그대에게서 받고 싶은 것은 단 하나.

저 도시를 주시오."

두 사람에게서 멀찍이 떨어져 서 있던 투르순에게도 그 순간 노재상의 안색이 창백해지고 그대로 딱딱하게 굳어가는 것이 보였다. 그와 반대로 호수처럼 고요한 메메드의 표정도. 메메드 2세가 콘스탄티노플이라 하지 않고 단지 '저 도시'라고 했기에 오히려 할릴 파샤는 젊은이의 결의가 보통이 아님을 알 수 있었다.

재상 할릴 파샤는 오랜 세월 확신을 갖고 추진했던 그의 공존 공영 정책이 와르르 무너져내림을 느끼고 있었다. 노재상은 힘없이 고개를 숙인 채 전력을 다해 헌신하겠다고 약속할 수밖에 없었다. 침실을 물러나는 할릴 파샤를 보면서 투르순은 이상하게도 더 이상 이 노재상을 재상으로 느낄 수 없었다.

콘스탄티노플로!

 9월 초에 베네치아를 출항한 트레비사노 휘하 두 척의 갤리선은 물과 식량을 싣기 위해 파렌초에 잠시 들렀을 뿐 아드리아 해의 출구를 지키는 코르푸 섬에 다다를 때까지 어디에도 기항하지 않은 채 순조로운 항해를 계속했다. 바람과 날씨도 좋았거니와 가늘고 낮은 선체가 물과 공기의 저항을 적게 받아, 배에 대해서는 문외한이나 다름없는 니콜로도 이 배가 '쾌속 갤리선'이라는 별명으로 불리는 이유를 이해할 수 있었다. 저녁식사 자리에서 이를 대단한 발견인 듯 의기양양하게 말하는 니콜로에게 항해의 베테랑인 트레비사노는 웃으면서 이 별명이 붙게 된 이유를 하나 더 설명해주었다.
 "우리 선단은 두 척뿐이고, 더구나 같은 형의 배로 편성되어 있네. 하지만 상선단이라면 대형 갤리 상선 여러 척에 범선까지 더해질 때가 많단 말이야. 지중해에서는 순풍이 계속 불 때가 드무니까 가늘고 톤수가 적은 갤리 군선이라고 해도 선단 전체와 속도를 맞추기 위해 돛의 종류를 계속 바꾸는 게 보통

이야. 이번에는 그런 애물단지가 없어서 홀가분한 게 정말로 좋군."

 선단은 코르푸에 기항한 뒤에도 남하를 계속했다. 펠로폰네소스 반도 남단의 모도네에 닿을 때까지는 베테랑 일색인 노잡이들은 시간이 남아돌아 주체를 못할 정도였고 배 위에서는 도박판까지 벌어졌다. 하지만 모도네를 뒤로 하고 에게 해로 들어서자마자 노잡이들의 여유는 언제 그랬냐는 듯 사라져버렸다. 그때부터는 흑해에서 불어오는 바람을 거슬러 북동쪽으로 나아가야 했기 때문이다. 그래도 그리스의 네그로폰테까지는 베네치아가 제해권을 쥐고 있는 해역이다. 바빠진 것은 노를 젓는 노잡이들과 돛과 키를 조작하는 선원들뿐이고 전투원인 석궁병들은 아직 경계에 나설 필요가 없었다. 닷새 동안 네그로폰테의 기지에 정박한다. 트레비사노가 이곳에 주둔중인 에게 해역 담당의 베네치아 함대 사령관 자코모 로레단과 군사상의 문제들을 토의하느라고 바쁜 동안, 니콜로는 트로이를 치러 가는 그리스의 군선들이 집결했다는 만(灣) 따위를 구경하고 있었다.

 네그로폰테를 출발한 두 척의 갤리 군선은 아드리아 해를 곧장 남하할 때와는 비교도 되지 않는 긴장감에 휩싸여 있었다. 노잡이들까지도 흉갑(胸甲)을 착용했으며, 석궁병들은 언제 전투가 벌어져도 대처할 수 있도록 각자 위치에서 경계 태세에 들어갔다. 여기서부터 콘스탄티노플까지는, 일단은 제노바 세력이 강한 섬들 근처를 지나고, 곧이어 다르다넬스 해협에 들어가자마자 이번에는 투르크 지배권을 가로질러 가야 하기 때문이다. 그래도 트로이의 옛 싸움터를 우현 너머로 바라보며 다르다넬스 해협으로 들어가서 투르크의 유일한 해항(海港)인 갈리폴리 앞바다도 무사히 통과할 수 있었다. 이대로 마르마라 해를 북상하면 콘스탄티노플이다. 순조로운 항해인데도 한 달이나 걸린 것은, 베네치아 해군기지가 있는 코르푸와 모도네, 그리고 네그로폰테에서 군사적 이유로 며칠씩 기항했기 때문이었다.

환자가 한 명도 없어서 그야말로 선원들 이상으로 심심했던 니콜로에게 네그로폰테를 떠난 뒤의 뱃길은 끊임없이 이어지는 섬 그림자를 바라보는 것만으로도 즐거웠고 하루 해가 짧게 느껴질 정도였다. 이 근처 바다에 온 것은 처음이기 때문이었다. 콘스탄티노플에 닿은 것은 10월 초의 일이었다.

온 몸에 가을 햇살을 받고 있는 이 지중해 세계 최대의 도시가 눈앞에 나타났을 때는 역사에 특별히 관심이 없던 니콜로마저도 가슴이 두근거려 참을 수가 없을 지경이었다. 헤아릴 수 없이 많은 탑들이 줄줄이 이어진 높다란 성벽이 왼쪽으로는 땅을 향해, 오른쪽으로는 마르마라 해를 향해 뻗어 있다. 갑자기 성벽이 눈앞으로 확 당겨진다. 밤새 노를 저어 지쳤을 노잡이들도 목적지가 코앞에 보이자 힘이 나는 것일까. 니콜로가 탄 배에는 돛대 높이 나부끼는 베네치아공화국 깃발 바로 밑에 함대 사령관이 타고 있음을 알리는 깃발이 걸려 있었다.

두 척의 갤리 군선은 바다 쪽 성벽을 따라 북상을 계속했다. 끝이 없는 게 아닌가 생각될 정도로 콘스탄티노플의 성벽은 길었다. 도중에 선착장이 두 군데 정도 있었지만 베네치아 군선들은 그대로 지나쳐버린다. 수부장(水夫長)의 말로는, 마르마라 해 쪽 선착장들은 작기 때문에 베네치아나 제노바의 대형선에는 적합하지 않다고 한다.

높이 솟아오른 대성당의 둥근 지붕을 왼쪽으로 보면서 돌아선 곳은 니콜로도 알고 있는 유명한 금각만의 입구였다. 오른쪽으로 보스포루스 해협이 입을 벌리고 있다. 트레비사노의 갤리선은 금각만에 들어서자마자 있는 선착장으로 들어갔다. 성벽 위에서 사령관기를 알아본 이가 통보했는지, 선착장에는 콘스탄티노플 주재 베네치아 대사 미노토가 마중나와 있었다.

크림 지방의 항구 타나를 출발해서 흑해 연안의 트레비존드와 시노페를 거쳐 보스포루스 해협이 시작되는 지점까지 오면, 테탈디처럼 수도 없이 이곳을 오간 사람은 집에 온 것 같은 편안함에 자연스레 전신이 나른해지곤 한다. 하지만 이번만은 다르다. 베네치아 상인의 본거지 타나에서도, 제노바 상인이 독점하는 카파에서도, 심지어 독립국 트레비존드에서마저도, 아니 흑해 연안에 있는 서유럽 상인의 기지라면 어디에서나 보스포루스 해협을 따라 투르크인이 건설해놓은 요새에 대한 이야기 일색이었다.

투르크는 '루멜리 히사리'라 명명한 이 유럽 쪽 요새와 예전부터 있던 아시아 쪽의 '아나돌루 히사리'에 모두 대포를 설치하고, 두 요새 사이를 통과하는 배를 강제로 멈추게 해 통행세 명목으로 막대한 금액을 지불케 한다는 것이다. 응하지 않는 배에는 양안의 요새에서 대포가 불을 뿜는다고 한다. 보스포루스 해협의 통행세라니. 이런 것은 그곳을 영유하던 비잔틴제국도 요구한 적이 없었다. 설령 한 발짝 양보해서 통행세를 낸다 해도, 그것은 제노바와 베네치아 모두 투르크와 통상조약을 체결하고 있으니까 그 조약을 갱신할 때 조건의 하나로 검토해야 할 문제인 것이다. 이전 조약이 아직 발효되고 있는데도 일방적으로 통행세를 강요하는 것은 해도 너무한다는 것이 제노바나 베네치아 상인들의 주장이었다. 평소에는 사이가 나쁜 라이벌이지만 이번만은 그들도 목소리를 같이했다.

이 일대 통상에 관한 한 이 두 나라만한 전통도 실적도 없는 피렌체나 앙코나, 또는 프랑스의 프로방스나 에스파냐의 카탈루냐 등지의 상인들도 투르크의 태도가 법도에 어긋난 야만적 행위라고 생각하는 데서는 완전히 일치했다. 그들은 정지 명령에 불응하고 투르크가 요구하는 통행세 따위는 무시하기로 뜻을 모았다.

오랫동안 보스포루스 해협을 오가면서 통상에 종사해온 그들은 길이가 겨우 30킬로미터밖에 안 되는 이 해협을 항해할 때는 의외로 고도의 기술이 요구됨을 익히 알고 있었다. 흑해에서 불어오는 북풍이든 마르마라 해에서 불어오는 남풍이든 간에 해안선까지 산이 밀고내려온 이 해협에 들어서면 순식간에 엄청난 강풍이 되어버린다. 게다가 이 해협은 흑해와 마르마라 해를 직선이 아니라 마치 뱀이 기어가듯 꼬불꼬불한 모양으로 흐르고 있는 것이다. 문제는 여기서 그치지 않는다. 흑해 쪽이 수위가 높아서 바람이 없어도 조류는 언제나 흑해에서 마르마라 해를 향해 보스포루스 해협을 남하한다. 이런 곳에서 항해를 재촉하고 싶다면 구부려져 있는 곳, 즉 바람의 사각지대를 피하고 되도록 바람과 조류가 거침없이 통하는 지점을 골라 항해할 필요가 있다.

이 정도 항해 기술은 이 방면에서 타의 추종을 불허하는 제노바나 베네치아 선원들에겐 그리 곤란한 일도 아니다. 그들이 보스포루스 입구에 이르자마자 이미 콘스탄티노플 선착장을 눈앞에 둔 것 같은 안도감을 느낀 것도 이 때문이다. 하지만 이제 얘기가 달라졌다. 보스포루스 해협이 가장 좁아지는 지점, 너비가 겨우 600미터밖에 안 되는 그 지점을 양쪽에서 쏘아대는 포화를 잽싸게 비껴가면서 지나가야 한다. 평생을 이교도와의 교역에 바쳐온 그들로서도 그다지 유쾌한 광경은 아니다. 한 제노바 상인이 웃으면서 이렇게 말한 적이 있다.

"노란 깃발이라도 걸고 가봐. 그럼 설마 멈추라고 하겠어?"

테탈디를 포함해서 그 자리에 있던 모두가 폭소를 터뜨렸지만 이내 웃음을 그쳤다. 노란 깃발이란 그 배에 전염병 환자가 있음을 나타내기 위해 돛대 높이 걸어두는 만국 공통의 신호다. 한 척 정도라면 속일 수 있을지도 모르지만 배란 배가 모조리 노란 깃발을 걸 수는 없는 노릇이다. 서유럽 상인들이 도달한 결론은 여태까지처럼 선단을 짜지 말고 포화를 피하기 쉽도록 배들 사이에 간격을 상당히 많이 두어서 전속력으로 통과한다는 것이었다.

테탈디가 탄 베네치아의 갤리 상선은 마침내 보스포루스 해협에 들어서기 시작했다. 돛대가 세 개인 대형 갤리선을 가득 메운 긴장감이 선교(船橋) 밑에 선 테탈디에게도 전해져 온다. 베네치아 선원들의 기개를 나타내는 듯, 중앙 돛대 위에 드높이 금색 실로 성 마르코의 사자를 수놓은 주홍색 베네치아공화국 깃발이 바람에 나부낀다. 삼각돛 세 개가 모두 북풍을 한껏 받아 줄곧 팽팽해져 있는 것은 키를 움직이는 자가 숙련된 선원이라는 증거다. 노잡이들도 바람을 잘 받을 때 늘상 하듯이 천천히 큰 동작으로 노를 젓는다. 그들도 긴장하고 있는 듯, 노 젓는 리듬을 유지할 수 있도록 수부장이 부는 피리 소리가 바람에 흩어져 들리지 않는데도 200명이 넘는 노잡이들의 움직임에는 조그만 흐트러짐도 보이지 않는다.

해협을 3분의 1 정도 온 지점, 산 위 높은 곳에 제노바 성채가 있다. 그곳을 지나 아시아 쪽으로 크게 돌아서 다시 3분의 1 정도를 지날 때, 오른쪽에 높이 솟아오른 원형 탑이 눈에 들어왔다. 탑 위에는 붉은 바탕에 흰색 별과 초승달이 그려진 투르크 국기가 나부끼고 있다. '루멜리 히사리'임에 틀림없다.

가까이 가자 탑에서부터 연안 쪽으로 내리뻗어 있는 성벽도 보인다. 이어서 성벽이 다한 곳에서 연안 가까이에 우뚝 솟아 있는 또 하나의 큰 탑도 시야에 들어왔다. 요새에서 공포가 발사된 것은 그때였다. 배를 해안으로 붙이라는 명령이다. 물론 베네치아 배는 꿈쩍도 하지 않는다. 그대로 배가 해협을 따라 꺾어지자 누가 바란 것도 아니건만 '루멜리 히사리'의 전모가 눈에 들어왔다.

해안 가까이에 서 있는 큰 탑 좌우로 지형을 따라 뻗은 성벽이 다한 곳에 각각 하나씩의 큰 탑이 있는, 서유럽식의 역삼각형 요새이다. 상상했던 것보다 더 크다. 아니, 요새가 해안선에 솟아 있기 때문일까, 숨을 멎게 하는 위압감마저 느껴진다. 하지만 이를 피해서 아시아 쪽 해안으로 다가갈 수도 없다. '루멜리 히사리'보다 작긴 해도 그곳에는 '아나돌루 히사리'가 버티고 있기 때문이다.

해안선 가까이 있는 큰 탑에서 발사된 포탄이 물기둥을 높이 튀겨올리기 시작했다. 베네치아 배에는 대포가 없다. 설사 있다 해도 달리는 배 위에서 뭍에 있는 목표물을 조준할 수 있는 자가 누가 있으랴. 상선에도 반드시 탑승하게 마련인 석궁병들도 속수무책이었다. 탑 아래서 대포를 조작하는 투르크 병사들이 보이긴 하지만 석궁의 사정거리를 한참 벗어나 있다. 결론은 하나, 죽자사자 달아나는 것뿐이다. 선장 코코의 노성이 울려퍼진다. 선원들 모두가 한 몸이 되어 배는 오로지 남쪽만 보고 달려간다. 요새가 있는 곳을 돌아섰을 때 비로소 전원이 안도의 한숨을 내쉬었다. 아직 등 뒤로 투르크 요새가 보이긴 하지만 이제 대포의 사정거리는 벗어난 것이다. 그러나 테탈디가 탄 배를 멀찍이서 따라오던 동료 선박이 뱃전 가까이에서 치솟은 물기둥 때문에 반대편으로 기우뚱하는 것을 본 순간 일동은 다시 심장이 멎는 듯했다. 하지만 이 배도 조타수의 솜씨가 훌륭한 덕에 곧 균형을 되찾았다. 그리고 남쪽 수평선 위로 가을 아침에는 좀처럼 보기 힘든 안개에 싸여 마치 신기루처럼 바다 위로 떠오른 콘스탄티노플이 눈에 들어왔을 때, 베테랑인 베네치아 선원들도 일찍이 경험한 적이 없는 안도감에 푹 젖어들었다.

테탈디가 누구에게 가슴팍을 얻어맞은 듯한 불쾌감을 느낀 것은 바로 이때였다. 이제는 빨간 점으로밖에 보이지 않는 투르크 깃발이 시야에서 완전히 사라질 때까지 그는 눈을 떼지 않았다.

똑같이 서유럽에서 콘스탄티노플에 이르는 여정인데도 이시도로스 추기경은 니콜로나 트레비사노처럼 한 달 만에 올 수가 없었다. 5월 20일에 교황령인 항구 치비타베키아를 떠났지만 콘스탄티노플에 닿은 것은 그로부터 5개월이 지난 10월 26일이다. 바람의 영향을 덜 받는 갤리선과 바람이 없으면 아예 움직일 수 없는 범선의 차이 때문이기도 했지만, 이시도로스에게는 병사들을 모을 임무가 있었기 때문이다.

교황 니콜라우스 5세는 이시도로스에게 군자금을 주고 제노바 배 한 척과 병사를 모으라고 명했다. 배는 서유럽에서 구하는 것이 유리하겠지만 병사들은 콘스탄티노플 근처에서 모으는 게 여러 면에서 편하다는 것은 두말하면 잔소리다. 그 때문에 선원들만 태우고 오리엔트로 향하게 되었는데, 그 전에 나폴리에 기항해서 나폴리 왕에게도 원군을 보내달라고 설득해야 했다. 이 일은 실패로 끝났다.

  나폴리 항을 뒤로 하고 남이탈리아를 따라 시칠리아의 메시나로 향한 뒤, 그곳의 해협을 통과해서 항로를 동으로 잡은 이시도로스의 배가 순조로운 항해 끝에 에게 해에 있는 제노바령 키오스 섬에 도착한 것은 여름이 아직 한창일 때였다. 동서 교회의 연합을 이끌어내야 하는 중책을 맡고 하루빨리 콘스탄티노플에서 이를 실현하고 싶어 안달이 난 이시도로스를 약올리기라도 하듯 키오스에서의 모병은 의외로 지지부진했다. 오리엔트에 있는 제노바 통상의 3대 거점을 꼽으라면 흑해의 카파, 콘스탄티노플의 갈라타, 에게 해의 키오스를 드는 만큼, 이곳 키오스에서 최신 정보를 접하지 못한다는 것은 말이 안 되었다. 전쟁이 일어날지도 모르는 곳에 가는 일인 것이다. 싼 급료로 고용할 수 있는 그리스인들은 같은 그리스인을 돕는 일이라고 설득해도 전혀 먹혀들지 않았다.

  결국 몇 대째 키오스 섬에 정착해 살면서 콘스탄티노플의 운명이 키오스의 운명을 좌지우지함을 알고 있는 제노바인을 고용할 수밖에 없었다. 그들은 전투가 직업인 만큼 질은 높지만 고용료가 비쌌다. 이시도로스가 자기 재산을 모두 털어 넣어도 교황이 그에게 준 자금으로는 200명 정도를 고용하는 것이 고작이었다. 이들을 배에 태워 카파로 직행하는 또 한 척의 제노바 배와 함께 키오스를 떠난 것은 햇살 속에서 가을을 느낄 수 있는 계절이 되어서였다.

  이날을 위해 동과 서를 몇 번이나 오갔는지 헤아리면서 이시도로스는 이제 이보다 더한 기쁨을 누릴 날은 다시 없으리라는 생각에 잠겼다. 확 갠 듯한 그 심정을 비춰주기라도 하듯 콘스탄티노플의 하늘도 청명하기 그지없다. 선착장에는 황제가 보낸 궁정 중신들이 한결같이 오리엔트풍의 호화로운 외투를 걸치고 마중나와 있었다. 추기경은 준비된 말에 올라탄다. 중신들도 말에 올라 성문을 들어서는 이시도로스의 뒤를 따랐다. 갑주를 입은 200명의 병사들이 보무도 당당하게 그 뒤를 잇는다. 일행은 완만한 오르막길을 따라 성 소피아 대성당으로 향했다. 라틴구를 지날 때는 길가에 늘어선 사람들 사이에서 박수의 물결이 일었지만, 그곳을 지나 그리스인들이 사는 지대로 들어서자마자 침묵 속에 바라보는 사람들의 시선을 마주했을 뿐이었다. 그래도 머리끝에서 발끝까지 강철 갑주로 무장한 병사들의 행렬은 200이라는 숫자 이상의 박력을 느끼게 했다. 길가의 그리스인들도 그 광경에는 마음이 움직이는 듯했다.

성 소피아 대성당 앞 광장 한켠에는 주홍색 주단이 깔려 있었고 비단을 씌운 의자 두 개가 그 위에 마련되어 있었다. 하나는 높고 다른 하나는 약간 낮다. 기다리고 있던 황제가 광장에 도착한 이시도로스를 맞았다. 높은 의자에는 황제 콘스탄티누스 11세가, 낮은 의자에는 교황대리 자격으로 이시도로스가 앉는다. 짤막하게 환영 인사를 한 황제에 이어서, 추기경은 평화가 오기를 기원하며 로마 교회는 비잔틴제국을 위기에서 구하기 위해 동서 교회의 연합에 동의하고 원군을 파견키로 결의했음을 교황의 이름으로 발표했다. 동서 교회의 연합을 기념하는 의식이 12

월 12일에 성 소피아 대성당에서 행해질 것이라고 선언되었다.

　베네치아 대사와 제노바 행정관, 그리고 카탈루냐 영사 등 서유럽측 주민 대표가 늘어선 자리에서는 복종을 나타내기 위해 일제히 무릎을 꿇었지만, 비잔틴 고관들로 채워진 화려한 관복(官服)의 줄은 그저 가볍게 고개를 숙이기만 했다. 그들 뒤로 무리지어 있던 그리스인들은 침묵을 지키고 있었다. 우베르티노는 라틴인들 자리가 아니라 그리스인들 무리에 섞여 이 광경을 바라보고 있었다.

　성 소피아 대성당에서 게오르기오스의 승방이 있는 수도원으로 가려면 큰맘 먹고 넓고 넓은 콘스탄티노플을 반쯤은 가로지르기로 작정해야 한다. 우베르티노는 생각에 너무 깊이 잠긴 나머지 그 거리를 실감하지 못할 정도였다. 수도원에 도착해 보니 늘 고요하고 적막하던 그곳이 금세라도 터져나갈 듯한 열기로 떠들썩했다. 오늘은 게오르기오스의 승방뿐만 아니라 사이프러스나무가 짙은 그림자를 드리우는 안뜰도, 정원을 둘러싼 회랑도 여기저기 무리지어 큰 소리로 토론을 벌이는 수도사들로 가득 차 있었다. 게오르기오스의 고귀한 자태가 그 속에 보인다. 수도사들은 이시도로스를 배신자라고 욕하면서 황제가 유약하다고 한탄하고 있었다. 너나할것없이 이 기회에 결정적인 의사 표시를 해야 한다고 했다. 우베르티노는 이제 다시 일 년 전처럼 수도사들이 거리로 나가 큰 소리로 연합 반대를 외치며 거리를 행진하겠구나 하는 생각이 들었다. 그 뒤를 일반 민중들이 무리 지어 따를 것이다. 비잔틴제국에서 수도사들의 영향력은 서유럽과 비교가 안 될 정도로 강했다.

점심 시간을 알리는 종이 울리자 수도사들은 어쨌든간에 식당을 향해 갔다. 우베르티노도 어찌 되었든 스승에게 인사는 할 요량으로 보통 사람보다 키가 한 척은 더 큰 게오르기오스 쪽으로 다가갔다. 게오르기오스는 곧 그를 알아보고 아직 콘스탄티노플에 있었냐고 말을 걸어왔다. 젊은 제자는 오늘 아침 성 소피아 대성당에 갔다 왔노라고 말하고, 다시 한 번 확인해두고 싶은 듯 왜 그리스인들은 연합에 이토록 반대하는지를 스승에게 물어보았다. 대성당 앞에서 치러진 의식을 본 이후 내내 생각해왔던 의문이었다. 게오르기오스는 점심 시간을 뺏기는 데도 개의치 않고 천천히 조용한 말투로 얘기를 시작했다. 주위에는 아무도 없었다.

"비잔틴 문명이란 멸망한 고대 그리스 문명과 로마 문명에서 흡수한 모든 요소에다가 오리엔트적인 요소를 더해 만들어진 최고의 문명이네. 이 문명은 그 자체로 하나의 완전체이고, 그지 여러 문명을 적당히 섞어 만든 잡동사니가 아니란 말이지. 동로마제국은 어떤 면에선 잘못 붙여진 이름이네. 왜냐하면 330년에 콘스탄티누스 대제가 로마 세계의 수도를 로마에서 비잔티움으로 옮겼을 때, 그가 거기 창건한 것은 단순한 국가가 아니었기 때문일세. 심오한 문제들과 씨름하는 방식이나 그것이 불러일으키는 반향에서, 또 건축이나 법률이나 문학에서 완전히 독자적인 하나의 정신적인 제국이었던 거지.

고대 그리스의 영향을 받고 고대 로마 세계를 모태로 하는 서유럽 사람들이 비잔틴제국과 거기 사는 사람들을 이해하지 못하고 무의식중에 혐오하는 것도 이유가 없는 건 아니지. 비잔틴에 사는 우리 그리스인들은 엄격하게 따지면 서유럽인은 아니니까.

비잔틴제국의 숙명적인 창건에서 오늘날까지 1100년 동안 그리스는 아시아와 유럽, 아프리카를 아우르는 거대한 대륙의 한 부분이었지. 하지만 서로마제국이 멸망하고 서유럽이 어둠 속을 헤맬 때 콘스탄티노플은 그들과 다른 이국풍의 꽃을 개화시키고 우리만의 사고방식에 어울리는 새로운 문명을 쌓아올리고 있었네. 지중해 세계의 맏아들인 이 문명의 기질은 실제적인 것보다도 종교와 예술 같은 정신적인 것에 더 두드러지게 드러나고 있고 정치도 마찬가지야. 결코 분리하지 않고 분리될 수도 없는 교회와 국가, 종교와 정치의 통일체. 이것을 지켜야 한다는 신념이야말로 비잔틴 문명의 특색이야. 이것이 열매 맺어 곧 그리스 정교회의 기본 제도와 지도 이념이 된 거고.

서유럽은 얼마 전부터, 물론 오랜 혼란을 겪은 결과지만, 교회와 국가를 분리하는 데까지 분리하고 보자고 생각하게 된 것 같은데, 이탈리아 도시국가들이 번영을 누리는 것도 그 때문일지도 모르지. 하지만 비잔틴인이라면 서유럽에서는 실현할 수 있고 또 일단 실현만 하면 막대한 이익을 낳을 수 있다 해도 정교 분리 같은 것은 도저히 받아들일 수 없는 거네. 비잔틴인이라면 종교와 정치의 완전한 일체화를 당연시하지 않는 정치 이념 따위는 생각도 할 수 없는 거니까."

젊은 제자는 스승의 얼굴을 올려다보면서 한마디도 놓치지 않으려는 듯 조용히 귀기울이고 있었다. 스승의 말은 계속 이어졌다.

"이 위대하고 실로 고결한 문명의 기본을 이루는 사회 단위가 신자의 단체라는 형태를 취하고 있다는 것은 자네도 알고 있겠지. 이 단체를 구성하는 것은 지리상의 구획도 아니고 민족상의 구별도 아니네. 비잔틴제국 사람들은 대체로 어떤 민족과도 이어져 있기 때문이지. 그러면 뭘까? 단 하나야. 기독교도로서의 의견 일치라는 지고의 조건.

가톨릭 교회 중심으로 동서 교회를 연합시키는 것은 미사 방식을 통일하는 것같이 단순한 게 아니네. 그것은 이질적인 두 문명을 무리하게 하나로 합치려는 도저히 말도 안 되고, 실현 가능성도 전혀 없는 폭거일 뿐이네."

게오르기오스는 젊은 제자를 다정한 눈길로 보면서 마지막으로 이 말을 덧붙였다.

"고국으로 돌아가게나. 자네는 서유럽 사람이니까."

다음날부터 1주일 이상이나 콘스탄티노플 거리는 연합 반대를 외치는 수도사와 서민의 무리로 가득 메워졌다. 그리고 언제나 그 한가운데에는 온몸을 검은 수도복으로 감싼 게오르기오스의 모습이 있었다. 12월 12일에 성 소피아 대성당에서 행하는 동서 교회의 연합 성립을 축하하는 미사에 출석하도록 청해진 고위 성직자들의 명단 속에는 게오르기오스의 이름도 있었지만 그는 끝내 모습을 드러내지 않았다. 또한 그 외에도 다른 7명의 그리스 정교회 대표도 연합을 기록한 문서에 서명하기를 거부했다. 그리고 일반인들도, 그들에게는 가장 중요한 교회인데도 연합 미사를 거행했다는 이유 하나만으로 그날부터 성 소피아 대성당에는 발길을 끊게 되었다.

흑해에서 불어오는 북풍이 더 한층 거세게 느껴지는 12월쯤 되면, '라틴인'이라 총칭되는 콘스탄티노플 주재 서유럽인들도 늘상 입는 검은 외투 밑에 털을 댄 두꺼운 속옷을 겹겹이 입을 뿐만 아니라 외투 위를 폭이 넓은 벨트로 조여 한기를 막는 것을 잊지 않았다. 오랜만에 베네치아 상관에 들른 우베르티노도 동복으로 차려입은 사내들이 분주하게 오가는 광경을 보고 겨울이 왔음을 새삼스레 느끼고 있었다.

겨울철의 라틴구는 일 년 중 가장 활기 찬 모습을 보인다. 흑해로부터 연달아 도착하는 상선으로 선착장이 꽉 차는 것도 이때이고, 순풍을 등에 지고 남쪽으로, 더 나아가 서유럽으로 가는 배가 잇달아 콘스탄티노플을 떠나는 것도 이때이기 때문이다. 하지만 이해 1452년의 12월만은 여느 때와는 역시 달랐다. 베네치아인뿐만 아니라 콘스탄티노플에 있는 서유럽 상인들 모두를 전율케 한 사건이 일어난 직후이기 때문이다.

11월 26일, 밀을 가득 싣고 흑해를 출발해서 보스포루스 해협을 남하하던 베네치아 범선 한 척이 '루멜리 히사리'에서 발사된 포화에 맞아 격침되는 사건이 발생했다. 조금 떨어져 항해하던 동료 선박은 도망치는 데 성공했지만 에리초가 선장으로 있던 그 배만은 선미 부분의 선교에 포탄이 명중했기 때문에 도저히 어쩔 수 없었다. 선장과 30명의 승무원은 헤엄쳐서 해안까지 다다랐지만 아시아 쪽으로 가거나 유럽 쪽으로 간 이들 모두 즉시 체포되었다. 동료 선박의 보고로 사건을 알게 된 베네치아 대사 미노토는 즉각 술탄에게 사자를 보내, 난파선의 승무원은 무사히 상대국으로 돌려보낸다는 투르크-베네치아 간의 조약을 방패삼아 항의했지만 아무 소용이 없었다. 논할 가치가 없다고만 답한 술탄의 명에 따라 12월 8일, 선장은 말뚝에 박혀 죽고, 다른 승무원들 전원은 몸통이 둘로 잘려 죽는 형에 처해졌다.

콘스탄티노플의 베네치아 조계는 선대 술탄 시대부터 오랫동안 이어져온 투르크와의 우호관계가 이제 끝나버렸음을 받아들여야 했다. 개중에는 선전포고라고 핏대를 세우는 이도 있었다. 조약을 공식적으로 체결한 나라 사람들에 대한 대우가 이 정도다. 그렇지 않은 나라, 피렌체나 앙코나, 프랑스, 에스파냐 등지에서 온 상인들의 불안감은 더더욱 심각했다. 베네치아 상관이 평소보다 더 붐비는 것은 일을 접고 그만 고국으로 물러나겠다고 결심한 상인들이 밀어닥쳤기 때문이다.

테탈디도 이제 막 상관 안에 있는 은행에 들러 밀을 팔고 남은 돈을 자기 명의의 구좌에 입금시키고 온 참이다. 베네치아에 있는 본점 구좌로 옮겨달라고 부탁해놓고 왔으니 돈이 자기보다 먼저 서유럽으로 돌아가게 될 것이다. 베네치아로 모피를 실어 나를 준비는 이미 며칠 전에 마쳐놓았다. 이런 일은 신용 있는 베네치아인에게 맡겨놓기만 하면, 짐은 자기가 찾으러 갈 때까지 베네치아 창고에 고이 모셔져 있을 테니까 아무 걱정 없다. 이제 테탈디에게 남은 문제는 자신이 타고 갈 배를 정해서 예약하는 것뿐이다. 연말이 다가올수록 베네치아 직항편은 구하기 힘들지만, 순풍에 내맡기고 남하만 하면 되는 크레타까지 가는 배는 아직 얼마든지 있다. 그런데 어쩐 셈인지 테탈디는 이 최후의 결심을 내리지 못하고 있는 것이다.

아직 타나에 있을 때는 고향에서의 생활을 그리면서 그렇게도 즐거워했는데, 막상 그 꿈이 실현되려는 지금에 와서 새삼스럽게 머뭇거리는 자신이 테탈디는 스스로도 이해가 안 된다. 하지만 그의 머릿속에 떠오르는 것은 아르노 강가에 아름다운 여인처럼 앉아 있는 피렌체가 아니라 위압하듯 솟아 있는 '루멜리 히사리', 거기서 악마처럼 날아오는 포탄, 포탄을 피하기 위해 죽을 힘을 다해 좌우로 키를 움직이는 배와 도망쳐 나올 때 본, 물 위에 아련히 떠 있는 콘스탄티노플의 풍경뿐이었다.

마찬가지로 이러지도 저러지도 못하는 사람이 이 피렌체 상인 외에도 한 명 더 있었다. 우베르티노이다. 그도 좀전에 은행에 가서 아버지가 부쳐온 돈을 인출해 온 터였다. 스승 게오르기오스의 권유에 따라 서유럽으로 돌아간다면 이 돈만 가지고도 베네치아까지 운임은 충분히 댈 수 있다. 여태껏 사 모은 책도 가지고 돌아갈 수 있다. 베네치아 상관 안에 있는 다른 구역으로 가서 배를 예약하기만 하면 만사 끝이다. 그런데도 결심이 서지 않는다. 상인 테탈디와는 달리, 그의 머릿속을 메운 채 떠나지 않는 것은 그가 사랑하기 시작한 비잔틴 문명이었다. 아니, 그 문명이 응결되어 있는 수도 콘스탄티노플이었다.

헤맬 여유도 이유도 없는 사람은 니콜로 바르바로이다. 투르크의 포화를 뚫고 흑해에서 온 배에는 경상일지라도 어쨌든 치료가 필요한 승무원이 꼭 있게 마련이기 때문이다.

그런 니콜로가 상관 1층에 있는 진료소를 나서려 할 때 이제 막 상관으로 들어서는 트레비사노와 마주쳤다. 트레비사노와는 벌써 두 달씩이나 만나지 못했다. 콘스탄티노플에 도착한 뒤 트레비사노는 베네치아 대사나 황제와 이런저런 논의를 하느라 바빴고, 그러는 동안에도 흑해로 나가서 남하해 오는 상선단을 호위하고 내친 김에 '루멜리 히사리'를 해상에서 정찰하는 등 자리에 앉아 있을 여유가 없었기 때문이다. 트레비사노는 일이 몸에 밴 니콜로를 만족스러운 표정으로 바라본 다음, 회랑 옆으로 그를 데려가 말했다.

"지금 거류구 유력자들과 얘기하고 오는 길인데, 콘스탄티노플의 베네치아 조계는 일치단결해서 황제의 요청에 협력해 현지를 지키기로 했네."

이로써 니콜로의 잔류도 자동 결정된 셈이다. 트레비사노의 성격을 보면, 그가 섣부른 객기로 이 결정에 동의하지는 않았으리라 짐작할 수 있었다. 본국 정부가 그에게 부여한 임무는 상선단의 호위이다. 하지만 긴급시의 결정은 트레비사노에게 일임되어 있었다. 겉으로 내세운 임무는 이미 완수했으니, 그 정도로 그칠 생각이라면 트레비사노는 콘스탄티노플을 출발하는 올해의 마지막 상선단을 호위해서 네그로폰테까지 가면 된다. 그렇게 하면 그 자신뿐만 아니라 그가 직접 지휘하는 갤리 군선 두 척에 탄 승무원 500명도 구할 수 있다.

그러나 그렇게 하면 제독의 지위를 가진 사람이 여기서는 그 한 명뿐인 이상, 콘스탄티노플의 베네치아 거류구는 협정을 일방적으로 파기당하고 자국인이 참살되었는데도 군사면에서 깃발을 내리고 철수해버리는 셈이 된다. 이것이 애당초 잔류에 소극적이었던 트레비사노가 떠안은 문제였다. 마침내 세번째 회담이 열린 오늘 결정을 내렸다. 내일부터는 모든 베네치아 국적 선박은 군선이나 상선을 불문하고 트레비사노 관할하에 들어가게 될 것이다.

베네치아 세력 잔류.

이 소식은 눈깜짝할 사이에 상관 구석구석까지 퍼져갔다. 거취를 정하지 못하고 있던 테탈디가 이를 알게 된 것은 상관 안의 이발소에서였다. 이발소 안도 곧바로 이 얘기로 떠들썩해졌지만, 홀로 입을 다물고 있던 이 피렌체 상인은 이발이 끝나자마자 가게를 나섰다. 테탈디의 발걸음은 또박또박했다. 선박 예약을 접수하는 구역에는 눈길 한 번 돌리지 않고 상관을 나섰다. 라틴 구에 빌려놓은 집으로 돌아가 러시아인 몸종에게 싸놓은 짐을 다시 풀라고 하기 위해서였다.

우베르티노도 상관 안에서 이 소식을 접했다. 남하 예정인 상선의 출항은 제독의 허가만 있으면 자유라는 포고가 이와 동시에 트레비사노 명의로 발표되었다는 소식도. 아직 그에게는 출발할 자유가 전적으로 보장되어 있는 셈이다. 그래도 우베르티노는 예약 창구로 가려 하지 않았다. 그도 또한 잔류조에 가담키로 한 것이다. 스승의 얼굴이 떠올랐지만 자신의 결심을 곧장 스승에게 알리러 가는 것은 왠지 망설여졌다. 기회가 있으면 그때 가자, 젊은이는 그렇게 생각했다.

베네치아 거류구가 내린 결정을 보고하러 찾아온 대사 미노토와 제독 트레비사노를 황제에게로 안내한 이는 프란체스이다. 대사가 하는 말을 다 들은 황제는 그 온화한 성격을 얼굴에 드러내면서 마음에서 우러난 감사를 표했다. 그리고 불과 몇 시간 전에 만난 갈라타 행정관 로멜리노에게서 500명의 병사를 태운 제노바 선박이 조만간 콘스탄티노플에 도착할 것이라는 보고를 받았다는 말도 전했다. 제노바와 베네치아는 둘 다 이탈리아의 해양 도시국가이면서 오리엔트 시장을 두고 300년 간이나 각축을 벌인 라이벌이기도 하다. 그 때문에 콘스탄티노플의 서유럽인 사회를 양분하는 세력인데도 서로 사이가 나빠서 두 거류구 사이에는 공식적인 연락 관계가 없었다. 베네치아 대사의 방문은 상대방의 속을 떠보기 위한 것이기도 했다.

"갈라타의 제노바 거류구는 여전히 중립을 유지한다는 입장입니까? 아니면……."

황제는 괴로운 표정으로 고개를 끄덕거렸다. 그러고는 변호라도 하듯 곧바로 말을 덧붙였다.

"행정관 로멜리노는 가능한 한 최선을 다할 것이라 했소. 성실한 사내니까 믿어도 좋으리라고 생각하오."

미노토도 트레비사노도 콘스탄티노플 거류구에 국한시켜 말한다면 태도를 분명히 한 베네치아가 그렇지 않은 제노바를 비난할 수도 있지만, 본국 정부의 태도를 생각해보면 양국 모두 오십 보백 보라는 것은 빤히 알고 있다. 어쨌든 미노토는 거류구의 태도 결정을 보고하기 위해 본국으로 사자를 보낼 때 콘스탄티노플로의 원군 파견을 다시 요청하겠노라 약속했다. 황제는 다시 감사를 표하고, 베네치아가 식량을 실어 보낸 열네 척의 선박이 무사히 도착한 데 감사한다는 뜻을 아울러 전해달라고 청했다. 잇달아 전해오는 암울한 정보 때문에 황제의 가슴이 미어져 터지리라는 것을 익히 알고 있는 프란체스였기에, 사소한 원조 하나하나에 이토록 감사하는 황제가 애처로워 견딜 수 없었다.

실낱 같은 희망이라도 그냥 지나칠 수 없었던 황제가 원군을 요청하러 각국에 보낸 사자들 중 낭보를 안고 귀국한 사람은 단 한 명도 없었다. 제노바도 베네치아도 자금과 식량은 보내오지만, 전투원으로 가득 찬 대함대 파견이 화제에 오르면 이탈리아 국내가 전쟁중이니 한 나라만 파병하기는 불가능하다는 대답을 되풀이할 뿐이다. 로마 교황은 교회 연합에 동의하고 200명의 병사를 보낸 뒤로는 이 정도면 양심의 가책은 면했다고 생각하고 있는 것 같다. 태도가 애매하기는 나폴리 왕국도 마찬가지다. 동유럽에서 가장 믿음직스러웠던 헝가리의 섭정 후냐디는, 메메드 2세가 일찌감치 유리한 조건을 내걸고 동맹관계를 맺어버려서 움직일 뜻이 전혀 없는 것 같다. 그리스의 펠로폰네소스 반도를 통치하고 있는 황제의 두 동생들도 메메드가 군사를 보내 쳐버림으로써 옴짝달싹 못하게 해버렸다. 황제는 급소가 찔렸음을 뼈저리게 느끼지 않을 수 없었다.

　금세라도 투르크군이 지평선 저쪽에서 나타날 것만 같은 불안에 시달리는 황제가 지금 할 수 있는 것이라곤 식량을 최대한 확보하는 것과 성벽을 보강하는 것뿐이다. 마르마라 해 쪽과 금각만 쪽은 한 겹이긴 해도 바다가 지켜주니까 그다지 걱정할 것이 없다. 삼중이라고는 해도 육지 쪽의 성벽은 보강할 필요가 있었다. 투르크가 늘상 대군을 투입하는 육전 중심 국가라는 것은 주지의 사실이다. 또한 공격이 육상에 집중되리라는 것도 누구든지 예상할 수 있는 일이었다. 황제는 프란체스에게 보강 공사를 일임했다. 프란체스가 의외로 기뻤던 것은 공사에 동원된 그리스인들이 생각 외로 순순히 일을 잘하는 것이었다. 황제가 친히 공사 현장을 자주 찾은 것이 효과를 발휘했음에 틀림없다. 동서 교회 연합에 반대한 그리스 서민들도 황제 개인을 싫어하지는 않았기 때문이다.

　1452년도 내일 하루면 저무는 오늘, 니콜로는 진료소 일이 일단락된 김에 성벽을 구경하러 가기로 했다. 콘스탄티노플의 삼중 성벽이라면 지중해 세계에서는 모르는 사람이 없다. 이 유명한 성벽을 그는 한번쯤은 여유있게 둘러보고 싶다고 생각하던 차였다. 금각만을 오가는 뱃사공과 흥정을 해서 금각만 안쪽, 육지측 성벽이 시작되는 지점까지 가서 배를 등지고 발길을 옮겼다.

　이 주위 성벽은 언덕 위에 서 있는 황궁을 지킬 수 있도록 해변에서 위로 뻗어 있다. 거기서 시작되어 황궁을 온통 감싼 성벽은 한 겹이다. 하지만 너비가 5미터도 더 되는 듯, 곧게 서 있는 성벽을 바깥에서 보면 견고하고 위압적인 느낌이 든다. 황궁을 둘러싼 성벽이 끝나면서부터 삼중 성벽이 시작된다. 남쪽으로 뻗은 이 성벽을 따라 조금 가다 보니 사람들이 가장 많이 드나드는 카리시우스 문이 나타난다. 이 문은 아드리아노폴리로 통하는 길을 향해 열려 있는 것으로, 여기를 통해 콘스탄티노플로 들어서면 길은 거의 직선으로 대경기장까지 이어진다. 이 길이 콘스탄티노플의 중앙로라고 봐도 될 것이다.

　니콜로도 그 문을 통과해서 성벽을 안에서부터 보기로 했다. 먼저 높이는 17미터, 너비도 5미터는 되어 보이는 내성벽(內城壁)이 눈 앞을 가로막는다. 내성벽에는 대충 40미터 간격으로 높이가 20미터를 넘고 너비도 10미터는 되는 사각형 탑이 가로수처럼 늘어서 있다. 이 내성벽을 돌파한다는 것은 미친 짓이구나 하고 니콜로는 찬탄하지 않을 수 없었다.

내성벽 바깥으로는 5미터 정도 너비의 통로가 나 있다. 이 통로를 지나면 이번에는 외성벽(外城壁)이 시작된다. 이 외성벽도 바깥에서 볼 때 높이 10미터, 너비 3미터는 되고, 역시 40미터 간격으로 내성벽의 탑에 비하면 작지만 높이 15미터, 너비도 6미터는 더 되어 보이는 탑이 늘어서 있다. 내성벽의 탑과 외성벽의 탑은 서로 엇갈리게 배치되어 있다.

그리고 이 외성벽, 다른 도시라면 이것 하나만으로도 충분한 방어선이 될 만큼 견고한 이 성벽 바깥으로 다시 너비 10미터 정도의 통로가 펼쳐지고, 다시 이 통로 너머 바깥쪽 낮은 벽 위에 목책(木柵)으로 보강한 세번째 성벽이 있는 것이다. 더구나 이 목책 바깥으로 너비가 20미터를 훨씬 넘는 호(濠)가 가로누워 있다. 해수를 끌어들이도록 설계되어 있지만 이미 오랜 세월이 지나 물은 오간 데 없고 마른 호만 남아 있다. 이 외호(外濠)가 끝난 지점에서 비로소 성벽을 완전히 벗어난 땅이 열리는 것이다. 즉 성벽 바깥에서 내성벽까지의 거리는 족히 60미터는 되는 셈이다(뒤의 그림 참조).

이 정도 거리를 단번에 돌파할 수 있는 곳이라곤 이 삼중 성벽 도처에 입을 벌리고 있는 성문이 있는 곳들뿐이다. 하지만 성문들은 한결같이 한쪽 면에 커다란 징을 박아 넣은 옹골찬 구조를 갖추고 있다.

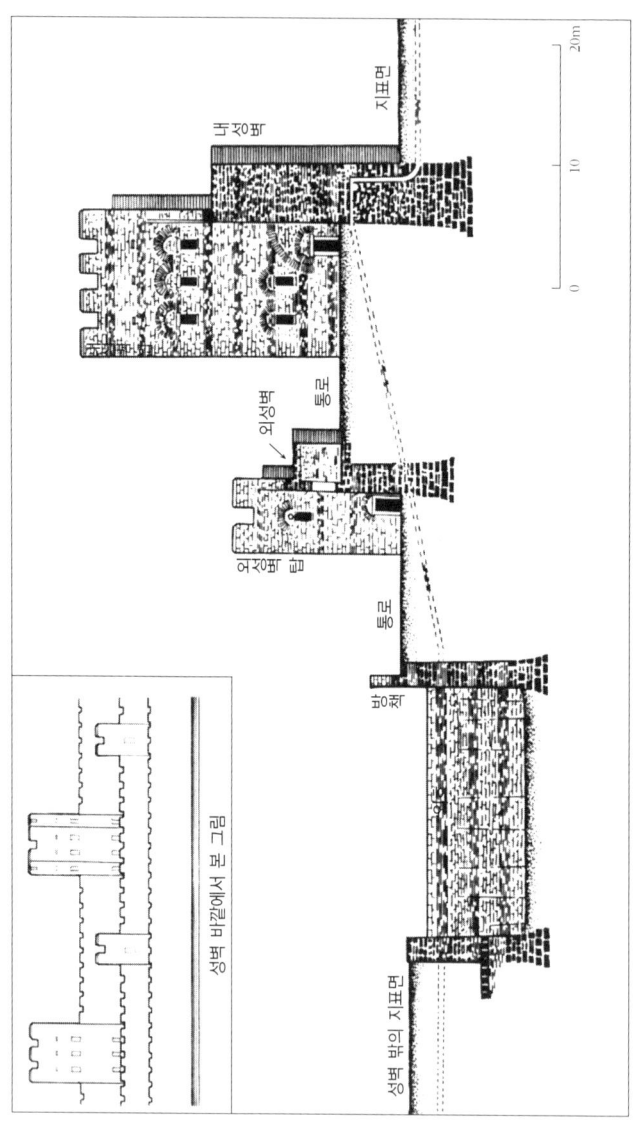

콘스탄티노플의 삼중 성벽 단면도

땅이 울룩불룩한 콘스탄티노플인 만큼 이를 둘러싼 성벽 역시 자연스레 높이가 들쭉날쭉해진다. 황궁에서 카리시우스 문에 이르기까지가 가장 높고, 거기서 뤼코스 협곡으로 향하면서 낮아지기 시작, 성 로마누스 군문 근처가 가장 낮은 지점을 이룬다. 거기서 다시 땅이 솟아오르기 때문에 성벽도 오르막이 되어 레기움 문 근처에서 원래 높이로 돌아간다. 다시 더 남쪽으로 가면 페가에 문, 황금문과 이어지게 되는 것이다. 황금문. 황제가 개선할 때 이 문을 통과하곤 했기에 이런 이름을 얻었다는 것은 니콜로도 알고 있다. 이 성문들 외에도 시민용 문이나 군대용 문이 몇 개 더 있지만 전략적인 관점에서 볼 때 중요시되는 것은 이들 다섯 개 문에다가 황궁에 면해 있는 칼리가리아 문을 합친 여섯 개라고 봐도 무방했다.

금각만에서 시작되어 마르마라 해까지 가는 이 육지 쪽 성벽은 전체 길이가 적어도 6.5킬로미터는 된다. 성 바깥에 서서 보고 있노라면 세 겹으로 솟아 있는 성벽은 해를 가릴 만큼 높아 보여 실로 지중해 세계에서 가장 견고하다는 말에 수긍할 만했다. 하지만 니콜로는 육지 쪽만 6킬로미터, 금각만 쪽이 5킬로미터, 마르마라 해 쪽이 9킬로미터에 가까운, 적어도 총 21킬로미터에 달하는 전체 성벽을 지키기에는 콘스탄티노플의 주민이 너무 적은 게 아닌가 하는 생각을 떨칠 수 없었다. 대사 미노토의 추측으로는 이 도시의 현 인구는 3만 5천 명을 넘지 않을 것이라 한다. 이 정도 수라면 길이가 반 정도인 콘스탄티누스 대제 당시의 성벽까지 후퇴해서 그곳에서 수비를 펼치는 것이 적당할 정도이다. 말은 쉽지만, 대제 시대의 성벽은 도저히 쓸 수 없을 정도로 심하게 파손되어 있다. 그렇다고는 해도 비잔틴제국의 위세가 기운 것을 보여주듯 인구마저 감소한 현상태에서, 제국의 위세가 절정에 달했던 시대에 만들어진 테오도시우스 성벽을 방어선으로 삼는다는 것은……. 전투는 잘 모르는 니콜로이지만, 이 난공불락의 성벽이 아무 소용이 없게 될지도 모른다는 두려움에 휩싸여갔다.

투르순에게는 젊은 주인의 행동거지가 확 달라진 것처럼 보였다. 재상 할릴 파샤와 심야의 밀담을 나눈 다음부터 그랬던 것 같다. 그날 밤 이후, 메메드 2세의 일상은 그전까지 보여왔던 뭔가에 홀린 듯한 모습을 벗어던지고 조용한, 어떻게 보면 온화하기까지 한 빛을 띠게 되었다. 매일 밤 되풀이하던 출행도 중단했다. 바치는 잔을 갑자기 집어던지지도 않게 되었다. 여전히 하렘으로 발길을 옮기는 일은 없지만 사냥은 다시 시작했다. 그리고 열두 살의 소년에게 방에 남으라고 할 때도 늘었다. 스무 살 난 주인의 성애 방법은 언제나처럼 매가 발톱에 거머쥔 사냥감을 갖고 노는 것 같았지만.

술탄의 침실에는 얼마 전에 특별히 제작된 낮고 큰 탁자가 놓여 있다. 그 위에는 밤낮을 가리지 않고 여러 장의 도면이 펼쳐져 있었다. 그 중 제일 큰 것은 콘스탄티노플 지도이다. 시가지뿐만 아니라 성벽도, 거기 열려 있는 여러 개의 문들도, 그리고 금각만과 그 맞은편 갈라타의 제노바 거류구도, 보스포루스 해협의 출구까지도 명시되어 있다. 메메드 2세는 틈만 나면 거기 와서 오랜 시간을 탁자 앞에 못박힌 듯 서 있었다. 아직 남아 있는 관능의 물결에 나른하게 몸을 맡기고 있던 투르순이 문득 정신을 차려 보면 메메드가 옆에 없다. 소년은 선 채로 지도를 바라보는 주인에게 다가가 수줍은 애교로 주의를 끌고 싶었으나, 자기 뜻에 거슬릴 때 주인이 얼마나 냉혹하게 화내는지 그 모습을 떠올리고는 간신히 마음을 눌러 가라앉혔다.

메메드 2세가 평정을 되찾은 것은 할릴 파샤에게 자기 뜻을 관철시켰기 때문만은 아니다. 헝가리인 우르반의 대포 제작이 착착 진행되고 있기 때문만도 아니었다. 일 년 전에 벌써 서유럽에 풀어놓았던 첩보원들이 이제서야 전해오기 시작한 낭보 때문이기도 했다. 서유럽은 비잔틴제국의 구원에 나서지 않는다. 이것이 첩보원들이 가지고 온 정보를 기초로 하여 도달한 결론이었다. 육로로 원군을 보낼 수 있는 유일한 기독교국인 헝가리는 이미 동맹조약을 맺어 움직임을 봉쇄해놓은 상태이다. 황제의 두 동생도 대투르크 방어전을 간신히 이끌고 있는 처지라 구원은 꿈도 꿀 수 없을 것이다. 또한 투르크군의 유일한 약점인 해상 전력에서 투르크보다 훨씬 우세에 있는 베네치아나 제노바가 움직이기를 주저하고 있으니, 다른 서유럽 세력만 움직이지 않는다면 콘스탄티노플의 고립은 확정적이다. 스무 살밖에 안 된 젊은이는 대업을 시작하면서 그저 힘만 믿고 덤비는 우를 범하지는 않았다.

해가 바뀐 1453년 1월, 술탄 메메드 2세는 투르크 전역에 공식 동원령을 발했다. 예하 속국들에는 이미 소아시아 반란군 진압이라는 명목으로 원군 파견을 요청한 바 있다. 하지만 1453년 1월에 발동된 동원령에는 그런 말은 어디에도 적혀 있지 않았다. 뿐만 아니라 목표가 콘스탄티노플이라는 것은 성전이라는 말이 쓰인 데서도 추측할 수 있었던 것이다. 대포의 실험이 행해진 것은 그 직후였다.

'우르반의 거포(巨砲)'라 불리는 이 대포는 지금까지 어느 누구도 보지 못한 거대한 괴물이었다. 포신 길이가 8미터 이상이었고 돌로 된 포탄의 무게만도 600킬로그램은 넘을 것 같았다. 대포를 실은 포대도 서른 마리의 소가 좌우로 늘어서서 잡아끌지 않으면 꿈쩍도 하지 않는다. 700명의 병사를 대동하고 술탄 앞으로 실려 온 이 거포의 시험 발사는 아드리아노폴리의 주민들에게 무시무시한 소리가 들려도 놀라지 말라는 포고를 내린 뒤에야 행해졌다.

실로 우르반의 호언장담에는 한치의 거짓도 없었다. 첫번째 탄환이 발사될 때 터진 굉음은 20킬로미터 사방에 울려퍼졌고, 커다란 석제 탄환은 바람을 가르는 날카로운 소리를 뒤에 남기고 1킬로미터하고도 반을 더 날아간 끝에 커다란 폭음을 내면서 땅을 2미터나 파고들어가 박혔다. 술탄은 크게 만족하여 속히 제2, 제3의 대포를 만들라 명하는 한편, 이 대포들을 무리 없이 실어 나르기 위해 아드리아노폴리에서 콘스탄티노플에 이르는 도로를 정비하라는 명령도 내렸다. 고대 로마 시대에 만들어진 가도가 있긴 하지만 몇백 년이나 방치된 결과 군단의 행군에는 무리가 없어도 무거운 포대를 끌고 가기에는 불안했기 때문이다. 수도 주변의 가도마저 손도 못대고 방치해두고 있다는 것은 비잔틴제국의 쇠락을 무엇보다도 여실히 보여주는 예였다.

거포의 굉음이 들릴 리는 없지만 황제 콘스탄티누스는 술탄의 칼끝이 자신의 가슴을 겨누고 있음을 확실히 느끼고 있었다. 얼마 전에 투르크의 재상 할릴 파샤가 밀사를 보내어 술탄의 의지가 이미 확고함을 알렸을 때 그 역시도 밀사를 술탄에게 보낸 바 있다. 콘스탄티노플을 공략하지 않는 대가로 거액의 연공금을 바치겠다는 뜻을 전하기 위해서였다. 그러나 메메드 2세는 전면 항복을 요구했다. 항복하고 황제가 수도를 떠나면 비잔틴제국 신민들의 목숨은 보장한다는 것이 대답의 전부였다. 그렇게까지 해서 목숨을 부지할 생각은 황제에게는 없었다. 교섭은 결렬되었다. 그뒤에 다시 밀사를 보내 연공금 액수를 늘려 제의했지만 술탄의 대답은 바뀌지 않았다.

황제의 머리가 더 희끗희끗해진 이즈음, 며칠간이나마 근심을 덜어줄 낭보가 도착했다. 제노바 배 두 척이 500명의 병사를 태우고 도착한 것이다. 지휘관은 키오스 섬을 본거지로 하는 제노바 무장 주스티니아니였다. 휘하 병사들도 용병대장인 그의 밑에 있으면서 전투 속에서 잔뼈가 굵어진 키오스 섬 출신들이다. 그들의 용병료는 제노바에서 내는 것이 아니라 황제가 지불해야 했다. 그래도 황제는 대단히 기뻐하며 주스티니아니에게 용병료로 렘노스 섬을 주마고 약속했다. 그리고 이 전쟁 전문가를 육군 총지휘관으로 임명했다. 해군의 총지휘는 이미 베네치아의 트레비사노에게 맡겨져 있었다. 황제와 재상 노타라스, 프란체스 등 비잔틴 쪽 수뇌부와 교황대리 및 콘스탄티노플 대주교 자격으로 이시도로스가 참여하고, 육군 총지휘관 주스티니아니, 베네치아 대표로서 대사 미노토, 그리고 트레비사노가 참석하는 콘스탄티노플 방어를 위한 작전회의가 거의 매일 열리기 시작한 것은 이즈음부터이다.

그러나 수세에 몰린 쪽의 작전회의가 늘상 그렇듯 활기에 찰리가 없다. 2월 27일에 열린 회의는 연일 개최되는 작전회의를 지배하고 있던 분위기가 어떤 것인지를 여실히 보여주었다.

그날 발언권을 청한 트레비사노는 전날 밤에 베네치아 선박 한 척과 크레타 선박 여섯 척이 야음을 틈타 도망쳐버렸다고 보고했다. 작년 12월에 베네치아 거류구가 잔류를 결정할 때 베네치아 국적을 가진 모든 선박은 트레비사노와 황제의 허가가 없는 한 출항할 수 없다고 못박아두었기에, 이것은 서약을 위반한 행위이며 적전 도주와 같은 것이라 볼 수밖에 없었다.

그 자리에 있던 프란체스는 트레비사노가 너무나 냉정한 태도로 보고하는 것을 보고서 알고서도 모른 체한 게 아닐까 하는 의구심을 억누를 수 없었다. 크레타는 베네치아 식민지이기 때문에 크레타 국적 선박도 트레비사노 감독하에 있다. 그러니까 합해서 일곱 척이나 되는 베네치아 선박이 각각 500명 이상을 태우고 도망쳐버린 것이다. 몇 대에 걸쳐 뿌리를 내린 제노바 거류구와 달리 베네치아인이 주가 되는 라틴구 주민 중에 처자가 딸린 이는 적다. 지금 남은 라틴구 주민들의 숫자를 생각해보면 도망친 4천여 명 중 절반 정도는 비잔틴제국의 그리스인이었다. 주변이 모두 투르크령이어서 육지의 섬이 되어버린 콘스탄티노플에서 도망치는 유일한 길은 바다밖에 없다. 침몰 직전의 배에서 도망치는 쥐가 여기서도 예외없이 나타난 것이다.

유리한 조건으로 초빙되어 이탈리아로 가서는 그대로 눌러앉아버리는 성직자 중심의 지식인 계급의 망명이 꼬리를 물고 일어나기 시작한 지 50년도 더 되었다. 굳이 이런 오래된 얘기를 꺼내지 않아도, 비잔틴 유력자 중 재산 도피를 목적으로 가족 중 누군가를 베네치아나 로마로 보내놓지 않은 사람을 찾아보기가 더 힘들 정도였다. 황족이자 재상인 노타라스도 이미 딸에게 재산을 딸려서 베네치아로 보내놓았다. 비잔틴제국 궁정 사람들 중에서 이런 재주를 부리지 않은 사람은 황제 콘스탄티누스와 황제를 마음 깊이부터 경애하고 그와 함께라면 죽어도 좋다고 생각하는 프란체스뿐이었을지도 모른다.

이런 현상이 보여주듯, 비잔틴제국이 거국일치해서 방위에 나섰던 것은 결코 아니다. 작전회의에 자리를 차지하고 있는 이들 사이에서도 정신적 통일이란 꿈에 지나지 않았다. 같은 그리스인이면서도 서유럽파 이시도로스와 교회 연합에 반대해서 서명을 거부한 재상 노타라스는 동석은 하되 말은 한마디도 주고받지 않았다. 프란체스도 노타라스를 좋아하지는 않았다. 베네치아인은 그리스인을 경멸하고 있었다. 매사에 합리적인 베네치아인으로서는 나라의 존망이 갈리는 때에 교리 논쟁으로 날을 지새우는 비잔틴인을 도저히 눈 뜨고 봐줄 수가 없었던 것이다. 대사 미노토는 스스로 모범을 보이리라 맘먹은 것인지 처자까지도 피난시키지 않았다.

그리스인도 베네치아인을 싫어하고 있었다. 다른 나라를 지키기 위해 진력하고 있다고 사사건건 말하지만, 따지고 보면 별것도 아니다. 그저 자기네 나라의 상업 이권을 지키고 싶어 하는 것 아닌가. 그들은 내심 이렇게 생각했다. 이런 그리스인과 베네치아인들의 의견이 일치된 것은 단 하나, 금각만 건너편 갈라타 성벽 안에 틀어박혀 중립을 표방하고 있는 제노바인들에 대한 증오였다. 그러나 제노바인들도 그들을 대표하는 로멜리노를 작전회의에 보낼 수는 없었지만 같은 제노바인인 주스티니아니가 방위에 임하고 있으며 중립은 어디까지나 대외적인 것일 뿐 자기들도 가능한 한 최선을 다하고 있다는 변명을 잊지 않았다. 중립 고수를 비난하는 베네치아인들에게는, 갈라타의 제노바인들에겐 처자가 딸려 있고 본국보다는 이곳 갈라타가 오히려 고향 같은 곳이라는 현실을 들어 베네치아인들처럼 그렇게 홀가분하게 태도를 결정지을 수 없다고 되받아쳤다.

이처럼 일치단결과는 너무나 거리가 먼 집단이 그나마 결렬을 피할 수 있었던 것은 그리스인이든 서유럽인이든 인정할 수밖에 없는 황제의 공정함 덕택이었다. 그리고 육군 총지휘관 자리를 맡은 주스티니아니도, 해군 총사령관직을 맡은 트레비사노도 전장에서 뼈가 굵은 사내들인 만큼 제노바인이나 베네치아인이기 전에 먼저 무인이었던 것이다.

선박의 도주를 알렸을 때와 똑같은 냉정한 말투로 트레비사노는 해군의 현존 전력에 관해서도 보고했다. 선장은 물론이고 노잡이에 이르기까지 일일이 잔류 의사를 확인한 최종 수치였다. 이에 따르면,

제노바 대형 범선 5척,

베네치아 군용 갤리선 및 보다 대형인 상용(商用) 갤리선 5척,

크레타의 상용 갤리선 3척,

이탈리아 해항(海港) 도시 앙코나, 에스파냐의 카탈루냐, 프랑스 프로방스의 범선이 각각 1척씩, 총 3척.

여기다가 비잔틴 국적선 10척을 더하면 총 26척이 된다. 그러나 돛의 크기와 조종 기술을 아울러 생각해볼 때 이 함대의 주력은 역시 다섯 척의 제노바 선박과 같은 수의 베네치아 선박이라고 보는 것이 현실적이었다.

이어서 트레비사노는 투르크령 갈리폴리에서 200척의 배가 건조되고 있다는 베네치아 첩보원이 가져온 정보를 언급했다. 이딜리아 해양 도시국가 선원들의 항해 기술은 타의 추종을 불허할 만큼 뛰어나기에 상선의 전통이 없는 투르크 선원들과는 비교가 되지 않지만 투르크는 영유 지역의 그리스인들을 쓰고 있다. 베네치아나 제노바 선원 한 명이 그리스인 선원 다섯을 상대할 수 있다 하더라도, 수만 따질 경우 적어도 열 배는 되는 적의 전력을 가벼이 볼 수가 없다. 베네치아 본국에서 편성중이라는 본격적인

함대가 하루빨리 도착하는 것이 더욱더 절실해진 셈이다.

주스티니아니도 육상 전력의 파악에 여념이 없었다. 며칠 뒤 그 또한 콘스탄티노플 방위에 동원 가능한 서유럽측 전력을 보고했다. 그에 따르면 중립을 표명한 갈라타 지구 주민은 빼고 라틴구와 외국 용병을 합칠 경우 유효 병력은 2천 명이었다. 그리스인은 비잔틴제국의 신민이므로 그 전력을 조사하는 것은 제국측에 맡겼다. 황제는 깊이 신뢰하는 프란체스를 불러 그에게 조사를 명했다.

"이 일만은 자네가 해줬으면 하네. 자네라면 셈도 빠르고 비밀에 대해서도 끝까지 입을 다물 수 있을 테니까. 일이 끝날 때까지 황궁 일은 신경쓰지 말게나. 출근할 필요도 없고. 전투에 쓸 수 있는 사람과 갑주, 창, 방패, 화살 숫자를 정확히 조사하는 데 진력하기 바라네."

프란체스는 심복을 동원해서 밤잠을 못 이룰 만큼 복잡한 이 일을 단시일 내에, 그것도 비밀리에 완수했다. 그리고 그 일람표를 가지고 황궁으로 들어가 황제에게 제출했다. 황제는 보고서를 훑어본 뒤 깊은 고뇌와 비애로 가득 찬 시선을 프란체스에게 돌린 채 잠시 말을 잊었다. 영광에 빛나는 동로마제국의 수도 콘스탄티노플에서 전투 가능한 체력과 전투에 필요한 갑주 및 무기를 지닌 성년 남자의 수가 겨우 4,713명밖에 안 되었던 것이다. 가톨릭교도와 함께 전선에 참가할 리가 없는 그리스 정교의 수도사들은 이 숫자에서 빠져 있었다.

서유럽인 2천 명을 더해도 7천 명밖에 안 된다. 황제는 침울한 목소리로 프란체스에게 말했다.

"이 숫자는 아무에게도 알리지 말게나. 자네와 나, 둘만 알고 있기로 하세."

황제와 이 충신의 배려는 그러나 그다지 효과가 없었다. 베네치아 거류구의 유력자들 사이에서도 대략 이 정도의 병력 추산이 나와 있었기 때문이다. 대사 미노토도 트레비사노도, 그리고 흑해 무역 상선의 선장이면서 트레비사노의 부관으로 등용된 알비제 디에도도 황제를 추궁하려고는 하지 않았다. 뿐만 아니라 금각만 쪽에서도 황궁에 가장 가까운 지역의 성벽을 보강할 때 베네치아 세력이 이를 맡아달라는 황제의 요청도 기꺼이 수락했다.

공사 지휘도 트레비사노와 디에도가 맡았다. 그리고 처음에는 토목 공사에 동원되는 것이 불만스러워서 그리스인들은 대관절 뭘 하는 거냐고 투덜대던 베네치아 선원들도 공사 현장에 와서 다정하게 말을 건네는 황제에게는 아무런 불평도 할 수 없었다. 그리스인을 싫어하는 이들은 많아도 황제를 나쁘게 말하는 이는 한 명도 없었다.

멀고 먼 세르비아에서 왔는데도 미하일로비치와 그가 지휘를 맡은 1,500 기병은 아드리아노폴리 성벽 안으로 들어서는 것조차 허락받지 못하고 한 달 이상이나 성 바깥에서 천막을 치고 대기해야 했다. 미하일로비치도 도착하자마자 술탄에게 알현을 청했지만 별도 명령이 있을 때까지 대기하라는 대답을 들었을 뿐이다. 1,500 기병이라지만 기사만 1,500명이라는 얘기다. 기사 한 명에는 각각 한 명씩의 보병이 따르고, 여기에 마부와 종복을 겸하는 시종 한 명이 더해지는 것이 보통이므로 미하일로비치가 이끌고 온 사내들의 숫자는 4,500명에 달하는 셈이다. 날씨가 험하게 마련인 가을부터 겨울에 걸쳐 이들을 이끌고 동유럽에서 먼 길을 더듬어 온 것만 해도 간단한 일은 아니었다. 그런데다가 도착 이후 장기간 사고 없이 시간을 보내는 것도 꽤나 신경이 쓰이는 일이었다.

게다가 미하일로비치의 귀에는 무서운 소문이 흘러들고 있었다. 역시 투르크의 속국인 곳에서 와서 자기들처럼 성밖에서 대기중인 병사들 사이에, 목표는 소아시아 반란군이 아니라 콘스탄티노플이라는 말이 퍼져가고 있었던 것이다. 세르비아인도 그렇거니와 다른 속국 병사들도 그리스 정교도이다. 그들 또한 술탄 메메드 2세로부터 소아시아 카라만의 수장 베이를 제압하기 위해 원군을 청한다는 연락을 받고 그렇게만 믿고 여기까지 온 사람들이다. 그런데 투르크 병사들은 한결같이 이교도를 치는 성전이라고들 하고 있다.

미하일로비치에게 술탄의 알현이 허락된 것은 다시 열흘이 지나서였다. 젊은 지휘관은 자기보다 나이가 많은 두 명의 부관을 대동하고 처음으로 성문을 지나 술탄의 궁전으로 들어갔다. 결코 부유한 나라가 아닌 세르비아에서 온 그의 눈에도 메메드의 궁전은 대제국의 술탄이 사는 곳이라 하기 힘들 정도로 질박했다. 아니, 질박한 것이 아니다. 호화로운 것들이 여기저기 있긴 하지만 아무 생각 없이 배치되어 있어서 마치 임시로 지은 천막 안처럼 모든 것이 대충 놓여진 대로 흘러가는 분위기를 띠고 있었다. 다만 지극히 고요하다는 것이 인상적이었다. 궁전에 출입하는 수많은 사람들은 한결같이 행여 조그마한 소리라도 낼까봐 겁먹은 것 같았다.

거실 같아 보이는 방으로 안내된 미하일로비치와 두 명의 부관은 마치 천막 안처럼 만들어놓은 그 방의 중앙에 놓인 낮고 넓은 의자에 젊은 남자가 앉아 있음을 알아차렸다. 그들을 불러들이는 두려울 정도로 아름다운 시동의 공손한 태도로 보건대 이 남자가 바로 술탄 메메드 2세임에 틀림없었다.

세르비아의 젊은 기사는 실질적으로 속국이지만 형식상으로는 우호국인 세르비아를 대표하는 사람답게 바닥에 엎드려 예를 취하는 투르크식이 아니라 한쪽 무릎을 약간 구부리기만 하는 유럽식 인사를 했다. 이어서 세르비아 왕의 선물을 올리고 왕의 여동생 마라가 보낸 편지를 전했다. 메메드 2세는 선물에 정중한 태도로 감사를 표한 뒤 의붓어머니의 편지를 읽기 시작했다. 다 읽은 뒤에는 마라의 근황을 간단하게 물었다. 이때 술탄의 말투가 얼마나 친근했는지를 왕이 안다면 세르비아의 장래가 그렇게 어둡지만은 않다고 안도하리라고 미하일로비치는 생각했다. 하지만 그의 안도감은 곧 싸늘하게 식어버렸다. 무덤덤한 어투로 술탄이 입을 연 것이다.

"콘스탄티노플 공략군에 가세하기 바란다."

세르비아의 기사는 눈앞이 캄캄해지는 것을 느끼면서 말을 꺼냈다.

"카라만의 수장 베이를 치기 위함이라 듣고 왔습니다만."

메메드 2세는 다시 태연히 말했다.

"순서를 바꿨을 뿐이다."

미하일로비치에게는 자기보다 두세 살 어릴 것 같은 술탄의 얼굴이 악마처럼 보였다. 여기서 거절하면 자기뿐만 아니라 성 밖에서 대기중인 휘하 전 병력이 투르크군의 손에 모두 죽음을 당할 것이다. 달아난다 해도 4,500명의 집단으로는 무리다. 설령 달아난다 해보자. 그뒤 세르비아가 어떤 운명을 맞이할지는 두 번 생각할 것도 없다. 미하일로비치는 받아들일 수밖에 없었다. 절망감으로 창백해진 미하일로비치에게 메메드 2세는 한술 더 떠서 본대보다 먼저 가서 콘스탄티노플 부근의 촌락을 습격하라는 명령까지 내렸다. 그것은 군사상 필요에 따른 것이기보다는 세르비아 기병의 충성도를 시험하기 위한 것임을 미하일로비치는 알 수 있었다.

진영으로 돌아와 술탄의 명령을 알리는 젊은 세르비아 기사의 심정은 천 갈래 만 갈래 찢어지고 있었다. 지휘관으로부터 모든 것을 전해들은 세르비아의 군사들은 항의마저 할 수 없었다. 무겁게 흐르는 침묵을 깨는 것은 가슴을 쥐어뜯으며 굳게 다문 입에서 흘러나오는 신음 소리뿐이었다.

1453년 3월 26일, 아드리아노폴리 성 외곽에 집결한 투르크 전군의 대열은 새하얀 망토를 입고 흰색 터번을 두른 젊은 술탄이 검게 윤기가 흐르는 순종 아라비아산 말 위에 높이 올라 지켜보는 앞을 한치의 흐트러짐도 없이 차례차례 출진하고 있었다.

선두는 총독 이샤크 파샤의 지휘하에 아시아로부터 와서 참가한 아나톨리아 군단. 정규군인 만큼 5만을 넘는 병사들 전원이 빨간 투르크식 모자와 장비를 통일시키고 있다. 그 뒤로는 비정규병을 모은 혼성부대가 이어진다. 장비도 무기도 통일성이 없는 이 군단은 강제로 징병되었거나, 세르비아 기병처럼 속았거나, 아니면 약탈에 눈이 멀어 지원한 사내들로 구성되어 있었다. 그들 중 대부분은 그리스 정교하의 기독교도이다. 숫자도 5만에 달하는 것으로 생각되었다.

행군의 세번째를 이루는 것은 카라쟈 파샤가 이끄는 유럽 군단이었다. 이미 콘스탄티노플 인근 마을들을 초토화함으로써 기세를 올린 이 군단은 행군하는 발걸음만 보아도 사기가 충천해 있음을 알 수 있다. 신뢰하기 힘든 혼성부대 앞뒤를 정규군인 아나톨리아 군단과 유럽 군단이 끼고 가도록 한 것은 물론 메메드 2세의 의도에 따른 것이었다.

행군의 후미는 술탄의 친위대 예니체리 군단이 장식한다. 예전에는 메메드와 반목하던 그들도 급료를 배로 늘리자 태도가 돌변했다. 그리고 술탄의 맘에 들고 싶어한다는 것을 보여주려는 듯 장비는 물론이거니와, 대열 편성의 결과이겠지만 키까지 통일시킨 듯한 인상을 준다. 하얀 펠트 모자에 녹색 상의를 입고 흰색 투르크식 바지를 조인 혁대에는 반월도가 꽂혀 있다. 이 반월도와 활이 그들의 주무기였다. 1만 5천을 헤아리는 이 예니체리 군단은 기독교 노예 출신들로 구성되어 있다. 아직 어릴 때 부모로부터 떼어내 성장한 뒤에도 결혼을 금하고 집단생활을 시킨 결과, 이들 기독교 노예 출신자들을 기독교 국가와의 전투에 헌신하는 이슬람군의 정예로 길러내는 데 성공한 것이다.

왼손에 쥔 활의 끝머리까지도 정연한 일직선을 그리며 행군하는 예니체리 군단의 가운데쯤에서 술탄이 말을 몰아간다. 하얀 망토가 바람에 휘날릴 때마다 그 밑의 녹색 비단 상의가 빛을 발했다. 자식처럼 길러낸 예니체리 군단처럼 그 또한 이슬람교도에게 성스러운 색인 흰색과 녹색으로 몸을 감싸고 있다. 예니체리 군단 병사들의 기세가 오르는 것도 당연했다. 군가가 제일 먼저 터져나온 것도 이들 예니체리 군단에서였다. 그리고 이는 곧 평원을 스쳐가는 바람처럼 전군에 퍼졌다.

나팔이 흘리는 오리엔트풍의 애조 띤 가락과 북이 만들어내는 행진곡풍의 씩씩한 리듬이 기묘하게 섞여들어간 이 군가는, 한껏 터져나오는 병사들의 목소리와 어울려 행군하는 병사 한 사람 한 사람의 마음을 격앙시키고 있었다.

창병부대의 행군은 숲이 움직이는 것 같았고, 궁수대의 전진은 이삭들이 멋지게 늘어선 보리밭이 움직이는 것 같았다. 가도에서 피어오른 흙먼지가 이 광경을 때때로 가리곤 한다. 메메드 2세는 행군을 재촉하지 않았다. 아드리아노폴리에서 콘스탄티노플까지는 300킬로미터도 안 되는 거리다. 서두를 필요가 없는 것이다. 그보다는 전군을 천천히 행군시킴으로써 병사 한 명 한 명의 사기와 힘을 조금씩 끌어내어 커다란 하나의 덩어리로 모으는 것이 더 중요했다.

똑같은 군가가 계속 반복되는데도 누구 하나 불만스러워하지 않는다. 대열 여기저기서 휘날리는 하얀 초승달을 그려넣은 붉은색 투르크 깃발도 피어오르는 흙먼지를 굽어보기라도 하듯 높이 걸려 있다. 사기는 충천하되 군기가 전혀 흐트러지지 않는 이 군대의 모습이 젊은 주인 뒤에서 말을 따라가는 투르순에게는 입을 다물 수 없으리만치 놀라웠다. 저 무뢰한들의 무리가 당당한 군대로 일변했다. 그가 누구보다도 사랑하는 사람이 이 기적을 이뤄낸 것이다. 소년은 너무나 자랑스러워 콧날이 시큰해졌다.

투르순은 지평선 너머로 사라지려 하는 아드리아노폴리를 다시 한번 돌아보았다. 자기 앞에 가고 있는 스물한 살의 젊은이는 눈길 한 번 주지 않는다. 투르크의 수도 아드리아노폴리는 마치 버려진 여인네처럼 뒤에 누워 있었다.

공방전의 시작

 4월의 콘스탄티노플은 새벽 안개가 끼는 날이 많다. 날씨가 맑고 기온이 높으면 다음날 새벽에 낀 안개는 해가 중천에 뜰 때까지 꼼짝 않고 버티고 있을 때도 있다. 니콜로는 아침 일찍 베네치아의 집을 나서서 파도바 대학으로 다니곤 하던 시절을 생각했다. 브렌타 강을 거슬러 올라가는 배는 마치 구름 속을 뚫고 가듯 우윳빛 안개 속을 헤쳐가곤 했다. 1453년 4월 2일 콘스탄티노플의 아침도 온 천지에 자욱이 낀 안개로 금각만 건너편마저 보이지 않을 정도였다.

 니콜로는 그날 아침 트레비사노와 함께 금각만의 콘스탄티노플쪽 성벽에 서서 방금 전 해안을 떠난 두 척의 작은 배가 천천히 건너편으로 향하는 것을 바라보고 있었다. 리듬감 있게 노를 움직여 가는 두 척의 배 선미에는 통나무 하나가 가로질러져 있다. 이 통나무에는 성인 남자 팔뚝 굵기의 두 배나 되는 철봉을 휘어 만든 사슬이 연결되어 있다. 이 거대한 쇠사슬의 한쪽 끝은 이미 콘스탄티노플 쪽 성벽의 탑 중 하나에 붙어 있는 쇠고리에 튼튼한 가죽끈을 몇 겹으로 꼬아 만든 그물로 고정되어 있었다. 두 척의 작은 배가 쇠사슬을 건너편 갈라타의 탑에 연결하면 금각만 봉쇄가 완료되는 것이다. 배를 조종하는 능력은 비교도 되지 않게 뒤떨어졌지만, 수로 따지면 열 배나 우세한 투르크군에 대항하기 위한 전략으로 트레비사노가 제안하고 황제도 찬성한 작전이었다. 이럴 경우 적의 침입이 곤란해지는 것은 사실이지만 아군도 도주로를 차단당한다. 하지만 그리스인이든 라틴인이든 반대자는 없었다.

배에 끌려가는 육중한 쇠사슬은 물 밑에 잠겨 있어서 해안에서는 보이지 않는다. 보이는 것이라곤 작은 배가 나아감에 따라 뻗어 가는 뗏목의 행렬뿐이다. 쇠사슬에 연결시킨 뗏목들은 쇠사슬이 건너편 탑에 고정된 뒤에 바다로 가라앉는 것을 방지하기 위한 것이다. 배의 통과를 막는 목적에 걸맞게 거대한 방어용 사슬은 해면에 드러날 듯 말 듯 설치되어야 한다. 생각 외로 숙련도가 요구되는 이 작업은 제노바인 솔리고의 지휘하에 행해지고 있었다.

좀 지나자 아까의 작은 배 두 척이 되돌아오는 것이 보였다. 줄지은 뗏목들은 파도에 이리저리 밀리면서 해면 위에 떠 있다. 드세기만 한 콘스탄티노플의 새벽 안개도 이 시간쯤 되면 급속히 엷어지기 시작한다. 니콜로는 확실히 보고받기 위해 솔리고를 기다리는 트레비사노를 남겨두고 베네치아 상관으로 돌아가기로 했다. 투르크군의 선봉이 접근중이라는 정보가 들어와 있었다.

행정관 관저로 발길을 돌리는 로멜리노의 심정은 착잡하기만 했다. 이제 막 금각만 봉쇄 작업을 지켜보고 온 참이다. 갈라타의 제노바 거류구를 둘러싼 성벽 동쪽 끝에 있는 탑에 쇠사슬의 한쪽 끝이 고정되는 광경을 말이다. 황제가 협력을 청했을 때 로멜리노는 도저히 거절할 수가 없었다. 마음이 약해서 그런 것이 아니다. 콘스탄티노플은 30년 전에 투르크에 포위되었을 때도 끝까지 버텨낸 적이 있다. 본국 제노바의 지령대로 중립을 지킨다 해도 제노바 거류구의 책임자로서 콘스탄티노플이 이번에도 버텨낼 수도 있다는 가능성을 염두에 두지 않을 수 없었다.

 그렇다고는 해도 방어 사슬의 한쪽이 제노바 거류구의 탑에 고정되어 있다는 사실을 언제까지고 술탄에게 감출 수 있는 것도 아니다. 거류구 주민들 중에는 비잔틴과 너무 깊이 연루되는 것을 불만스럽게 생각하는 사람들도 적지 않았다. 사정이 다르다는 것은 알지만, 전원 일치해서 비잔틴과 연계한 베네치아인들을 이끄는 대사 미노토와 트레비사노가 그는 너무나 부러웠다. 하지만 부러워한다고 될 일은 하나도 없다. 로멜리노는 술탄의 천막이 쳐질 때를 가늠해서 환영 사절을 보내야겠다고 생각했다.

 콘스탄티노플 북서쪽에 위치한 황궁에서는 금각만 봉쇄 작업을 마치고 달려온 트레비사노도 참석한 작전회의가 열리고 있었다. 작년 말부터 시작된 이래 여태껏 몇 번이나 열렸는지 헤아릴 수도 없었지만, 오늘 회의야말로 전투에 돌입하기 전의 최종 작

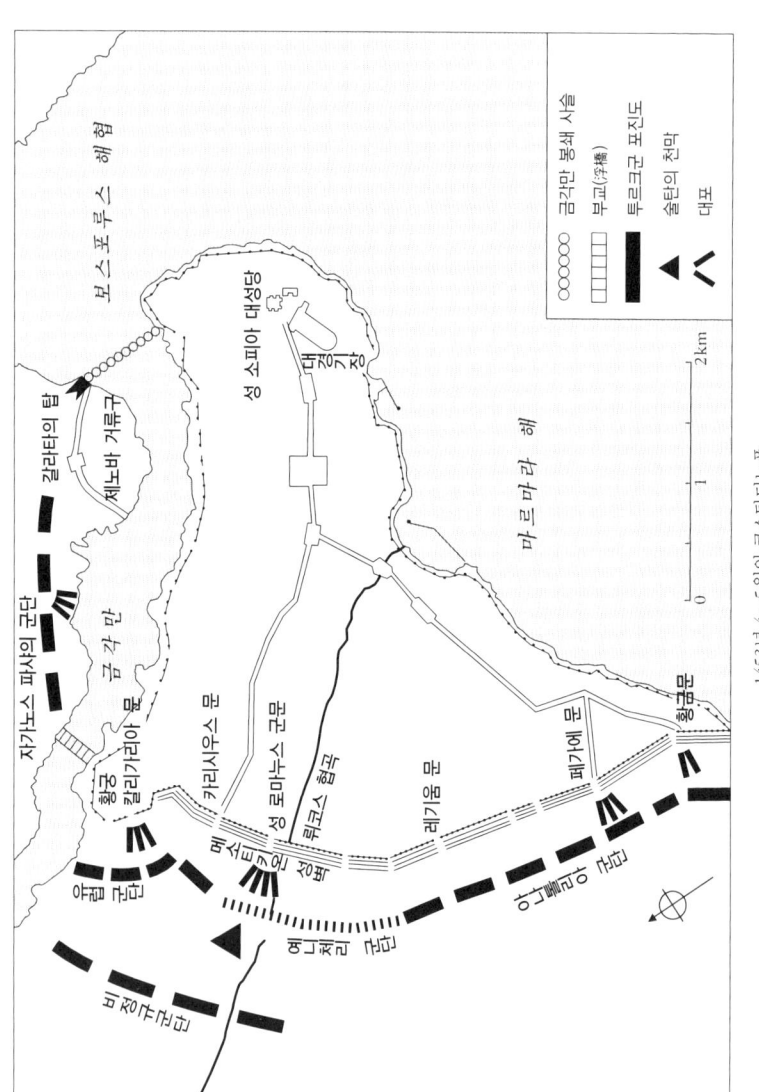

1453년 4~5월의 콘스탄티노플

전회의라는 것은 참석자 전원이 입 밖에 내진 않아도 한결같이 느끼고 있었다. 이미 결정된 방위 분담이 한 사람의 반대자도 없이 재차 확인되었다.

콘스탄티노플은 가장자리가 약간 둥그스름한 삼각형 반도 위에 건설된 도시이다. 삼각형의 밑변, 즉 마르마라 해에 면한 쪽은 그저 바다에 의지하는 데 그치는 것이 아니라 보스포루스 해협에서 내려오는 격한 조류와 북풍을 정면으로 받는 곳이기 때문에 비잔틴제국이 생긴 이래 1100년이 넘는 기간 동안 한번도 공격을 받은 적이 없다. 이번에도 이곳만은 한 겹으로 된 성벽에 소수의 수비병을 배치하는 것으로 족하다고 생각되었다. 이 지역 방위를 담당하는 이들은 추기경 이시도로스와 그가 데려온 병사 200명. 이 200명 중 절반은 필요할 경우 육지측 성벽의 방위로 전용되는, 말하자면 예비군으로 설정되었다. 그보다 남쪽은 에스파냐 영사 펠레 프리아가 이끄는 카탈루냐인들이 방위하고, 투르크의 망명 왕자 오르한과 그 부하 투르크인들은 더 남쪽으로 내려온 곳의 성벽을 맡기로 했다.

금각만 쪽은 바다에 면해 있고 성벽도 한 겹이라는 점에서는 마르마라 해 쪽과 다를 바 없었지만, 여기는 보스포루스 해협에서 흘러드는 조류의 사각지대였고 북풍도 마르마라 해 쪽과는 비교가 안 될 정도로 약하다. 비잔틴 역사에서 콘스탄티노플이 정복된 유일한 예인 1204년의 제4차 십자군 원정 때도 바로 여기서 벌인 십자군의 공격이 성공한 것이 원인이었다.

그러나 금각만 쪽에서부터 공격을 개시하려면 먼저 금각만을 제패하지 않으면 안 된다. 입구에 쳐진 쇠사슬은 적에게 그 기회를 제공하지 않기 위한 것이었다. 금각만 방위가 베네치아인들에게 일임된 이상, 이 주변 성벽의 방위도 그들이 주체인 것은 당연했다. 따라서 선착장을 중심으로 한 이 일대 성벽의 방위는 베네치아인이 담당하게 되었다.

이 중요 지역의 방위를 '라틴인'에게만 맡기면 그리스인들이 반발할지도 모른다고 걱정한 황제의 배려를 보여주기 위해, 비잔틴제국에서 황제 다음가는 지위에 있는 재상 노타라스가 귀족들을 이끌고 라틴인 방어 지역에서 황궁까지의 성벽을 지키기로 했다. 금각만 안의 기독교 함대의 총지휘는 베네치아 해군 장수 가브리엘로 트레비사노가 맡기로 이미 정해져 있다.

누가 보더라도 남아 있는 나머지 한쪽 면, 홀로 육지에 면한 한 변이 투르크군의 주공격선이 될 것임에 틀림없었다. 투르크는 30년 전에도 이곳으로 총공격을 가해 왔다. 황궁 주변만 한 겹이고 나머지 부분은 모두 삼중 성벽이라고는 하지만 그것만 믿고 있을 수는 없다. 당연히 육군의 주력이 배치되어야 하는 것이다.

황궁을 둘러싼 한 겹의 성벽을 지키는 이들은 대사 미노토 지휘하의 베네치아인들. 피렌체공화국 시민이지만 지금까지 베네치아 상인들과 친밀한 관계를 가져온 테탈디가 지원한 것도 이 부대이다. 그보다 남쪽으로는 용병대장 주스티니아니가 이끄는 제노바군 500명의 수비 지역이 이어진다. 뤼코스 협곡이 있어서 더욱 낮아지는 지점, 메소티키온 성벽으로도 불리는 지역은 원래 황궁 방어에 임할 작정이었던 황제가 친히 그리스 정예병들을 이끌고 지키기로 했다. 더 남쪽, 다시 지형이 높아지는 지역은 그리스인, 베네치아인, 제노바인 각 부대가 각각 하나씩의 성문을 중심으로 방위를 맡았다. 학생인 우베르티노는 페가에 성문을 지키는 그리티 지휘하의 베네치아 부대에 합류했다.

상이한 민족들로 이루어진 방위군 운용에서, 한 민족이 한 지역을 방위케 하지 않고 각 민족을 소부대로 분산시켜 이들을 혼합 편성한 방위 체제를 제창한 이는 황제였다. 이는 각 민족 간의 반목을 완화시킬 뿐만 아니라 개개 민족의 힘을 최대한 살리기 위한 것이었다. 육해군을 아우른 전군 총사령관은 황제, 해군은 베네치아인 트레비사노, 육군 총지휘는 제노바인 주스티니아니로 한 것도 같은 의도에서였다. 하지만 황제의 이러한 배려는 그다지 필요없어 보였다. 적어도 지금 이 순간, 이 혼성군은 총지휘관이 다른 나라 사람이더라도 일치단결해서 방위에 임할 기개로 충천해 있는 것이다.

황궁에 접한 성벽을 지키는 베네치아 부대에 속해 있던 테탈디는 거기 서 있는 탑 하나에 두 명의 기사와 함께 이제 막 올라온 참이다. 콘스탄티노플의 서북쪽 끝에 위치한 이 탑 위에 비잔틴제국 깃발과 베네치아공화국 깃발을 게양하는 임무를 맡은 것이다. 은빛 쌍두 독수리를 수놓은 하늘색 비잔틴제국 깃발, 빨간 바탕에 금빛으로 성 마르코의 사자를 수놓은 베네치아공화국 깃발은 그리스 기사와 베네치아 기사의 숙련된 몸짓을 거쳐 곧 탑 위 높이 휘날리기 시작했다.

여기라면 콘스탄티노플 시가지에서도, 육지 쪽 성벽을 지키는 방위군들 진영에서도, 금각만에 떠 있는 배에서도, 그리고 갈라타의 제노바 거류구에서도 바람을 가득 안고 나란히 휘날리는 두 개의 커다란 국기를 볼 수 있을 것이다. 물론 십중팔구 육지 쪽 성벽 앞에 포진할 투르크군들까지 싫어도 볼 수밖에 없는 위치이기도 하다. 베네치아 국기도 함께 걸어두고 싶다는 황제의 희망을 대사 미노토는 쾌히 승낙했다. 콘스탄티노플의 베네치아 거류구는 이로써 비잔틴과 손잡고 싸우겠다는 의지를 술탄에게도 공식적으로 선포한 셈이다.

페가에 문 근처 성벽의 수비에 임하고 있던 우베르티노는 어젯밤 내내 잠을 이룰 수 없었다. 보초를 서느라고 그랬던 것은 아니다. 이제 그만 쉬라는 말에 다른 사람들과 함께 내성벽의 탑 한 귀퉁이에 눕긴 했지만 잠은 오지 않았다. 스무 살 젊은이에게는 이것이 생애 최초의 전투였다.

4월 4일 아침의 햇살이 어슴푸레 주위를 흐르기 시작하는 시간, 더 이상 참을 수 없게 된 그는 자리에서 일어나 소리 죽여 밖으로 나갔다. 내성벽 위에 올라가 본다. 내친걸음에 내성벽의 요충을 틀어막고 있는 탑들 중 하나에도 올라가 본다. 25미터 이상 되는 높이다. 그의 눈 아래로 외성벽이 면면히 이어지고 그 건너편에 성벽을 둘러싼 방책이 보인다. 외성벽의 탑 위로 불침번의 모습이 어른거린다.

그때였다. 새벽 안개에 안겨 흐릿하기만 하던 먼 저쪽 지평선

이 일렁이기 시작했다. 아니, 지평선 그 자체가 솟아오르는 듯한 느낌이었다. 안개가 서서히 걷히면서 그것은 뚜렷한 선이 되어 갔고 지평선을 좌우로 가득 메운 채 파도처럼 천천히 밀어닥쳤 다. 우베르티노는 그렇게 많은 군사를 본 적이 없다. 문득 정신 을 차려 보니 혼자이던 그의 곁에 언제 그렇게 왔는지 사람들로 빼곡하다. 하지만 이들도 우베르티노처럼 숨을 죽이고 아무 말 없이 밀려오는 물결을 보기만 할 뿐이었다. 열흘 전에 아드리아 노폴리를 떠났다는 정보가 전해져 온 투르크군의 본대였다.

열세 살이면 시동치고 어리다고는 할 수 없는 나이다. 그러나 주인이 젊은 까닭에 투르순이 본격적으로 전투에 참가하는 것은 이번이 처음이었다. 그런 만큼 콘스탄티노플 성벽, 지중해 세계 에서 가장 견고하며 난공불락이라는 그 삼중 성벽이 저 건너 멀 리에 끝도 없이 펼쳐져 있는 것을 보았을 때 소년의 가슴은 감탄 으로 가득 찼다.

"이런 성벽이 정말로 무너질 수 있을까?"

아연하여 멍하니 서 있던 투르순이 정신을 차린 것은 모저럼 만에 터져나온 주인의 노성 때문이었다.

"자가노스 파샤는 뭘 하고 있는 건가!"

당장 불러오라는 말이 나오기도 전에 소년은 말에 뛰어올랐다.

역시 태어나 처음으로 콘스탄티노플의 성벽을 보면서, 마찬가 지로 그 위용에 입을 다물지 못하면서도 투르크의 소년과는 반 대로 점점 더 우울해지기만 하는 사람이 있었다. 미하일로비치였다. 그와 휘하 세르비아 기병들은 방금 전에 내려진 술탄의 명령으로 기사의 자긍심에 처참한 상처를 입었다.

"이제 기병은 필요없다. 보병으로 부대를 편성하라."

메메드 2세는 말을 죽이라는 명령을 내린 것이다. 살육된 말들은 고깃덩어리가 되어 고기라곤 양고기만 먹는 투르크군용이 아니라 기독교국에서 온 병사들용으로 양가죽 주머니에 넣어진 채 금각만 물 속 깊숙이 담겼다. 세르비아군 정예 1,500기는 이리하여 전선에서 후방에 배치되었다가 전투가 개시되자마자 최전선으로 투입되는 비정규군단에 속하는 4,500명의 보병집단이 되어버렸다.

투르순은 자가노스 파샤가 포진하고 있는 갈라타 뒤편 언덕까지 가기 위해 금각만을 우회해서 말을 달릴 필요도 없었다. 채찍질을 두 번 정도 했을 때, 포진하느라 북적거리는 병사들을 산산조각낼 듯한 기세로 건너편에서 사람들의 물결을 헤치고 달려오는 자가노스 파샤를 보았기 때문이다. 스스로를 메메드 2세가 신뢰하는 유일한 중신이라 믿고 있는 그는 술탄의 명을 전하기 위해 달려온 시동을 흘끗 쳐다보더니 고삐 한 번 늦추지 않고 쏜살같이 달려가버린다. 투르순은 말을 달려가는 대신을 허둥지둥 뒤쫓을 수밖에 없었다.

술탄의 유달리 큰 천막은 적색 바탕에 금빛으로 수놓아져 눈이 부실 듯했다. 그 천막 안 한가운데 옥좌에 앉아 있는 메메드 2세 오른쪽으로 대신들이 자리를 잇고 있다. 재상 할릴 파샤, 아나톨리아 군단을 지휘하는 이샤크 파샤, 유럽 군단의 수장 카라샤 파샤. 뒤늦게 도착한 자가노스 파샤도 정중하게 예를 취한 뒤 자리에 앉았다. 술탄 왼쪽으로는 장군이나 해군 장수, 그리고 이슬람교 고승들이 자리를 차지하고 있다. 투르크 수뇌진이 한자리에 모인 것이다.

아버지 때부터의 중신들을 앞에 둔 스물한 살 젊은이에게는 의견이나 조언 따위를 청할 생각은 애당초 없는 것 같았다. 간결한 명령이 한 명 한 명에게 내려진 것으로 작전회의는 끝났다.

콘스탄티노플의 육지 쪽 성벽 앞을 나눠 남쪽 끝에서 뤼코스 협곡에 이르는 구간은 이샤크 파샤가 이끄는 아나톨리아 군단이 포진한다. 거기서부터 북쪽으로 협곡으로 내려갔다 다시 올라가는 지대, 성 로마누스 군문을 중심으로 하는 구간에는 술탄의 본진이 설치될 것이며, 할릴 파샤 지휘하의 투르크 기병과 예니체리 군단도 여기 포진한다. 이보다 더 북쪽, 카리시우스 문에서 황궁을 돌아 금각만까지 이르는 성벽 구간에 대응하는 것은 카라쟈 파샤가 지휘하는 유럽 군단. 비정규군단은 두 군단의 배후에 진을 치라는 명령이 떨어진다. 금각만 북쪽에서 보스포루스 해협까지의 갈라타 언덕, 즉 제노바 거류구 외곽에 해당되는 지역에는 각 군단에서 차출한 병사들로 구성된 자가노스 파샤의 군단이 포진한다.

여기까지는 이미 행군중에 나온 명령을 최종적으로 확인하는 것이었기에 중신들도 그저 고개를 조아렸을 뿐이지만, 그들의 눈이 의혹의 빛을 띠고 젊은 군주에게 집중된 것은 메메드 2세의 입에서 이런 말이 나왔을 때였다.

"내일 아침, 전군은 성벽 앞 1.6킬로미터 지점까지 전진한다."

오늘 투르크군은 술탄의 명에 따라 성벽 앞 4킬로미터 지점에 포진을 완료했을 뿐이다. 그것을 내일 1.6킬로미터 지점까지 전진시키라는 것이다. 하지만 할릴 파샤 이하 중신들 중 어느 누구도 수염도 아직 듬성듬성한 나이 어린 군주에게 이유를 물어보는 자는 없었다. 그리고 다음날, 두번째의 귀찮은 천막치기 작업도 일단락시켜놓고 한숨 돌리고 있던 중신들은 술탄의 두번째 명령을 받게 된다.

"내일 아침, 성벽 앞 400미터 거리까지 전군을 전진시킨다."

재상마저도 당황스러워했던 이 명령의 이유를 메메드 2세 곁을 한시도 떠나지 않고 섬기던 투르순만은 알 수 있었다.

첫번째 포진을 한 날, 일단 술탄의 천막은 쳤지만 다른 천막들은 채 마무리되지 않았을 때 제노바 거류구 대표 몇 명이 행정관 로멜리노를 앞세워 인사를 하러 왔다. 그들을 만난 메메드 2세는 웬일인지 대표단 중 한 명에게 눈길을 멈추더니 그만 따로 남게 했다. 이 제노바인은 절대군주가 보여준 뜻밖의 정중함에 마음이 느슨해졌는지, 아니면 자기네 거류구의 존망을 걱정한 탓인지 술탄의 질문에 자진해서 정직하게 대답했다. 이 대화를 통해 메메드 2세는 비잔틴군에게도 대포가 몇 문 있긴 하지만, 석제 탄환을 넣고 점화시키면 탄환이 발사될 때보다는 대포가 폭발해서 그것을 설치한 성벽이 파괴될 때가 더 많음을 알게 되었다. 그리스인의 대포는 무용지물이라는 이 정보는 콘스탄티노플 사정에 밝고 당시 술탄의 식객으로 있던 한 이탈리아인 고전학자

키리아쿠스 당코나의 말과도 일치했다. 그 직후에 열린 작전회의에서 진영 이동 명령이 내려진 것이다.

적의 포격을 걱정할 이유가 없는 이상 단번에 400미터 거리까지 전진시켜두면 대군이 포진 때문에 고생하는 것도 한 번으로 끝날 것이었다. 그런데 메메드 2세는 일단 처음에는 1.6킬로미터 선까지, 이어서 그 다음날 400미터 지점까지라는 식으로 단계를 두고 이동시킨 것이다. 이 이유만은 투르순도 감을 잡을 수 없었다. 하지만 투르크 궁정을 지배하는 공기가 선대 술탄 시대와 완전히 달라졌다는 것만은 분명하다. 주인님은 가신에게 사랑받기보다는 두려움의 대상이 되고 싶어 하신다고 투르순은 생각했다. 그렇기에 이상할 정도로 중신들뿐 아니라 말단 병사에 이르기까지 메메드의 수족처럼 움직인다. 15만을 넘는 대군의 움직임이라고는 믿어지지 않을 정도로 세 번에 걸친 포진은 아무 문제 없이 완료되었다.

400미터 거리까지 다가서자 성벽의 위용은 과연 보는 사람이 몸과 마음으로 위압감을 느낄 정도다. 4월 7일 아침, 최종 포진을 끝낸 전군을 시찰하는 술탄을 따라가던 투르순은 성 로마누스 군문 근처 외성벽 위에서 일군의 무장들이 이쪽을 보고 있음을 알아차렸다. 무리 가운데는 황제인지, 백마에 올라 주홍색 망토를 바람에 펄럭이는 사람이 있다. 메메드 2세도 알아차린 것 같았다. 대담무쌍하게 흑마의 발길을 그쪽으로 돌린 술탄을 따라 시동도 황급히 고삐를 거머쥔다.

메메드 2세에게는 젊은이다운 대담함이 있었지만 그것이 경솔로 흐르지는 않았다. 그는 총탄이나 화살의 사정거리 안으로는 근접하지 않았다. 그리고 그 자리에서 잠시 동안 외성벽 위의 사람을 보더니 다시 말을 돌렸다. 다시 그를 따라 말머리를 돌리면서도 투르순은 중얼거리듯이 내뱉는 젊은 주인의 말을 놓치지 않았다.

"제국의 황제쯤 되면 저렇게 백마를 타는 건가."

적군의 전 부대가 도착을 완료한 뒤에도 콘스탄티노플 주민들과 방위군 사이에서는 처음 적을 보았던 순간부터 그들을 지배하고 있던 무거운 정적이 오랫동안 깨어지지 않았다. 미사 시간이 되어도 교회 종은 울리지 않는다. 길가는 사람마저 발소리를 죽이는 듯하다. 성벽 밖에서 진영을 전진시키는 적의 대군이 내는 소리인 양 웅웅거리는 소리가 들려올 뿐이었다.

니콜로도 카리시우스 문 근처 성벽의 흉벽(胸壁) 사이에서 눈 아래 광야를 홍수처럼 메워가는 적군을 숨죽여 바라보는 사람들 중에 있었다. 방위군 수뇌부처럼 그도 적군이 두 번에 걸쳐 거듭 전진하는 불가사의한 양상을 이해하지 못하고 있었다. 그건 어쨌든간에 투르크군을 처음 보는 게 아닌 그로서도 적장들의 무장이 빈약한 데는 놀랄 수밖에 없었다. 갑주를 걸친 이는 한 사람도 없다. 지휘관이 이 정도니 일개 병졸쯤 되면 아무 장비도 없는 거나 마찬가지였다.

그에 비해 방위군 병사들의 무장은 서유럽의 갑주 제작 기술의 전시회 같아 보였다. 은으로 만든 게 아닐까 하는 생각이 들만큼 화려하게 번쩍이는 강철 갑주가 성벽 위에 죽 늘어선 모습은 장관이었다. 단번에 밀라노제임을 알 수 있는 훌륭한 갑주를 입고 있는 이들은 베네치아나 제노바 사내들보다는 비잔틴 기사 쪽이 더 많았다. 베네치아나 제노바 상인들이 서유럽 제일의 갑주 제조지로 이름을 떨치는 밀라노에서 제국으로 수입해 오고 있었던 것이다.

의사여서 그런지 니콜로는 장비의 훌륭함에 넋을 잃고 보지는 않았다. 무장이 빈약해서 마치 개미떼처럼 보이는 눈 아래 투르크군 무리들이 수적으로는 압도적 우세를 보이기 때문이다. 그 수가 어느 정도 되는지 알고 싶어진 그는 가장 가까운 위치에 포진한 한 부대의 구성원을 헤아린 다음 그 수를 기초로 전군의 숫자를 추산해보았다. 그 결과, 이 자리에서는 보이지 않는 갈라타 지구에 4분의 1 정도에 해당되는 군세가 배치되어 있다고 할 경우, 투르크의 총병력은 대충 16만 정도로 판단되었다.

이 베네치아 의사의 계산에 동의한 이들은 대사 미노토와 트레비사노 등 베네치아인들뿐이고, 그럴 리가 없다는 것이 다른 사람들의 생각이었다. 피렌체 상인 테탈디는 20만이라 했고 황세의 측근인 프란체스도 같은 숫자를 주장했다. 대체로 그리스인들은 적군의 숫자를 많게 잡는 편이어서 이시도로스 추기경은 절대 30만보다 적지는 않을 거라 했고, 40만이라고 하는 자도 있었다. 니콜로는 현실과 괴리된 비잔틴적인 경향이 이럴 때도 나타나는가 싶어 쓸쓸히 웃었을 뿐 그 이야기를 다시 꺼내지 않았다.

하지만 숫자에 매달려 있을 여유가 없었다. 방위군 수뇌부는 적의 포진을 보고서야 비로소 사태를 알아차리고 대책 강구에 여념이 없었다. 술탄의 천막이 쳐진 위치를 보건대 적이 뤼코스 협곡이 가장 낮아지는 지점, 즉 성 로마누스 군문을 중심으로 한 지역에 주력을 집중시키리라는 것은 누가 봐도 예측할 수 있었기 때문이다. 이에 따라 육군의 총지휘를 맡은 주스티니아니가 휘하 병사 500명과 함께 원래 그가 담당하기로 되어 있던 지점에서 남하하여 황제가 지휘하는 그리스 정예와 합류, 가장 문제가 많은 이 지대 방위에 임하게 되었다. 제노바 부대의 이동으로 생겨난 공백은 베네치아 부대가 메운다. 이 계획에 따라 이동하던 테탈디는 가뜩이나 수가 적은 방위군 병력이 갈수록 허점투성이가 되고 있다고 생각했다.

다음날 4월 8일은 아침부터 비가 부슬부슬 내리기 시작했다. 빗속에 기습을 강행하진 않으리라 생각했지만, 그래도 혹 몰라서 각 수비 지역별로 정해진 수비대를 배치한 채 대기하도록 했다. 그런 그들을 깜짝 놀라게 한 것은 총탄도 화살도 아니었다. 바로 진창 속을 꿈틀거리는 수많은 사람들과 소떼가 설치하기 시작한 대포였다. 사람이 떠받치고 소가 끄는 대포를 설치하는 작업이 보통 일이 아니라는 것은 멀리 떨어진 성벽 위에 선 니콜로도 알 수 있었다. 커다란 돌로 먼저 토대를 다지고 거기에 두꺼운 판자를 걸치고 나서 그 위에다가 포신을 고정시키는 작업인데, 무거운 대포는 툭하면 빗물에 미끄러져 굴러떨어지곤 한다. 한번 구를 때마다 비명이 울려퍼지고 움직일 수 없게 된 사람이 난폭하게 한켠으로 치워지면 설치작업이 재개되는 것이다.

사람보다는 소, 소보다는 대포가 귀중하게 다뤄지는 것은 니콜로에게는 역시 충격적인 광경이었다.

수비측으로서도 그날부터 사흘 동안 계속된 이 작업을 그저 수수방관하고만 있었던 것은 아니다. 대포로 공격을 가해 올 경우 어떻게 대응해야 할지를 생각하고 즉각 실행에 옮겼다. 대책으로 제시된 것은 외성벽 10미터 지점에 있는 방책(防柵)을 보강하는 일이다. 목제 방책 바깥편에 가죽과 양털을 쑤셔넣은 주머니를 늘어세웠다. 포탄에 맞을 때 충격을 조금이라도 완화시키기 위해서였다. 또한 방책의 높이를 조금이라도 높이기 위해 방책 위에 흙을 채운 통을 늘어세웠다. 이 작업에는 전투원뿐만 아니라 여자들까지도 참가했다.

육지 방면의 방위를 보강하는 데만 주의를 집중할 수도 없었다. '투르크 해군 마르마라 해 북상중'이라는 정보가 전해져 왔기 때문이다. 기독교국 해군도 즉각 경계 태세에 돌입했다.

4월 9일, 금각만 입구에 펼쳐진 쇠사슬 안쪽으로 제노바의 대형 범선 5척, 크레타 선박 3척, 앙코나 선박 1척, 비잔틴 선박 1척, 합계 열 척이 수비 태세에 들어갔다. 그외에도 금각만 안 콘스탄티노플 쪽 선착장에는 기동대로서 베네치아 갤리 군선 2척, 역시 베네치아의 상용(商用) 대형 갤리선 3척, 비잔틴의 갤리선 5척, 기타 6척의 배가 대기했다. 그외 혼자서는 전력에 보탬이 되지 않는 소형선(小型船)도 만 안쪽에서 대기했다. 갤리선이 기동대의 주력이 된 것은 범선보다 움직임이 자유로웠기 때문이다.

한편, 방어 사슬을 따라 배치된 전력의 주력이 제노바의 대형 범선 다섯 척으로 결정된 것에도 훌륭한 이유가 있었다. 1,500톤급이 두 척, 700, 400, 300톤급 각각 한 척씩으로 구성된 이들 대형 범선은 제노바란 나라의 항구가 수심이 깊어서 대형 범선이 지배적이게 된 전통을 반영하는 것이기도 했는데, 선착장에서 이를 보는 이들에게는 해면 위로 높이 솟아오른 성채처럼 보였다. 200톤급인 베네치아의 갤리선과 나란히 있으면 제노바식 배가 방위에 얼마나 적합하게 만들어졌는지 문외한이라도 알 수 있을 정도였다. 이는 정확성, 협조성, 연속성을 모토로 하는 베네치아식 상업 스타일과 그 반대로 개인주의적이고 한판승부를 즐기는 제노바식 상업 스타일의 차이를 보여주는 것이기도 했다.

4월 11일. 이날, 어제까지 대포 설치 작업을 구경하던 콘스탄티노플 주민들의 관심은 마르마라 해 쪽 성벽에 올라 투르크 함대를 구경하는 데로 모아졌다. 사람들이 경탄의 눈길로 바라보는 이 투르크 함대는 해군 제독 발토글루가 이끌고 있었는데 전체 선박이 통과하는 데 한나절이 걸릴 정도의 대함대였다. 니콜로의 계산으로는 갤리선 12척, 대형선 70 내지 80척, 수송선 20 내지 25척, 나머지는 소형선으로 다 합쳐서 145척이었다. 테탈디가 제시한 숫자는 이보다 약간 적었지만, 이때도 비잔틴인들은 터무니없는 수치를 세고 있었다. 프란체스는 400척이라 했는데, 이 정도는 아닐지라도 300척 정도라고 하는 사람이 다수였다.

"그리스인들이 하는 말을 다 믿으면 전투는 불가능하지."

작전회의를 마치고 돌아올 때면 트레비사노는 입버릇처럼 말하곤 했다.

도착한 투르크 함대는 보스포루스 해협 출구에서 약간 들어간 데에 있는 곳, 그곳만 운좋게 조류나 북풍의 영향을 받지 않는 곳, 그리스인들이 '이원주'(二圓柱)라 부르는 해역에 정박했다. 그곳을 전진기지로 삼아 일찌감치 방어 사슬 돌파에 착수할 것이 분명했다.

해상 전선에 긴장감이 감도는 것과 때를 같이하여 육상에서도 모든 준비가 완료되어 전투 개시 전의 고요만이 양측을 지배하고 있었다. 대포도 황금문 앞에 2문, 페가에 문 앞에 3문, 성 로마누스 군문에 정조준시켜놓은 4문, 황궁 앞 칼리가리아 문을 노려보는 3문, 합계 12문이 설치 완료되었다. 희미한 달빛이 밤안개에 젖은 포신의 모습을 어렴풋이 비추고 있었다. 요 며칠 계속 불어닥친 북풍 탓에 밤이 이슥해지면 4월 중순이라고는 믿기지 않을 정도로 추워진다. 보초를 서고 있던 우베르티노는 외성벽 위의 담당 구역을 왔다갔다하면서 추위를 잊으려 하고 있었는데, 선너편에 보이는 세 문의 대포가 자신의 길음에 보조를 맞춰 연신 각도를 바꾸면서 시커먼 포구를 자기에게 고정시켜놓고 있는 듯한 느낌을 끝내 떨쳐낼 수 없었다. 적진은 기분 나쁠 정도로 조용했다.

4월 12일, 아침 햇살이 흩뿌리는 온기를 신호로 삼은 듯 투르크군의 포구가 차례차례 불을 뿜기 시작했다. 무시무시한 굉음을 내며 거대한 석제 탄환이 바람을 가르며 날아온다. 수비병들은 그것을 피하는 것도 벅찰 지경이었다. 적이라고 해서 항상 조준이 정확할 리 없다. 하지만 목표물은 끝없이 이어진 성벽. 비껴나더라도 어딘가에는 맞는다. 탄환이 방책이나 외성벽에 명중할 때마다 주위는 온통 흙먼지로 뒤덮인다. 흙먼지가 가시고 나면 무너진 방책이나 속을 드러낸 성벽이 무참한 몰골로 나타난다. 가죽이나 양털을 쑤셔넣은 주머니 따위는 충격을 완화시키는 데 아무 쓸모도 없었다.

대포를 조작하는 측도 모든 것이 순조롭지는 않았다. 토대가 부실한지 포탄을 발사할 때마다 대포는 좌우로 크게 요동한다. 토대에서 굴러떨어지는 것도 있었다. 특히 거포는 조작이 더 곤란해서인지, 주의에 주의를 기울여 조작해도 하루에 일곱 발 정도밖에 쏘지 못했다. 그렇지만 이 일곱 발의 포탄이 준 피해는 다른 대포에서 발사된 포탄들이 준 피해를 다 합친 것을 능가했다. 이것이 자신들이 비웃으며 쫓아낸 헝가리 사내의 작품이라고는 비잔틴 궁정의 어느 누구도 알지 못했다. 게다가 심장이 쪼그라들 것 같은 이 굉음이 이후 7주 간이나 계속되리라는 것 역시 아무도 몰랐다. 하지만 방어측에겐 걱정으로 머리를 싸맬 여유도 없었다. 이날 이후 낮에 파괴된 곳을 복구하는 것이 매일 밤의 일과가 되었기 때문이다.

바다 쪽 전선에서 우세를 보인 것은 기독교도 쪽이다. 육상에서 포격이 개시된 그날, 투르크 함대는 방어 사슬 돌파를 위해 기지를 나와서 금각만 입구를 향해 밀어닥쳤다. 방어측도 트레비사노의 지휘로 방어 사슬을 따라 선박으로 벽을 만든 채 적을 기다리고 있었다. 투르크 사수들이 이를 향해 화살을 빗발처럼 퍼부었다. 갈라타의 제노바 거류구 동쪽 성벽에 빽빽히 들어앉은 투르크의 대포들도 굉음을 내기 시작했다. 투르크 군선들은 기독교도 선단에 접근하자마자 불붙인 나무들을 던져댔다. 갈고리를 매단 밧줄을 던져 배를 끌어당겨서 올라타려 하는 이들도 있었다. 그러나 이 모든 것들은 실패로 끝났다. 포탄은 거리가 너무 멀어 미처 배에 닿기도 전에 바다로 떨어져 물보라를 튀기거나 자기편 선박을 격침시킬 뿐 전혀 쓸모가 없었다. 불붙은 나무 때문에 일어난 불은 선원들의 익숙한 방화작업으로 곧 진화되었고, 화살도 거의 효과를 보지 못했다. 서유럽측의 대형선은 투르크 선박보다 훨씬 높았고, 그 높은 돛대 위의 망루에서 내리꽂는 화살의 명중률이 훨씬 높았다. 해전의 경우 제노바나 베네치아 같은 해양국가 세력이 경륜에서나 능력에서나 투르크와는 비교가 되지 않을 정도로 뛰어났다. 실제로 투르크 함대는 공세를 취하려고 방어 사슬을 벗어나 외해(外海)로 나간 기독교 해군에 포위되어 전멸만은 면하기 위해 허둥지둥 기지로 돌아갈 수밖에 없었다.

이 해전의 결과는 메메드 2세의 자긍심을 심히 자극했다. 하지만 아무리 제독 발토글루를 꾸짖어봐도 선원들의 능력이 향상될 리 없음을 그는 잘 알고 있다. 젊은 술탄은 대포를 개량하라고 명했다. 탄도 거리를 목표물에 맞춰 다시 계산하는 것은 우르반의 임무였다. 며칠 지나자 목적에 부합하는 대포가 완성되었다. 전과 같은 장소에 설치된 그 대포는 방어 사슬 바깥 해상에서 회항중이던 선박 한 척에 제2탄을 명중시켰다. 그뒤 기독교 함대는 이전처럼 자유로이 방어 사슬 밖을 왕래할 수 없게 되었다.

그러나 누가 봐도 콘스탄티노플 공방전이 육전에서 좌우되리란 것은 자명했다. 포위가 시작된 4월 4일부터 헤아려 15일째 되던 4월 18일, 메메드 2세는 처음으로 총공격을 명령했다. 준비는 완료되어 있었다.

1주일이나 계속된 포격으로 매일 밤 진행된 복구작업에도 불구하고 외성벽은 여기저기서 속을 드러내 보이게 되었고, 방책은 흙을 채워넣은 통으로 간신히 외형만 유지하고 있었다. 특히 메소티키온 성벽 일대의 손상은 심각했다. 더구나 병사들을 놀리기 싫어하는 메메드 2세의 명령으로 포격과 무관한 병사들도 포탄이 날아다니는 밑으로 연일 작업에 동원되었는데, 그 덕분에 너비 20미터의 호(濠)가 많은 지점에서 거의 지표면과 평행을 이룰 정도로 메워졌다.

총공격은 일몰 두 시간 후에 개시되었다. 주력은 예상대로 메소티키온 성벽에 집중되었다. 횃불이 붉게 비추는 술탄의 천막 근처에서 아직 박명(薄明)의 여운을 남기고 있는 밤하늘로 화염이 높이 솟아오른 것이 신호였다. 북소리가 초원을 가르는 바람처럼 퍼져가고 날카로운 나팔소리가 천공을 찢듯 달려간다. 10만이 넘는 적군이 내지르는 함성에 대지마저 요동치는 것 같다.

성벽 안에서도 종소리가 비명처럼 울려퍼진다. 그러나 방위군의 총지휘를 맡은 주스티니아니는 안색 하나 변하지 않았다. 수적으로 열세인 방위군이 단 한 명도 헛되이 소용되지 않도록 정확히 지시해서 배치해놓았기에 휘하 병사들이 맘놓고 싸울 수 있을 거라 생각했다.

술탄의 실수가 방위군을 돕기도 했다. 한꺼번에 너무 많은 병사들이 투입되자 투르크군은 행동의 자유를 잃게 되었다. 자기편끼리 뒤엉킨 적군을 장비와 사기가 모두 충분한 방위군은 목표를 찍어서 차례차례 쓰러뜨려갔다. 네 시간쯤 전투가 이어졌을 때 먼저 병사를 거둬들인 쪽은 투르크였다. 투르크 쪽 전사자는 자기편 발밑에 깔려죽은 사람을 포함해서 200명이 넘었다. 반면 방위군 쪽은 의무부대장 격인 니콜로가 경상자들을 치료하는 데 전념하면 될 정도였다. 사망자는 한 명도 없다.

성벽 위 통로에서 죽은 듯이 쉬고 있는 기독교국 병사들은 손가락 하나 움직이지 못할 만큼 지쳐 있었지만 표정은 한결같이 밝았다. 이제는 끝이라 생각했는데 총공격을 보란 듯이 물리친 것이다. 이미 해선에서 거둔 승리에 너해셔서 그들의 마음 속에는 어쩌면 콘스탄티노플을 끝까지 지킬 수 있을지도 모른다는 희망이 서서히 고개를 들기 시작했다. 곧 아침 첫 미사를 알리는 종이 언제나처럼 유유히 울려퍼질 것이다. 그들의 희망을 더욱더 고조시킨 일이 바로 그 다음날 일어난다.

해전의 승리

 공방전이 시작되고 2주 동안 콘스탄티노플을 중심으로 한 일대에는 강한 북풍이 불고 있었다. 그 때문에 로마 교황이 자금을 내어 조달한 무기와 탄약을 가득 실은 세 척의 제노바 배는 에게 해에 있는 키오스 섬의 항구에서 발이 묶여 있었다. 세 척 모두 대형 범선이다. 역풍을 안고 북상한다는 것은 무리다. 그러던 것이 투르크군의 제1차 총공격에 즈음해서 이번에는 거꾸로 남풍이 불기 시작했다. 기다리고 있던 제노바 배 세 척은 속히 다르다넬스 해협을 향해 북상을 개시했다. 해협에 들어설 즈음 역시 북상중이던 그리스 배와 마주쳤다. 제노바 배보다도 큰 이 배는 황제가 농성에 대비해 미리 시칠리아로 보내서 식량을 조달케 한 배였다. 해운력이 제로에 가까웠던 비잔틴제국에서는 가장 크고 장비도 가장 잘 갖춰진 배였으며 선원도 남들보다 뛰어난 이들만 뽑아서 태웠다. 네 척의 배는 합류해서 다르다넬스 해협으로 들어섰다.
 콘스탄티노플을 해상 봉쇄하는 데 전 해군력을 동원해서 그런지 해협에는 투르크 배의 그림자도 보이지 않는다. 선단은 순풍을 받아가며 아무런 방해도 받지 않고 해협을 통과할 수 있었다. 해협 출구에 있는 투르크 유일의 해항(海港) 갈리폴리 앞도 아무 지장 없이 지나쳤다. 한 무리가 되어 나아가는 대형 선단에 겁을 집어먹었는지 항구에서 나오는 배도 없었다.

마르마라 해도 순조롭게 빠져나와 콘스탄티노플이 멀리 건너편에 보이는 곳까지 온 것은 4월 20일 아침이다. 성벽 위의 보초가 일찌감치 선단을 알아보았다. 동시에 투르크 쪽 감시병도 제노바공화국과 비잔틴제국의 깃발을 펄럭이며 접근하는 선단이 있음을 알아차린 것 같았다. 네 척의 범선은 순풍을 더 잘 이용하기 위해 돛의 조작에 주의를 기울이면서 북상을 계속했다.

아침 몸단장을 하고 있던 투르순은 난폭하게 천막을 걷고 들어오는 투르크 병사를 보고서도 놀라지 않았다. 그저 병사의 말을 듣고는 주인의 침실로 향하는 막을 조용히 열어 잠은 깼지만 아직 침상에 누워 있던 메메드 2세에게 병사가 와서 급히 보고드릴 게 있다 한다고 알릴 뿐이었다.

병사의 짤막한 보고를 전해들은 술탄은 아무 말 없이 등 뒤를 돌아보았다. 거기에는 이미 몸단장에 필요한 모든 것을 받쳐 들고 투르순이 서 있었다.

보고를 받고 천막을 나서는 데까지 10분도 걸리지 않았다. 그동안 메메드 2세는 몇몇 전령들에게 오늘 있을 포격에 대한 지시까지 내렸다. 그러고는 천막 앞으로 이끌려온 애마에 올라탔다. 그를 따르는 사람은 투르순 한 명뿐이다.

금각만 안쪽에 걸쳐놓은 간이 교량을 건널 때만은 속도를 늦춰야 했지만 다리를 건너자마자 다시 채찍이 허공을 갈랐다. 자가노스 파샤의 병영에서 말을 멈춘 것은 가능한 한 많은 용맹한 병사들을 가능한 한 빨리 이원주까지 데려오라 명하기 위해서였다. 명령을 내리고 나서는 투르크 함대가 정박중인 이원주를 향해 다시 채찍질을 계속했다. 순백색 망토가 바람처럼 질주하는 흑마의 등과 평행선을 그리며 나부꼈다. 망토가 비로소 말등 위로 내려앉은 것은 술탄이 선착장에 닿았을 때였다.

마중나온 제독 발토글루에게 메메드 2세는 나지막하면서도 단호한 어조로 명했다.

"기독교도 놈들의 배가 오고 있다. 가능하면 네 척 모두 나포하라. 나포가 안 되면 격침이다. 무슨 일이 있어도 단 한 척도 통과시켜서는 안 된다."

해군의 전통도 없는 투르크에서 술탄의 명을 받아 함대를 급조하고 스스로도 졸지에 제독이 된 발토글루이지만, 함대를 편성하던 중에 그리스인들의 어깨 너머로 해군 전술을 익힌 바 있다. 바람에 좌우되기 쉬운 범선이 해전에는 부적합하다는 것도 알고 있었다. 그래서 돛이 없으면 움직일 수 없는 배는 제외시키고 나머지 선박을 모두 이끌고 출진했다. 자가노스 파샤 휘하의 정예도 대형 수송선에 승선했다. 대포를 몇 문 싣기는 했지만 결국엔 접근전으로 승패가 좌우될 것임에 틀림없는데, 그럴 경우 전과를 결정짓는 것은 대체로 전투원 숫자이기 때문이다. 준비가 완료되기까지는 세 시간도 채 걸리지 않았다. 이때쯤엔 이미 그를 쫓아와 있던 재상 할릴 파샤 이하 중신들을 거느린 메메드 2세가 제노바 거류구 동쪽 끝 성벽 근처 해안에서 출진해 가는 함대를 바라보고 있었다. 거기서 해전을 내내 지켜볼 생각이었다.

심장의 고동이 옆사람에게 전해질 만큼 긴장한 채 북상해 오는 네 척의 배를 지켜보고 있는 것은 콘스탄티노플 수비군들도 마찬가지였다. 보초의 보고는 즉각 시내에 알려져 포격이 계속되는 육지쪽 성벽을 지키는 사람들을 제외하고는 모두가 바다에 면한 성벽 위나 교회 종루 위로 모여들어 바다를 뚫어져라 쳐다보았다. 황제도 방어 사슬의 한쪽 끝이 연결되어 있는 탑 위에서 떠날 줄을 모른다. 황제의 주위에는 늘상 곁에 있는 프란체스뿐만 아니라 재상 노타라스에다가 이시도로스 추기경의 얼굴도 보였다. 트레비사노는 방어 사슬 안쪽에 닻을 내린 제노바 배의 높은 망루 위에 있었다. 그 곁에는 원조를 위해 출격해야 할 경우 제독의 명령을 즉각 다른 배에 전달하기 위해 신호용 깃발을 든 선원이 서 있다. 니콜로는 방어 사슬의 콘스탄티노플 쪽 끝에 정박한 베네치아 갤리선 선상에서 대기하고 있었다. 해상에서 공격을 펼칠 때는 갤리선 이상 가는 것이 없다. 게다가 제노바와 비잔틴의 선박은 의사의 승선을 법으로 정하고 있지 않아서 부상자가 생겨도 응급처치를 할 의사가 없을 수도 있다.

해가 중천에 떴을 때, 지네떼처럼 남하해 오던 투르크 함대가 북상중인 네 척의 선박 앞을 막아 섰다. 투르크 제독이 속히 돛을 내리라는 명령을 발하지만 기독교도 선단은 이를 무시하고 북상을 계속한다. 북쪽에서 흘러오는 보스포루스 해협의 조류가 남쪽에서 불어오는 바람을 받아 해상은 온통 파도로 가득하고, 투르크 선박은 그만큼 조종에 애를 먹고 있는 듯했다. 기독교 쪽 배들은 그 모습을 곁눈질하면서 계속해서 북으로 향한다. 다가서려는 투르크 배와 용케 틈새를 비집고 나아가는 네 척의 배. 간신히 접근에 성공하면 기다리고 있었다는 듯 높은 제노바 배의 망루에서 돌이 투척되고, 기가 죽은 투르크 병사들을 뱃전에 늘어선 석궁에서 발사된 화살이 정확히 명중시켰다. 쫓고 쫓기면서 북상을 계속한 지 한 시간쯤 되었을까. 네 척의 배가 곶 끝머리에 접근해 이제 여기만 왼쪽으로 돌아서면 금각만으로 들어갈 수 있는 바로 그때, 돌연 바람이 멎었다. 대형 범선 네 척의 돛은 힘없이 축 늘어져버렸다. 엎친 데 덮친 격으로 보스포루스 해협 남쪽을 향해 흐르는 조류의 한 지류가 곶에 부딪쳐 돌아나가는데 그만 네 척 모두 그것에 올라타버리게 되었다. 이런 현상은 남풍이 강하게 분 뒤에 특히 두드러지게 나타나곤 했다.

콘스탄티노플에서 이를 지켜보던 사람들은 심장이 멎는 것만 같았다. 네 척의 배는 손 한 번 못 써보고 북쪽으로 흘러갔다. 자신들을 뚫어져라 쳐다보는 술탄 쪽으로 그저 흘러만 갈 뿐이었다. 그 뒤를 투르크 함대가 쫓고 있었다.

하지만 손쓸 도리가 없다고 생각한 이는 사정을 잘 모르는 사람들뿐이었고, 똑같은 광경을 보면서도 트레비사노 등 이 근처 해역을 잘 아는 이들은 그렇게 생각하지 않았다. 네 척의 배에 탄 선원들도 마찬가지였다. 그들은 닻을 내릴 시간을 기다리고 있었을 뿐이다. 수심 20미터 정도가 되자마자 네 척의 대형 범선에서 쇠사슬이 미끄러져 내려가는 소리가 주변을 압도하듯 울려퍼졌다. 이때를 놓치지 않고 역전의 병사들이 군더더기 하나 없는 동작으로 전투 위치로 갔다. 요격 태세가 갖춰진 것이다.

곧 투르크 군선들의 무리가 네 척 배에 접근했다. 노를 쓰고 있어서 행동의 자유를 확보한 까닭에 닻을 내리지는 않았다. 기독교도 범선들은 내려놓은 닻을 중심으로 조류의 흐름에 따라 배가 움직일 수 있을 만큼만 남겨두고 되도록 서로 뭉치려 했다. 적선이 뭉치는 것을 막기 위해 투르크 함대도 넷으로 나뉘었다. 제노바 범선 한 척에는 다섯 척의 갤리선이, 또 다른 한 척에는 돛과 노를 겸용하는 선박이 30척이나 따라붙었다. 세번째 제노바 선박을 둘러싼 것은 전투원을 가득 실은 40척의 수송선. 중앙에서 보호받는 듯한 형상으로 닻을 내린 그리스 대형선에도 소·대형을 합쳐 스무 척 이상이 몰려들었다. 이슬람교도 대 기독교도의 해전이 술탄 메메드 2세의 눈앞에서 시작되었다.

투르크 병사들은 죽을 힘을 다해 미친 듯이 달려들었다. 그들은 뾰족한 뱃머리를 선복(船腹)에 꽂을 요량으로 조금이라도 가까워진다 싶으면 갈고리를 단 밧줄을 적선의 뱃전에 걸어서는 배를 끌어당기려 했다. 불화살이 수도 없이 날아다니고 노를 걸쳐 적선에 올라타려는 이들도 꼬리를 물고 이어진다. 이때 노련

한 제노바 선원들의 용기가 빛을 발했다. 갈고리를 단 밧줄이 뱃전에 걸려도 곧 끊어버렸고, 불은 훈련으로 숙달된 솜씨로 진화해버렸다. 더구나 노를 쓰는 투르크 군선들은 길게 뻗은 노 때문에 오히려 움직임이 둔해지고, 게다가 노를 쓰는 데 익숙지 않아서 종종 자기편 배들끼리 노가 엉켜버리기도 했다. 이렇게 옴짝달싹 못하게 된 배들은 제노바 선박이 집어삼키기 딱 좋은 먹이였다. 높이가 높은 제노바 선박은 움직이지 못하는 배를 보면 아끼고 아끼던 석궁 화살을 둔탁한 소리를 내면서 내리꽂는다. 화살이 한 번 날 때마다 투르크 병사의 비명 소리가 울려퍼졌다.

승무원의 조종과 전투 기술면에서 제노바 배보다 떨어지는 그리스 선박도 처음에는 선전했다. '그리스의 불꽃 화약'으로 알려진, 불타는 액체를 채운 통을 무기로 하여 상당한 파괴력을 발휘했다. 이 통이 배 위에서 폭발하면 순식간에 배는 거대한 불덩이가 되고 만다.

그러나 투르크 쪽은 수로 압도했다. 쓰러뜨려도 쓰러뜨려도 어디선가 또 밀려온다. 배도 마찬가지다. 아무리 태워버려도 곧 다음 배가 돌진해온다. 젊은 술탄은 의자에 앉아 있거나 하지 않았다. 자기 자신이 전투를 벌이는 것처럼 말을 해변으로 몰아 발 닿는 데까지 바닷물 속으로 들어갔다. 파도를 받은 말의 몸이 검게 빛나고 새하얀 망토가 젖어 말등에 찰싹 달라붙는 것도 개의치 않고 좌우로 오가며 바닷물 속을 달렸다. 큰 소리로 병사를 꾸짖는가 하면 역시 그만큼 큰 소리로 격려하기도 한다. 이런 행동을 미친 사람처럼 몇 번이고 되풀이하는 것이었다.

제독 발토글루의 귀에 주인의 노호가 들리지는 않았겠지만, 해변에서 물에 몸을 적시며 미친 것처럼 말을 달리는 모습만은 보였을 것이다. 그는 완벽한 방어 태세를 잃지 않는 제노바 선박 세 척은 내버려두고 고전하는 기색이 엿보이기 시작한 그리스 배를 먼저 제단에 바치기로 마음먹었다. 결정이 내려진 즉시 네 곳으로 나뉜 투르크 선박들에 신호가 전달된다. 하지만 이들 선박의 움직임을 본 제노바 선원들은 즉각 적의 의도를 알아차렸다.

항해 기술이 얼마나 뛰어난지는 닻을 올리는 속도를 보면 안다. 투르크군의 작전 변경은 라이벌 베네치아인들도 최고라고 인정하는 제노바 선원들의 능력을 똑똑히 보여준 결과가 되었다.

믿을 수 없을 정도로 빨리 닻을 걷어올린 세 척의 제노바 배는 투르크 선박들이 미처 대형을 정렬하기도 전에 그리스 배의 좌우현과 선미에 뱃전이 잇닿을 정도로 찰싹 붙어버린 것이다. 멀리 떨어진 콘스탄티노플 성벽에서 지켜보고 있던 사람들마저도 일순, 돌연히 수면 위 높이 네 개의 탑과 성벽이 나타났다고 착각할 정도였다. 주위를 둘러싼 투르크 선박에서 보면 눈앞에 홀연 강철 성벽이 솟아오른 것처럼 보였을 것이다. 이 순간부터 전투는 자진해서 성벽이 된 제노바 선박 세 척과 어찌되었든 집요하게 달려드는 투르크 함대 간의 싸움이 되었다. 격투는 저녁노을을 받으며 계속되었다.

해가 막 저무려는 순간, 잠잠하던 해면에 갑자기 파도가 일었다. 바람이 불기 시작한 것이다. 기독교도로서는 행운의 북풍이었다. 축 늘어져 있던 돛이 순식간에 바람을 한껏 안았다. 기독교도 배들은 호기를 놓치지 않고 네 척이 똘똘 뭉쳐 투르크 선박들을 깔아뭉갤 듯한 기세로 금각만의 방어 사슬을 향해 나아갔다. 해가 떨어지는 것과 금각만 입구를 막은 방어 사슬의 콘스탄티노플 쪽 매듭이 풀린 것은 동시였다. 열린 입구로부터 트레비사노가 지휘하는 베네치아의 갤리선 세 척이 날카로운 나팔소리를 울리며 출진했다. 무시무시한 나팔소리는 적들로 하여금 금각만 안에 있는 배들이 모조리 출진한 것처럼 생각하도록 하기 위해서였다.

다행스럽게도 밤의 장막이 이 대담한 계획을 숨겨주었다. 술탄의 노성이 아직도 해변에 쟁쟁하지만 투르크 제독은 아군의 철수를 명했다. 칠흑 같은 어둠 속에서 전투를 벌이느니 술탄의 격노를 감수하는 쪽이 낫다는 생각이 든 것이다. 트레비사노의 지시에 따라 한나절 동안의 격전에서 해방된 네 척의 배는 돛을 접고 갤리선에 이끌려 안전한 금각만 안으로 들어갔다. 성벽 위에 빼곡한 사람들의 우레 같은 환성이 그들을 반겼다.

콘스탄티노플의 주민들이 이렇게까지 기뻐 날뛰는 모습은 지난 몇 년 간 볼 수 없던 광경이었다. 황제도 이제 막 정박을 마친 배에 올라가 좀전까지 격전을 치렀던 선원들 한 명 한 명에게 치하와 감사의 말을 전했다. 주민 모두가 너무 기쁜 나머지 투르크인들은 만 명 넘게 죽었는데 기독교도는 한 명도 죽지 않았다는 말을 퍼뜨릴 정도였다. 직접 치료를 담당한 니콜로로서는 고소를 금할 수 없는 말이었다. 투르크 쪽 사망자는 대략 100명 정도이고, 부상자를 더해도 500명이 안 되었던 것이다. 반면 기독교 쪽에서는 사망자만 23명이고 선원들 거의 절반이 어딘가에 상처를 입고 있었다. 격전의 상흔이 가장 잘 드러나는 치료소에서 니콜로는 당분간 잠자는 건 글렀다고 생각했다. 밖에서는 네 척의 배가 가득 싣고 온 무기나 탄약, 식량을 하적하는 작업이 밤늦게까지 부산하게 이어졌다.

메메드 2세는 새파랗게 질린 채 아무 말도 없었다. 분노보다는 굴욕이 그를 괴롭혔다. 상선의 전통이 없다느니 해군의 역사도 없다느니 해보았자 구차한 변명일 뿐이다. 전투에서는 결과만이 말한다. 그런데 아무리 크다고는 해도 네 척밖에 안 되는 배에 100척이 넘는 배가 달려들어 패전한 것이다. 그 100척이 작은 배만이었다면 또 모른다. 적선 네 척에 비해서는 작지만 상당히 대형인 배들이 40척은 된다. 결국 조종 기술과 해상 전투력의 패배였다.

여느 때는 스물한 살의 매끈한 피부가 어딘지 모르게 혈색을 띠는 메메드 2세이지만, 그날 밤은 식사도 하지 않고 그저 술만 들이킬 뿐이었다. 아무리 술을 마셔도 안색은 여전히 창백했다. 예리한 눈빛으로 시선을 고정시킨 젊은 주인은 본진의 천막으로 돌아가라는 재상 할릴 파샤의 간청을 무시했고, 정 그렇다면 근처 자가노스 파샤 진영에서 휴식을 취하라는 권유도 묵살했다. 별수없다고 생각한 신하들이 급조한 천막에는 술을 따르는 투르순 외에는 아무도 가까이 가지 못했다. 그런 속에서 침묵의 하룻밤이 지나갔다.

그날 밤 젊은이의 머릿속에는 퇴각해 온 제독 발토글루를 죽이라 명했으나 휘하 병사들의 필사적인 탄원에 목숨만은 붙여둔 것도, 발토글루의 재산을 몰수하여 예니체리 군단 병사들에게 분배하라 명한 것도 더 이상 티끌만치도 남아 있지 않았다. 이럴 때마다 당장 의기양양한 얼굴로 충고를 해대는 이슬람교 고승들 중 한 명이 보내온 편지도 한 번 훑어보고 치워버렸다. 그 편지는 패전의 책임이 술탄 자신에게 있으며, 병사들 대부분은 진정한 이슬람교도가 아니라 욕심에 눈이 멀어 참전했으므로 전리품으로 유혹하지 않는 이상 그들을 제대로 싸우게 할 수 없다는 설교를 늘어놓고 있었다. 게다가 콘스탄티노플은 우리가 예언한 대로 함락될 터이니 크게 걱정하지 말라, 중요한 것은 술탄이 먼저 신앙심을 돈독히 하고 이슬람교의 가르침과 예언을 마음으로부터 믿는 것이다라고도 적혀 있었다.

야망에 불타는 스물한 살의 젊은이는 승려들의 말에 귀기울이는 것보다 더 중요한 것, 반드시 해야 할 것이 따로 있음을 알고 있었다. 젊은이의 마음을 차지하고 있는 것은 그것뿐이었다. 해군력의 열세를 만회할 뿐 아니라 우세로 바꿔버릴 방책은 없는가. 오직 이것뿐이었다.

금각만의 상실

 4월 21일 이른 아침, 총공격 때를 제외하고는 외호(外濠)를 메우는 작업에만 동원되고 있던 비정규군단에 오늘은 갈라타로 집결하라는 명령이 내려졌다. 미하일로비치는 문득 이상한 생각이 들었지만 깊이 생각하지는 않았다. 어제 하루 종일 사람들의 주의를 끌어모은 해전의 양상은 육상에서 외호 매립 작업을 하고 있던 세르비아 병사들도 들었다. 처지가 처지이니만큼 내놓고 말할 수는 없었지만 실로 모처럼 만에 마음을 개운하게 하는 소식이었다. 갈라타에 모이라고만 할 뿐 아무런 설명도 없었지만, 어제 파손된 배를 수리하는 일이 아닐까 생각할 뿐이었다. 미하일로비치는 휘하 병사들을 정렬시켜 그 면면을 확인한 다음에 금각만 안쪽을 돌아서 갈라타로 향했다.

 제노바 거류구를 둘러싼 성벽을 따라 그 바깥쪽을 돌아 보스포루스 해협 연안에 닿은 미하일로비치는, 본진에서 멀리 떨어진 그곳에 술탄과 중신들이 모두 모여 있는 것이 이상하게 느껴졌다. 하지만 의심을 품고 있을 여유도 없었다. 비정규군단의 각

부대장들이 차례로 불려나가 오늘 하루의 작업 내용을 전달받자마자, 곧바로 담당지역에 가서 공사에 착수하라는 명이 떨어졌기 때문이다. 미하일로비치의 세르비아 부대는 해협 연안에서 시작되는 오르막길 중 일부를 담당하게 되었다.

작업은 제노바 거류구를 둘러싼 성벽과 약간 거리를 두고 대체로 성벽을 따라 나아가는 길을 정비하는 것에서부터 시작되었다. 이 길은 원래 있던 것이고 포위 후에도 투르크 병사들이 왕래하는 데 쓰고 있었는데, 무엇 때문인지는 몰라도 뭔가 특별한 정지(整地) 작업이 필요한 모양이었다. 인마가 오가는 데는 필요할 것 같지도 않은 기초 작업이 끝나자 다른 부대 병사들이 실어 온 목재를 궤도를 만들 듯 두 줄로 까는 작업이 시작되었다. 이 공정을 감독하면서 미하일로비치는 대포라도 이동시킬 모양이라고 생각했다.

궤도 부설이 끝나자 중신들을 대동한 술탄이 작업을 시찰하기 위해 나타났다. 점검 작업은 금속제 바퀴가 붙은 받침대를 목제 궤도 위로 미끄러뜨려 궤도 밑의 지반에 결함이 생기는지 어떤지를 살펴보는 것이었다. 미하일로비치가 술탄을 가까이서 보는 것은 아드리아노폴리에서의 회견 이래 처음이다. 자신을 기억하고 있을지도 모른다고 생각했지만 메메드 2세는 궤도 곁에 서 있는 세르비아 젊은이에게는 눈길도 주지 않았다. 그의 관심은 궤도가 제대로 만들어졌는지의 여부뿐이었다. 그는 점검 보고가 끝나자마자 뒤도 돌아보지 않고 다음 장소로 가기 위해 경사진 길을 올라갔다.

다음날 22일에도 아직 동이 트기도 전에 불려나간 비정규군단 병사들은 전날과 같은 장소에 모이라는 명령을 받았다. 그날은 완전히 다른 작업이 그들을 기다리고 있었다. 보스포루스 해협 연안에 닿아 그곳의 정경을 본 미하일로비치는 지휘관이라는 이름에 걸맞게 자신들을 기다리고 있던 일이 무엇인지를 금세 알아차렸다. 자기보다 몇 살 연하인 저 투르크 젊은이는 대포 따위가 아니라 함대를 육상으로 이동시킬 생각을 하고 있는 것이다. 세르비아의 기사는 놀라움보다는 두려움 때문에 전신이 떨려옴을 느꼈다.

사람이든 물자든 부족할 게 하나 없던 메메드 2세는 가지고 있는 자원을 아낌없이 쏟아부었다. 목제 궤도에는 동물 기름이 구석구석 한치도 빠짐없이 칠해졌다. 바퀴 달린 받침대는 두 쪽을 한 쌍으로 만들어 그 위에 바다에서 끌어올린 배를 실었다. 돛대의 돛도 펼쳐놓았다. 운좋게도 바다에서 언덕을 향해 바람이 불고 있었다. 무게가 얼마나 나가는지 감도 안 잡힐 정도로 무거운 배가 묶여 있는 받침대를 좌우로 늘어선 소떼가 끌고, 선복(船腹)과 선미를 수많은 사람들이 밀어서 오르막길 궤도를 따라 언덕을 향해 이동하기 시작했다. 갈라타 언덕에서 가장 높은 곳은 해발 60미터가 되고도 남는다. 꼭대기를 향해 끌어당겨진 배는 거기서부터는 노잡이들을 태우고 오르막길 궤도와 똑같이 만들어진 내리막길 궤도를 따라 금각만 속으로 미끄러져 들어가도록 되어 있었다.

제일 먼저 가벼운 소형선이 오르막길 궤도를 따라 나아가기 시작했을 때, 제노바 거류구 동쪽 끝에 설치되어 있던 대포에서 잇달아 굉음이 울려퍼지기 시작했다. 금각만 안에 있는 배들의 주의를 돌려 사슬 쪽으로 끌기 위한 포격이었다. 동시에 군악대도 북과 나팔소리를 크게 울리기 시작했다. 선단의 이동을 거류구 안의 제노인들이 눈치채지 못하도록 하기 위해서였다.

첫번째 배를 언덕 위로 끌어올리는 데 성공했을 때, 투르크 병사들뿐만 아니라 그리스 정교도인 유럽 병사들 사이에서도 박수까지 섞인 환성이 터져나왔다. 전쟁이라기보다 뭔가 게임이 제대로 풀릴 때 같은 분위기가 지배하고 있었던 것이다. 70척에 이르는 배들이 차례로 그 뒤를 이었다.

4월 22일. 정오가 좀 안 된 시각이었다. 금각만 쪽 성벽 위에 있던 한 감시병이 돌연 가슴팍을 맞았을 때처럼 자지러지는 듯한 비명을 내질렀다. 동료들이 무슨 일이냐 물어도 말이 나오지 않는 듯 손으로 앞쪽을 가리키며 뭔지 모를 소리만 질러댔다. 병사들이 그쪽을 보는 순간, 금각만 안에 정박해 있던 선박의 보초병도 그쪽을 바라보았다. 시선을 돌린 그들은 말을 잊고 못박힌 듯 온몸이 굳어버렸다. 그들의 시선이 향하는 곳에서, 하얀 초승달이 그려진 빨간 깃발을 올린 배들이 잇달아 바다로 미끄러져 들어오는 것이었다. 마치 활강대를 타고 내려오는 장난감 배 같았다. 금각만으로 미끄러져 들어온 배들은 곧바로 노를 움직여 뒤따라오는 동료 선박을 보호하듯이 선박의 방벽까지 만들고 있었다. 모든 배들이 진수하는 데 걸린 시간은 정말로 짧았던 것처럼 느껴졌다. 적어도 아연실색해서 바라보고 있던 사람들에게는 눈깜짝할 사이에 벌어진 일로밖에 생각되지 않았다. 그러나 꿈을 꾸고 있는 건 아닐까 생각하는 사람들의 눈앞에서 무리지어 금각만 안쪽으로 향하는 투르크 함대는 틀림없는 현실이었다.

이틀 전 해전의 승리로 전례없이 단결했던 사람들도 곧 눈앞에서 벌어진 불행의 책임을 서로에게 떠넘겼다. 제노바인들은 이렇게 말했다.

"틀림없이 투르크 진영에 있는 베네치아인 누군가가 15년 전 베네치아공화국이 북이탈리아 포 강에서 가르다 호수까지 함대를 육상으로 수송한 적이 있다고 말했겠지. 술탄은 이 말을 듣고 그대로 따라했을 것이다."

베네치아인도 지지 않았다.

"우리는 너희하고 달라서 술탄에 대한 태도가 뚜렷하다. 술탄이라고 해서 적국 사람을 자기 곁에 둘 마음이 생기겠느냐? 천만에. 그러고 보니 메메드 2세는 갈라타에 있는 제노바인 중에 밀고자를 두고 있다더라. 1438년의 전술을 술탄이 알고 있다면 투르크 진영에 있는 이탈리아인 고전학자나 주치의 자코모 다 가에타 둘 중 누군가에게서 들었거나, 아니면 제노바인 중 누군가가 아부하려고 들려주었을 것이다.

게다가 자기네 거류구 성벽 바로 옆에서 공사가 진행되는데 이걸 알아차린 주민이 한 명도 없다는 것도 말이 안 된다. 알면서도 우리한테 말을 안 한 거라고 생각할 수밖에 없다."

그리스인들은 입가에 번지려는 웃음을 간신히 누르면서 방관하고 있었다. 그들 비잔틴인으로서는 바다에 강하다고 뻐기면서 금각만 방위는 자기들만 할 수 있다고 호언장담해온 라틴인들의 자신감이 흔들리고 있는 것을 본다는 일이 그리 기분 나쁘지는 않았던 것이다.

트레비사노 제독은 뱃전을 난무하는 이런 소음들에는 신경도 쓰지 않았다. 그는 투르크 선박이 진수를 채 완료하기 전에 이미 사태의 중대성을 알아차리고, 즉각 전령을 대사 미노토에게 보냈다. 미노토도 전적으로 동감하고 황제에게 긴급 작전회의 소집을 청하는 사신을 보냈다. 하지만 모든 것을 비잔틴식으로 여유만만하게 행하는 것이 습성이 되어버린 궁정의 대답은 '회의는 내일 아침 개최하자'는 것이었다.

방위군 해군 총사령관인 트레비사노는 다음날 아침까지 수수방관만 할 수가 없었다. 총사령관의 직권으로 할 수 있는 것은 뭐든지 해두기로 마음먹었다. 일단 먼저 금각만 안쪽 근처에 정박한 투르크 함대의 동태를 파악하기 위해 소형 쾌속 갤리선 한 척을 정찰에 내보내 투르크 함대의 근처를 항해하게 했다. 동시에 방어 사슬 근처에 진형을 펼친 선박들에게도 지금까지와 달리 앞으로는 후방에서의 공격에도 대비하라는 지시를 내렸다. 금각만 안에 있으니 안전하다는 생각은 더 이상 허용되지 않았다.

정찰선은 투르크군이 지금까지처럼 제노바 거류구 동쪽 끝뿐만 아니라 만 안쪽 투르크 선단이 정박한 곳 근처 연안에도 대포를 설치했다는 정보를 가지고 돌아왔다. 이는 정박중인 투르크 함대에 아무 생각 없이 접근할 경우 즉각 연안의 대포가 불을 뿜으리라는 것을 의미했다. 또한 성벽이 지켜주고 있기는 하지만 투르크 대포가 동과 서 양쪽에 들어앉아버린 이제는 갈라타의 제노바 거류구도 안심할 수 없게 되었다. 제노바 거류구의 선착장에 정박해 있는 배도 이제부터는 하루 종일 보초를 세워놓아야 했다. 그날 밤, 대책을 마련하기 위해 베네치아인들만이 모인 회의가 늦게까지 계속되었다.

다음날 23일, 성모 마리아 교회에서 열린 작전회의에는 황제와 프란체스, 재상 노타라스 이하 비잔틴의 중신들에 대해 베네치아 쪽에서는 대사 미노토, 트레비사노, 디에도, 코코 및 여타 네 명의 선장이 참석했다. 문제가 문제이니만큼 베네치아 쪽 참석자는 대사를 제외하곤 모두 바다 사람들이었다. 그외 로마 교황의 대리 자격으로 항상 회의에 참석하던 이시도로스 추기경, 제노바인들 중 불러온 이는 육군 총사령관인 주스티니아니였다.

여러 가지 제안이 속출했다. 비잔틴 쪽의 한 사람은 갈라타의 제노바인들을 아군으로 끌어들여 함께 투르크에 맞서면 이길 수 있을 거라고 했다. 참석자 대부분은 제노바 거류구가 지금까지 지켜온 중립을 하루아침에 바꾸리라고는 도저히 생각하지 않았다. 이 제안은 일 분 일 초를 다투는 사태를 해결하는 데는 맞지 않는다 해서 기각되었다.

다음으로 나온 의견은 갈라타 지구에 군을 상륙시켜 설치되어 있는 대포를 파괴하고 금각만 안의 투르크 함대를 불태우자는 것이었다. 이 역시도 현실적이지 않다는 이유로 기각되었다. 갈라타에는 자가노스 파샤의 군단이 포진하고 있었다. 여기 대항할 정도의 인원을 시내 방위군에서 차출해야 하는데, 7천 명 정도밖에 안 되는 방위군에 그럴 여력이 있을 리가 없다.

세번째 제안은 흑해 항로에서 그를 모르는 자가 없다는 베네치아인 선장 코코가 내놓은 것이었다. 그는 소수 정예로 야습하는 수밖에 없다고 주장했다. 밤중에 소수의 선박만으로 투르크 함대에 접근해 화공을 퍼붓는다는 안이었다. 코코는 이 결사대의 지휘를 자청했다. 비잔틴 쪽도 이 제안에는 이의가 없었다. 은밀히, 게다가 신속히 일을 진행시켜야 하므로 베네치아인들끼리 결행하고 싶다는 트레비사노 제독의 요청도 당연하다고 생각해서 받아들였다. 제노바인들에게는 알리지 않는다는 데 의견 일치를 보았다. 결행은 다음날인 24일 밤으로 정했다.

그런데 어디서 새어나갔는지 제노바인들이 알아버리고 말았다. 24일 아침, 베네치아 상관으로 밀어닥친 그들은 트레비사노에게 우리가 빠지는 것은 말도 안 된다, 우리도 참가하겠다며 매달렸다. 투르크군과의 해전에서 이겨 자신감이 고조되어 있었던 것이다. 양대 해양 민족인 제노바와 베네치아가 협력해서 투르크와 맞선다면 이보다 더한 원군은 없다고 생각한 황제도 트레비사노에게 제노바인의 뜻을 받아들여줄 것을 청했다. 트레비사노에게는 황제의 요청까지 뿌리칠 정도의 권한은 없다. 결국 제노바인도 배 한 척에 올라 참가하기로 결정되었다.

하지만 그날 오후, 제노바 선원들은 적당한 배를 일몰 때까지 준비하기 힘들다는 말을 전해왔다. 그들은 나흘 뒤인 28일까지 결행을 연기할 것을 주장했다. 베네치아 쪽으로서는 어쩔 수 없었다. 코코는 화가 나서 펄펄 뛰면서 한시가 급하니 베네치아 선박만으로라도 예정대로 결행해야 한다고 주장했지만 여기까지 온 이상 그것도 무리였다. 순순히 떠나보낼 제노바인들이 아닌 것이다.

음모란 아는 사람이 많을수록, 결행 시기가 늦춰질수록 노출될 위험도 큰 법이다. 이 나흘 동안 갈라타 거류구에 사는 제노바인들 중 술탄과 내통하는 사람이 결국 이 계획을 알아버렸다.

4월 28일 이슥한 밤. 금각만 안의 콘스탄티노플 쪽 선착장에서 한 무리의 선박들이 비밀리에 출항했다. 바람은 미풍, 달은 구름에 가리었다. 선두에는 계획대로 베네치아와 제노바의 대형선이 각각 한 척씩 나아갔다. 두 척 모두 양쪽 뱃전에 솜과 양털을 채운 주머니를 대어 적의 포격에 대비하고 있었다. 그 바로 뒤를 두 척의 베네치아 갤리 군선이 잇는다. 오른쪽 갤리선에 트레비사노가 타고 있었다. 이 네 척의 대형선에 몸을 숨긴 세 척의 소형 쾌속선이 고요한 수면 위를 미끄러져 갔다. 야습의 주역을 맡게 될 이 소형선에는 코코가 승선해 있다. 이 쾌속선의 양 측면과 배면에는 송진, 유황, 기름 따위의 가연물을 가득 실은 작은 배가 몇 척씩 딸려 있었다. 칠흑 같은 밤중에 아군 선박을 알아볼 수 있는 표시는 각 배의 선미에 붙여놓은 하얀 천 한 조각뿐이었다.

선두의 대형선 두 척은 천천히 숨을 죽이고 나아갔다. 그 뒤를 잇는 갤리선 두 척도 노잡이 마흔 명의 일사불란한 움직임으로 매끄러운 수면 위에 파도 한 점 일으키지 않았다. 출항 직후에 갈라타의 제노바 거류구에 있는 탑 하나에서 뭔지 모를 섬광이 번뜩이는 것을 보고 투르크군에 보내는 신호일지도 모른다고 생각했지만, 어둠 저편에 무리지어 정박해 있는 투르크 함대는 아무 움직임도 보이지 않았다. 선단은 계속 전진했다. 은밀히 적의 함대에 다가가 가연물을 선박에 투척하고 거기에 불을 붙인 뒤 적 선박의 닻을 끊고 도주한다. 이것이 야습의 수순이었다. 설령 전투가 벌어져도 네 척의 대형선이 위력을 발휘할 것이다.

목표를 지척에 두었을 때였다. 노잡이가 72명이나 되어 속도가 빠른 코코의 쾌속선이 앞에서 느릿느릿 가는 네 척의 배가 답답하게 느껴졌는지 갑자기 속도를 내서 추월하기 시작했다. 쾌속선은 네 척의 배를 추월해서 선단 제일 앞에 나서더니 속도를 늦추지 않고 그대로 적진에 돌입했다.

바로 그때, 돌연 연안의 대포들이 불을 뿜었다. 첫발이 발사되자 숨쉴 틈도 없이 연달아 굉음이 울려퍼진다. 세번째 포탄이 코코의 배에 명중해버렸다. 소형선은 순식간에 불길에 휩싸여 침몰했다. 이제 적선을 불태우는 것이 문제가 아니다. 나머지 두 척의 쾌속선은 대형선 옆으로 숨어들기 위해 뱃머리를 되돌렸다.

대형선이라고 해서 무사할 리가 없었다. 두 척의 대형선에 포탄 몇 발이 명중해서 선원들은 불길을 제압하기 위해 필사적으로 뛰어다녔는데, 뱃전에 댄 방어용 주머니 덕에 치명적인 손상은 입지 않았다. 갤리선은 높이가 낮아서 그런 방어 장치도 준비되어 있지 않았다. 불행히도 적의 포격은 해군 총사령관의 승선을 알고 있기라도 한 듯 트레비사노가 탄 배에 집중되었다. 마침내 두 발의 포탄이 명중해서 돛대가 날아가고 배는 왼쪽으로 크게 기울어졌다. 기울어진 배 위로 바닷물이 치고들어왔다. 트레비사노는 선원들에게 구명선을 띄우라고 명령했다. 그와 함께 구명선에 나눠 탄 선원들을 동료 선박이 곧장 건져올렸다. 어느덧 희미한 빛이 동녘 바다를 물들이기 시작한다. 그 박명에 의지해서 추격해오는 투르크 함대에 맞서 전투를 벌인 지 한 시간 남짓, 일출과 함께 양군 모두 뱃머리를 돌려 각자의 정박지로 향했다.

격침된 코코의 배에 타고 있던 승무원 중 40명이 투르크 병사들이 대기하던 연안까지 헤엄쳐 갔지만, 메메드 2세는 육지 쪽 성벽에서 훤히 보이는 데까지 이들 전원을 끌고 나가 잔혹하게 죽였다. 기독교도 쪽도 시내에 잡혀 있던 투르크인 260명을 성벽 위에 늘어세운 다음 하나하나 목을 쳤다.

야습의 실패가 준 영향은 심각했다. 베네치아인은 갤리 군선 한 척과 소형 쾌속선 한 척, 그리고 숙련된 선원 90명 가까이를 잃은 것이다. 코코는 익사했다고밖에 생각할 수 없었다.

방위측의 마음을 무엇보다도 무겁게 한 것은 투르크 함대가 계속해서 금각만 안에 둥지를 틀게 될 가능성이 이전보다 훨씬 더 커졌다는 사실이었다. 250년 전이라고는 하지만, 콘스탄티노플이 유일하게 점령당했던 것은 제4차 십자군이 금각만을 수중에 넣어 만에 면한 성벽으로 돌입하는 데 성공했기 때문이었다. 금각만의 제패는 콘스탄티노플 공략의 관건이라 해도 좋았다.

그렇다고 금각만의 제해권이 완전히 적의 수중에 넘어간 것은 아니다. 해전력에서 우세를 보이는 제노바나 베네치아 선박에 비해 아무리 수적으로 우세라 해도 투르크 배들이 그렇게 간단히 공격을 가해 올 수는 없었던 것이다. 하지만 야습의 실패를 놓고 제노바인의 배신 때문이라는 베네치아인과, 내심 그럴지도 모른다고 우려하면서도 실패의 진짜 원인은 코코의 공명심에 있다고 반발하는 제노바인 간의 관계는 전례없이 험악해졌다.

4월의 마지막 날. 메메드 2세는 아직은 희망이 있다고 스스로를 달래던 사람들의 꿈을 박살내는 작전을 펼치기 시작했다. 투르크 함대가 방벽처럼 버티고 있는 곳 안쪽, 즉 콘스탄티노플의 육지 쪽 성벽과 금각만 쪽 성벽이 만나는 지점 앞 해상에 부교를 건설하기 시작한 것이다. 부교는 100개가 넘는 빈 통을 두 개씩 묶은 다음 일정한 거리를 두고 두 줄로 늘어세워 그 위에 튼튼하고 두꺼운 판자를 얹은 것이었다. 길이는 비록 금각만 안쪽이라 좁아지긴 하지만 만을 횡단하는 것이므로 500미터는 되었고, 폭도 병사 다섯 명이 나란히 걸어갈 수 있을 정도였다. 게다가 부교 군데군데에 옆으로 돌출한 대(臺)를 만들어서 여기에 각각 한 문씩의 대포를 설치했다.

니콜로 같은 문외한도 이 부교 건설의 의도는 뚜렷이 알 수 있었다. 갈라타 지구의 자가노스 파샤군과 '이원주'에 정박한 투르크 해군 본대 간의 연락이 이전보다 훨씬 더 쉬워졌다는 것만이 아니었다. 부교 위부터 금각만 쪽 성벽으로의 포격이 가능해졌다는 점이 중요한 것이다. 이 성벽은 한 겹밖에 안 된다. 지금까지는 금각만의 제해권을 쥐고 있어서 마음 놓고 소수의 수비병만 배치해둔 곳이지만, 이제 이대로 방치할 수 없게 되었다. 그러잖아도 병사가 부족한 방위군이다. 도대체 어디서 병사들을 전용해야 할지 지휘관들은 난감하기만 했다. 아직은 투르크군이 부교 위에서 대포를 쏘는 데 숙달되지 않아서 긴급한 대책을 요하는 피해는 없다는 것만이 불행 중 다행이라고나 할까.

어쨌든 베네치아인도 제노바인도 바다의 사람들이었다. 해상 수비가 완벽하지 않을 때 생길 난점들을 익히 알고 있었다. 야음을 틈타 갈라타 거류구에서 원조 물자를 실어오는 작은 배나 전투에 참가하기 위해 방위군에 자원하는 '갈라타 주민'들의 수가 현저히 늘어났다. 거류구의 허가가 없으면 선박을 접안할 수도 없는 갈라타 선착장에 베네치아 선박이 포격을 피해 도망쳐 가도 이전처럼 서먹서먹한 분위기는 아니었다.

베네치아인들도 더 이상 제노바인들을 비난하지 않게 되었다. 행복은 사람들의 마음을 열게 하지만, 불행 또한 그럴 때가 있는 법이다.

최후의 노력

 5월이 찾아왔다. 폐가에 문 근처 성벽을 지키고 있던 우베르티노는 문득 스승 게오르기오스를 만나봐야겠다는 생각을 했다. 이미 20일이나 계속된 포격이 그날만 멈췄던 것도 아니다. 거포를 중심에 두고 좌우로 두세 문씩 배치된 대포는 지치지도 않는지 하루에 100발 가까운 석제 탄환을 쏘아대고 있었다. 이제는 대포 소리가 단조롭게 들릴 정도였다.

 적의 총공격을 막아낸 뒤로 백병전은 한번도 없어서 파괴된 외성벽이나 방책 복구가 수비병의 주임무였다. 20일 동안의 경험으로 포격의 리듬까지 알 수 있을 정도였다. 온다 싶으면 안전한 내성벽으로 피난하기 때문에 사망자는 한 명도 없고, 이따금 돌 파편에 맞은 부상자들이 몇 명 나왔을 뿐이다. 수비병들끼리는 눈앞의 거포를 대포가 아니라 '곰'이라 불렀다. 거포는 엄마곰, 그 좌우로 있는 작은 포들은 새끼곰이라는 식으로.

 "엄마곰이 지쳤나 본데, 새 걸로 바꾸는 걸 보면."
이라든가,

"새끼곰이 늘었어. 이젠 네 마리야."
라고 서로 말하곤 했다.

금각만에서 벌어진 전투는 그들도 알고 있었고 직접 본 사람도 적지 않았지만 사람이란 늘 긴장만 하고서는 도저히 살 수 없다. 5월이라는 말에 고향 브레시아의 밀밭 하늘 높이서 지저귈 종달새 소리를 떠올린 북이탈리아 태생 젊은이가 짧은 휴식을 청하자, 베네치아인 대장도 동료들도 싫은 기색 하나 없이 허락해주었다.

콘스탄티노플 남서쪽 끝에 있는 페가에 문에서 게오르기오스가 사는 수도원으로 가려면 일단 문 앞에서부터 동쪽으로 뻗어 있는 큰 길을 따라가야 한다. 이 길을 반쯤 가다 보면 북서쪽 카리시우스 문에서 내려오는 또 다른 큰 길과 마주치게 되는데, 여기서부터는 금각만으로 향하는 북쪽 길을 따라 상당히 많이 걸어가야 한다. 하지만 근처 지리를 훤히 알고 있는 우베르티노는 곧장 북동쪽으로 이어지는 지름길로 가기로 했다. 집과 집 사이에 아담한 채소밭이 드문드문 보이는 길이다. 종달새 소리는 들리지 않지만 포도나무가 푸른 포도송이들을 수줍게 보듬어안고 있다. 지름길이라도 상당한 거리다. 우베르티노는 비잔틴제국의 수도가 얼마나 넓은지 다시 한번 느끼고 있었다.

수도원 안뜰에 들어선 젊은이는 의외로 너무나 조용한 데 놀랐다. 수도사들이 없어서가 아니다. 포위가 시작되기 전에 이곳을 지배하던 열기가 전혀 느껴지지 않는 것이다. 수도사들은 우베르티노가 일순 이탈리아의 수도원을 떠올릴 정도로 조용히 회랑을 오가거나 가만가만 채소밭을 일구고 있을 뿐이었다.

침착하기만 하던 게오르기오스도 승방 문을 열고 들어서는 우베르티노를 보자 역시 좀 놀란 듯했다. '안 떠났구나' 하는 따위의 말은 하지 않고 그때까지 눈길을 주고 있던 책받침대를 한켠으로 치운 뒤 제자에게 나무의자를 갖다주었다. 그러고는 어리다고만 생각했던 이 이탈리아 젊은이가 잠깐 못 본 새 얼추 다섯 살은 더 먹어 보이게 된 것이 슬픈 일인지 아니면 기쁜 일인지 잠시 우베르티노를 응시했다. 우베르티노는 스승이 전혀 변하지 않은 것이, 주위에 광신적인 얘기를 해대는 그리스인이 한 명도 없다는 것이 기쁘기만 했다.

"그래, 지금은 어디 있는가?"

젊은이는 페가에 문을 수비하고 있다고 대답했다. 스승은 낮은 목소리로 천천히 말했다.

"포위망이 좁혀지고 있다는 것은 자네도 알겠지. 시내에서는 식량이 바닥나기 시작했다네. 갈라타 거류구가 원조해줘서 어떻게 연명은 하지만 거류구 사람들 전부가 원조에 동의하는 것도 아니라는군."

우베르티노는 베네치아 부대에 있어서 이런 정보는 모두 알고 있었다. 그저 고개를 끄덕이기만 하는 그에게 스승은 말을 잇는다.

"오늘 아침 술탄의 사자가 찾아왔네. 마르마라 해 쪽 선착장으로 비밀리에 상륙해서 아는 사람은 거의 없네만. 사자는 이슬람교로 개종한 그리스인 이스마일 베이였는데, 술탄이 제시한 항복 조건은 10만 비잔틴 금화와 황제의 퇴거라는군. 황제는 거절했지만……."

이것은 우베르티노도 모르던 일이었다. 그렇지만 수비병들을 위무하기 위해 황궁을 나서 그가 지키고 있는 성벽에도 자주 모습을 보였던, 아버지뻘인 황제의 고귀한 풍모와 따뜻한 말들이 생각나 항복 제의를 거절했다는 이유로 황제를 비난할 생각은 차마 할 수 없었다.

이 말을 끝으로 스승도 제자도 전쟁에 관해서는 더 이상 언급하지 않았다. 둘 다 상대방의 입장은 앞으로도 바뀌지 않을 것임을 알고 있었기 때문이다. 화제는 주로 철학 문제였다. 우베르티노에게는 콘스탄티노플에서 처음 살기 시작하던 때와 같은 느낌을 다시 마음껏 음미할 수 있었던 시간이었다. 수도원을 나올 때 만종이 울리기 시작했다. 제자는 언제나처럼 짤막한 인사를 했다. 스승은 눈가에 부드러운 미소를 머금은 채 아무 말이 없었다.

황제는 프란체스에게 다시 한번 어려운 과업을 맡겼다. 주민들의 원성이 높아지기 시작한 식량 부족 문제를 어떻게든 해결하라는 것이다. 3만 5천 명 인구에 외국인 3천 명을 합한 4만여 명의 수요를 만족시킨다는 것은 간단한 문제가 아니다. 4월 20일 네 척의 배에 의한 보급을 마지막으로 외부 세계의 원조는 완전히 끊긴 상태다. 갈라타의 제노바인이 식량을 실어오기도 하지만 공짜는 아니다. 이젠 그나마도 힘들어졌다. 거류구 밖에서 갈라타 지구를 둘러싼 투르크의 포위망이 고착됨에 따라 제노바인들 자신도 보급 문제로 곤란을 겪게 되었기 때문이다. 콘스탄티노플 시내에서 기르고 있는 양이나 소의 수는 빤하다. 철이 철이니만큼 아직은 채소도 넉넉지 않았다.

프란체스는 국비로는 충분치 않으니 부자나 교회, 수도원 등의 기부를 받아 그 돈으로 가능한 한 많은 밀가루를 사들인 다음 가구별로 최소 필요량을 배급하는 수밖에 없다고 진언했다. 황제도 이에 찬성하여 즉각 실행에 옮기게 했다. 기부금 총액이 예상을 크게 밑돌아 황제는 다시 근심에 빠졌지만, 어쨌든 주민들의 원성은 더 이상 나오지 않았다.

그러는 동안에도 포격은 계속되었다. 가끔씩 '엄마곰'이 고장이나 파열 때문에 작동을 멈출 때는 있어도 '새끼곰'은 간단히 보충할 수 있어서 그런지 연일 으르렁거렸다. 그래도 적병의 공격이 없어 사망자도 나오지 않고 성벽 밖에서 울리는 굉음과 성벽 안에서 시간을 알리는 교회 종소리가 묘한 화음을 이루기도 해서 사람들은 엄청난 수의 적군에 포위되어 있다는 공포심을 문득 잊기도 했다. 농성은 이미 한 달 가까이 지속되고 있었다.

5월 3일. 그날 아침 베네치아 대사 미노토와 트레비사노 제독은 황제의 부름을 받았다. 황제 곁에는 프란체스밖에 없었다. 마흔아홉의 콘스탄티누스 11세는 농성이 시작된 이래 더 하얘지긴 했어도 손질을 게을리하지 않은 턱수염을 때때로 어루만지며 언제나처럼 진지하고 부드러운 어조로 말을 하곤 했다.

대사 미노토가 황제의 요청에 따라 본국에 원군 파견을 청하는 사자를 보낸 것이 1월 26일. 사자는 미노토의 말대로라면 늦어도 2월 중에는 베네치아에 닿았을 터이다. 하지만 포위가 시작된 4월 초까지도 베네치아 정부의 회답은 오지 않았다. 베네치아 본국에서 함대 편성이 시작되었다는 정보가 입수되기는 했지만 그외에는 어느 것 하나 알 수 없었다.

사정이 이러하니, 틀림없이 이 근처까지 와 있을 베네치아 함대에게 상황이 급박해졌음을 알려 되도록 빨리 콘스탄티노플로 와달라고 청할 사자를 파견해주지 않겠는가. 이렇게 황제는 두 베네치아인에게 요청했다. 미노토도 트레비사노도 쾌히 승낙했다.

그날 밤이 이슥할 무렵, 사람들의 눈을 피해 열린 방어 사슬 틈으로 자원자로만 구성된 열두 명의 선원들을 태운 배가 수면 위를 미끄러져 나갔다. 돛대가 두 개이고 여차하면 노도 쓸 수 있는 소형 쾌속선은 적과 마주칠 경우에 대비해 투르크 국기를 나부끼고 있었다. 승무원들도 가죽으로 만든 투르크풍 상의에 머리에는 터번을 쓰고 있었다. 모두 베네치아인들이다. 탈출은 투르크군에게 눈치채이지 않은 채 성공하는 것 같았다. 쾌속선은 때마침 불어온 강한 북풍을 돛에 안고 바람처럼 남하해서 얼마 안 가 시야에서 사라졌다.

콘스탄티노플에 갇혀 있던 사람들은 그간 베네치아에서 무슨 일이 벌어지고 있는지 전혀 몰랐다.

대사 미노토가 보낸 사자는 출발한 지 한 달도 안 된 2월 18일에 본국에 닿았다. 다음날인 19일, 원로원이 소집된다. 베네치아공화국에서 외교문제는 원로원에서 심의하여 결의하는 것이 불문율이었다. 그날 원로원은 다음과 같이 결의했다.

15척의 갤리 군선 지휘를 위해 사령관과 부사령관을 선출한다.

그리고 25일에는 비잔틴 황제의 요청을 받아들여 베네치아의 원군 파견을 로마 교황, 신성로마제국 황제, 나폴리 왕, 그리고 헝가리 왕에게 통고했다. 물론 속히 대투르크 전선에 함께 서게 되기를 바란다고 덧붙이는 것도 잊지 않았다.

3월, 베네치아 조선소에서는 콘스탄티노플로 갈 함대의 정비가 전시체제 같은 분위기하에서 진행되고 있었다. 선박 정비를 위해 3천 두카토의 임시지출이 집행되었다.

4월 13일, 베네치아 원로원은 사령관으로 선출된 알비제 롱고에게 하달할 지령을 가결한다. 이에 따르면 그는 15척으로 구성된 함대를 이끌고 나흘 뒤인 17일에 베네치아를 출항하기로 되어 있다. 일단 아드리아 해를 남하해서 펠로폰네소스 반도 남단의 모도네에 간다. 그곳에서 물자를 보충하고 이후 곧장 다르다넬스 해협 입구의 테네도스 섬으로 향한다. 테네도스에 도착하면 네그로폰테 기지에서 오는 자코모 로레단의 함대를 5월 20일까지 기다렸다가 함대 도착시부터 로레단의 지휘하에 들어간다. 로레단은 네그로폰테에서 이끌고 온 함대와 롱고 휘하의 본국 파견 함대, 여기에 크레타에서 온 함대 전원을 이끌고 콘스탄티노플로 향한다.

만일 로레단이 20일까지 오지 못할 경우 적진의 정세를 충분히 관찰한 후 가능하다는 판단이 서면 롱고 함대 단독으로라도 콘스탄티노플로 향한다. 비잔틴제국 도착 후에는 대사 미노토와 트레비사노 제독의 지휘를 받아 황제 휘하 해군으로서 방위전에 참가한다. 그러나 5월 20일이 될 때까지는 설사 모든 조건이 갖춰졌을지라도 콘스탄티노플로 가지 않는다. 이것이 원로원이 롱고에게 하달한 지령이었다.

만사가 계획대로 되었더라면 갤리선만도 30척 이상을 거느린 함대는 수도 함락 이전에 도착해서 방어 사슬 밖을 회항하는 투르크 함대를 괴멸시키고 제국 해군과 힘을 합해 금각만 안의 투르크군을 일소할 수 있었을 것이다. 그러면 금각만의 제해권은 다시 기독교도의 수중에 들어가고 해상 포위도 풀 수 있을 것이며, 콘스탄티노플은 고립을 벗어날 수 있을 것이었다. 그렇기 때문에 5월 3일 당시 황제의 추측은 사리에 합당했다.

그러나 4월 17일로 정해져 있던 롱고 휘하 15척의 출항이 이틀 연기되었다. 엎친 데 덮친 격으로, 5월 20일까지는 테네도스에 닿아야 하는 네그로폰테 주둔 함대의 출항 명령은 5월 7일에야 로레단에게 전달되었다. 더구나 즉시 함대를 이끌고 테네도스로 가라는 것도 아니었다. 먼저 펠로폰네소스 반도를 돌아 코르푸 섬에 가서 그곳 총독을 승선시키고 다시 네그로폰테로 돌아와서는 크레타 함대가 도착할 때까지 기다렸다가 함대가 오면 그때 테네도스로 향하라. 원로원의 지령은 이러했다. 신중한 베네치아공화국답게 다음날에는 황제와 교섭할 특사를 대동하라는 또 다른 명령이 전달되었다. 특사 마르첼로가 베네치아를 출항하는 것은 명령이 하달된 다음이므로, 로레단 총사령관 입장에서 보면 함대의 출항 준비가 완벽히 갖춰져도 특사가 오지 않는 이상 출항은 불가능한 셈이다. 5월 20일까지 테네도스에 도착한다는 것은 말도 안 되는 얘기였다. 그리고 모도네를 떠난 뒤 네그로폰테에 기항하지 않고 바로 테네도스로 직행한 롱고 함대도 예정보다 사흘 늦게 테네도스에 도착했다. 거기서 로레단의 함대를 보지 못한 롱고는 자기가 좀 늦기도 해서 정해진 행동에 착수하는 것이 주저되어 당분간 아군의 도착을 기다리기로 한 것이다.

바다와 육지 모두에 걸친 투르크군의 완전 포위 때문에 콘스탄티노플 사람들도 외부 사정을 잘 몰랐지만, 그 외부인들 역시 수도의 상황이 얼마나 급박하게 돌아가고 있는지 몰랐던 것이다.

콘스탄티노플에서는 날이 갈수록 사람들의 동요가 심해지고 있었다. 적의 포격은 전혀 멈출 줄을 모른다. 게다가 갈라타 지구에 설치된 대포 때문에 방어 사슬을 따라 정박한 기독교도 선박들은 경계를 늦출 틈이 없었고, 부교 위에 설치된 대포는 금각만 쪽 성벽의 손상을 나날이 확대시켜가고 있었다. 포격이 집중된 육지 쪽 성벽의 피해는 입에 올리기도 두려울 정도였다. 황궁 주위 성벽을 지키고 있던 테탈디는 탑 하나가 직격탄을 맞더니 반쪽이 날아가버리는 것을 목격했다. 육지 쪽에서는 특히 메소티키온 성벽과 한 겹밖에 안 되는 황궁 주위 성벽이 가장 심각한 손상을 입었다. 비잔틴제국의 찬란한 영광을 한 몸에 안은 콘스탄티노플은 아나톨리아 산악민들이 사방에서 쏘아대는 포격에 무방비로 노출되어 있었던 것이다.

이런 속에서 베네치아인과 제노바인의 해묵은 반감이 다시 폭발했다. 베네치아인은 갈라타 거류구의 중립 태도에 처음부터 화가 나 있던 차에 야습마저 실패해서 원통해 죽을 지경이었다. 그런 놈들이니까 언젠가는 혼자 살아보겠다고 도망갈 거라는 생각을 버릴 수 없게 된 것이다. 그 때문에 마침내 베네치아 상선처럼 제노바 상선도 닻과 돛을 떼어내고 황제에게 바치는 것이 어떻겠느냐는 제안이 나오게 되었다. 제노바인들은 모욕감에 얼굴이 달아올라 이를 되받아쳤다.

"어째서 그런 바보 같은 생각을 하는 거냐. 달아나다니. 갈라타를 버리고 달아난다는 거냐. 200년 동안 쌓아올린 우리 재산, 우리 마을, 우리 자식들을 모조리 내던지고 달아난단 말이냐. 그게 가능하다고 보는 거냐. 거류구는 우리 고향이다. 고향을 버릴 바엔 마지막 피 한 방울까지 전투에 바치겠다."

이렇게까지 나오는 데 뭐라 할 말이 있을 리 없다. 더구나 베네치아와 제노바는 똑같이 해양 통상 국가가 아닌가. 하지만 거류구와 술탄 사이에 연락이 끊이지 않는다는 점만은 베네치아인도 짚고 넘어가지 않을 수 없었다. 제노바인은 여기에 대해서도 우리 행정관이 하는 일은 황제도 미리 승인한 것이고 황제를 위한 것이라고 반박했다.

실제로 비잔틴이 투르크와의 교섭을 완전히 끊어버린 것은 아니었다. 행정관 로멜리노도 거류구의 운명이 걸려 있는 만큼 열심히 양측을 오갔다. 하지만 메메드 2세가 내놓는 조건은 언제나 똑같았다. 배상금 지불과 황제의 퇴거. 이것만 수용하면 주민의 생명과 사유재산은 보장한다는 것이다. 중신들 대부분은 항복 조건을 수락하는 쪽으로 기울어 있었다. 직접 황제 앞에 나아가 항복을 수락하라 진언하는 사람마저 생겨났다. 육군 총지휘관인 제노바인 주스티니아니는 더 솔직했다.

"폐하, 이 불행한 도시를 도우러 올 군사는 아무리 기다려도 감감무소식인데, 적의 동태를 보니 총공격은 눈앞에 닥쳤습니다. 만일 폐하께서 중신들과 함께 일단 펠로폰네소스 반도로 옮기신 다음 새로이 군세를 가다듬어 수도를 탈환하신다면 저도 휘하 갤리선을 이끌고 폐하를 돕겠습니다."

황제의 얼굴 위로 눈물이 흘러내렸다. 그러고는 답이 이어졌다.

"자네의 충고에 진심으로 감사하네. 자네들 서유럽인은 이 머나먼 타국에서 이 도시를 지키기 위해 밤낮으로 수고를 아끼지 않으니……. 하지만 내가 이 백성들을 버리고 도대체 어디로 갈 수 있단 말인가? 그럴 수는 없네. 나는 그들과 함께, 이 도시와 함께 죽는 쪽을 택하겠네."

황제는 당시 베네치아 함대가 도착하리라는 희망을 버리지 않았던 것이다. 오랜 친구이기도 한 총사령관 로레단의 사람됨과 능력이 황제에게는 갤리선 열 척보다도 더 귀중했다.

주스티니아니의 예상은 적중했다. 5월 7일의 해가 지평선 아래로 기울고 네 시간이 지났을 때, 투르크군의 제2차 총공격이 개시되었다.

술탄은 첫번째 총공격에서 저지른 과오를 두번 다시 범하지 않았다. 이번 총공격은 2킬로미터도 안 되는 메소티키온 성벽에 집중되었다. 연일 이어진 포격으로 가장 심한 손상을 입은 이 일대에 3만 명이 넘는 투르크 병력이 투입되었다. 맞서는 쪽은 주스티니아니 직속 제노바 병사와 황제 휘하 그리스 정예가 1천 명. 이시도로스 추기경 휘하 병사들의 응원을 받더라도 2천 명이 안 된다. 창이나 활을 손에 쥔 투르크 병사들은 언제나처럼 공성용 장비인 갈고리 달린 밧줄과 공성용 사다리를 짊어지고 이미 상당 부분이 메워진 외호를 건너 산사태처럼 밀려들었다.

포성은 들리지 않지만 성벽 안에서는 비상사태를 알리는 경종이 날카로운 소리로 울려퍼진다. 공격측은 미친 듯이 북을 울리고 나팔과 피리를 불어댄다. 눈앞의 방책에 매달리는 것 외엔 아무 생각도 할 수 없는 그들 공격군 속에 미하일로비치도 있었다. 제2차 총공격의 주력은 수비측과 같은 기독교도가 주축인 비정규군단이었던 것이다. 술탄의 친위대 예니체리 군단 병사들은 외호 가장자리에 칼을 뽑아든 채 서 있다가 겁에 질려 뒷걸음질치는 병사들을 위협했고 말을 듣지 않으면 거리낌없이 베어 죽였다. 적군보다 아군을 두려워하라. 자기보다도 몇 살 어린 투르크 젊은이의 의도가 바로 이것임을 미하일로비치는 느낄 수 있었다.

방위군은 죽음을 무릅쓰고 싸웠지만 공격측 병사들도 그에 못지 않았다. 그들에게는 전진 외에 다른 길이 없는 것이다. 화살에 맞고 소총의 과녁이 된 병사들의 시신을 뒤에서 전진해 온 병사들이 밟고 지나간다. 창이 방책에 매달린 병사의 가슴을 뚫고, 외성벽 틈새로 기어오르는 병사들 앞에 전투로 단련된 방위군의 칼이 섬광을 내뿜는다. 죽어가는 이들은 비명 한 번 지르지 못한다.

몸을 내던져 싸우는 방위측 병사들도 죽여도 죽여도 다시 나타나는 적을 상대하느라 쌓여만가는 피로를 어찌할 수 없었다. 방위측에는 교대할 여유 병력이 없다. 다른 수비 지역에서 병력을 전용하는 것도 불가능했다. 남쪽 폐가에 문 근처도 북의 황궁 주변도 언제 공격 목표가 될지 알 수 없는 일이다. 적은 아직 이쪽은 공격하지 않고 있지만 신호만 전해지면 언제라도 공격할 수 있도록 성벽 앞에 질서정연하게 포진해 있었기 때문이다. 방어 사슬 밖의 투르크 함대도 공격에 나서지는 않고 있지만 끊임없이 움직이고 있다. 여기서도 아군은 다른 곳으로 움직일 수 없는 것이다.

격투는 세 시간 동안 계속되었지만, 투르크군은 수많은 전사자를 내면서도 외성벽 안으로 침입해 들어가는 데 실패했다. 결국 메메드 2세는 철수를 알리는 청색 깃발을 올리게 했다. 병사들의 시신은 수습되지 않았다.

방위군의 전사자와 부상자는 다행히 얼마 되지 않았다. 간신히 한숨 돌리게 된 방위군은 이들 사상자가 시내로 이송된 뒤에도 아침이 올 때까지는 지친 몸을 누일 수 없었다. 무너진 방책을 원상태로 복구하고 외성벽이 무너져 생긴 틈새를 흙주머니로 메워야 했기 때문이다.

다음날부터 11일까지 나흘 동안, 투르크군의 포격은 더 한층 격해졌다. 포격은 특히 메소티키온 성벽 가운데쯤에 있는 성 로마누스 군문 일대와 황궁을 둘러싼 성벽과 금각만 쪽 성벽이 만나는 지점 주변에 집중되었다. 이즈음에는 부교에 설치된 대포가 주는 피해도 위험 수위에 달해 대책을 강구해야 할 처지에 놓이게 되었다.

성모 마리아 교회에서 열린 작전회의 석상에서는 육상 방위군 보강의 가능성이 토의되었다. 부족한 병력에서 쥐어짜내야 하는 것이었던 만큼 결국 해군 총지휘관인 트레비사노가 뭍에 오르기로 했다. 지금까지 트레비사노와 행동을 같이 해온 베네치아 선원들은 배를 버리고 뭍에 오르는 것이 불만이었지만 '보스'가 정한 이상 반대할 자는 아무도 없었다. 트레비사노는 후임에 부관으로 복무하던 알비제 디에도를 천거했다. 이 역시 아무도 반대하지 않았다.

디에도는 해군 경력은 없지만 오랫동안 흑해 항로를 왕래한 선장이었고, 근처 해역은 해도 없이도 누비고 다닐 수 있을 만큼 훤히 꿰고 있는 사람이었다. 게다가 냉정 침착하고 선원들 사이에서 인망도 높다는 것이 트레비사노의 추천 이유였다. 이로써 선의 니콜로의 직속 상관도 트레비사노에서 디에도로 바뀐 셈이다. 목에 두른 붕대로 왼팔을 받친 갑주 차림으로 검과 창만 가지고 배에서 내린 제독은 자신에게 할당된 수비 지역인 황궁 옆 성벽으로 향했다. 야습을 감행하던 날 무너져내린 돛대에 부러진 그 왼팔이 니콜로는 못내 걱정스러웠다. 치료소에서 그때그때 쉴 틈을 이용하든 어찌하든 하루 한 번은 꼭 찾아가봐야겠다고 그는 생각했다.

방위군 보강은 간발의 차이로 때를 놓칠 뻔했다. 그날 밤 투르크군의 제3차 총공격이 시작된 것이다. 이번 공격은 황궁 주변 성벽에 집중되었다. 투입된 병력은 5만. 이전 공격으로 지친 병사들도 아니다. 아나톨리아 군단과 유럽 군단, 거기에 자가노스 파샤 휘하 군단에서 선발된 기운이 넘치는 병사들이다. 태어난 곳은 달라도 모두 투르크인들이다. 그들 중에서도 특히 투르크 민족의 고토(故土) 아나톨리아 땅에서 온 병사들은 용맹을 넘어서 흉포하기까지 했다.

이들에 맞서는 쪽은 2천 명이 채 안 되는 라틴인 부대. 대사 미노토와 트레비사노가 지휘하는 베네치아 병사들이 주축을 이루고 있다. 한 겹이긴 해도 높이와 두께가 내성벽과 맞먹는 이 주변 성벽은 4일 간 계속된 포격으로 심각한 손상을 입어, 성문 중 하나는 포격으로 완전 파괴되어 임시 방책을 세워놓았을 뿐이다. 그렇다고 해서 적이 그렇게 간단히 오를 수 있는 곳은 아니다. 성벽에 다가설 때까지는 아무 문제 없지만 성벽 위에서 기다리고 있는 수비병이 있는 데까지 올라갈 수 있는 수는 적었다. 역시 본격적인 백병전이 벌어진 곳은 방책으로 일단 막아놓기만 한 성문 근처였다. 쓰러진 전우를 실어나르며 밀려오는 적에 맞서 싸우는 이곳 병사들의 모습은 지옥에서 기어올라온 귀신 같았다.

필사적이었던 것은 투르크 병사들도 매한가지였다. 뒤로 물러설 수 없는 것은 그들도 마찬가지였던 것이다. 등 뒤에는 칼을 뽑아든 예니체리 군단 병사들이 버티고 서 있다. 메메드 2세는 적보다는 아군에게 공포심을 품게 함으로써 병사들의 전력을 높이는 방법을 같은 민족인 투르크 병사들에게도 쓰고 있었다.

이 세번째 총공격도 기독교도의 수비를 깨뜨리는 데는 실패했다. 네 시간에 걸친 전투가 치러진 뒤 투르크 병사들은 썰물처럼 퇴각하기 시작했다. 이번에는 방위측이 입은 피해도 무시할 수 없었다. 전사자만 지난번 총공격 때의 두 배에 달했다. 한편, 이번 공격으로 술탄 메메드 2세가 메소티키온 성벽과 황궁 주변 성벽 두 군데에 주력을 집중하고 있음도 분명해졌다. 방위측에는 이를 되받아칠 결정적 수단이 하나도 없었다. 뿐만 아니라 이틀 뒤 아침, 황궁을 둘러싼 성벽의 칼리가리아 문을 지키던 한 병사는 모골이 송연해지는 광경을 보게 된다.

메메드 2세가 지하에 갱도를 파서 성벽 바로 밑까지 간 다음 화약을 채워넣고 폭발시키는 전술을 택하리라는 것을 방위측도 예상 못했던 바는 아니다. 특히 트레비사노와 주스티니아니 두 사람은 포위전이 시작되자마자 이런 우려를 작전회의 석상에서 표명하기도 했다. 그런데 그때는 투르크군이 수가 많긴 하지만 갱도를 팔 수 있는 기술이 없어서 걱정할 것 없다고 비잔틴 쪽이 워낙 강력히 주장했기 때문에 두 서유럽인은 입을 다물 수밖에 없었다.

종래 투르크군의 전법을 일신한 메메드 2세가 화약을 설치해

성벽을 폭파하는 방안을 생각하고 있었던 것은 사실이다. 이 작전은 처음에는 제대로 진행되지 않았다. 투르크 병사들은 땅 위에 돌을 쌓아올리는 것은 '루멜리 히사리'를 지으면서 경험했지만 지하에 긴 갱도를 파들어가는 데는 기술도 경험도 없었다. 일단 파고들어가긴 했지만 예정 지점까지 가기는커녕 엉뚱한 방향으로 가버려서 전혀 쓸모가 없었다. 결국 술탄은 갱부(坑夫) 경험이 있는 자를 물색해서 보고하라는 지시를 부하 장수들에게 내렸다. 지시가 떨어지자마자 자가노스 파샤가 세르비아 은광에서 갱부 일을 한 적이 있는 병사들 몇 명이 휘하에 있다는 보고를 전해왔다. 그 다음날부터 굴착 작업은 이들 전문가에게 맡겨졌다.

메메드 2세는 그들에게 카리시우스 문 바로 밑까지 가도록 갱도를 하나 파라고 명했다. 갱부들은 성벽 위의 수비병들에게 들키지 않도록 전선 훨씬 뒤쪽에서 굴을 파들어가기 시작했지만, 조금밖에 가지 않은 곳에서 뭔가 단단한 암반층에 부딪혔는지 더 이상 나아갈 수 없다고 했다. 이에 술탄은 칼리가리아 문 근처 성벽으로 목표를 바꾸라고 명했다. 그 주변은 황궁을 둘러싼 성벽이라서 한 겹밖에 되지 않는다.

갱부들은 거기서도 수비측에 눈치채이지 않게 후방에서부터 파기 시작했다. 하지만 땅에 난 구멍에서 자꾸만 흙이 나오는 광경을 수비병들이 놓칠 리 없었다. 갱부들은 아직 이를 알지 못했다. 보고를 받고 아연실색한 방위측 수뇌들이라고 해서 뾰족한 수가 있는 것도 아니었다. 그들이 할 수 있는 것은 이쪽에서 굴착 작업을 눈치챘음을 적이 알지 못하게 하면서 한편으로는 시급히 굴착 전문가를 찾아내는 것뿐이었다.

다행히도 전문가는 곧 나타났다. 주스티니아니 휘하 용병대에 속한 독일인으로, 지금까지는 평범한 병사로 전투에 참가한 그란트라는 사람이었다. 금세 기술자로 되돌아온 이 사내의 주도하에 반(反) 굴착 작전이 시작되었다. 재상 노타라스도 한 무리의 그리스 병사들을 그란트 휘하에 맡겼다.

그란트에게 부여된 임무는 일단은 적의 작전을 미연에 방지하고, 일이 순조롭게 풀리면 아예 굴착을 포기하게 하는 것이었다. 이 독일 사내가 제일 먼저 한 것은 성벽 밖의 지면 상태를 살피는 것이었는데, 밖으로 나갈 수는 없었기에 성벽 위에 올라 육안으로 살펴야 했다. 그러다가 이상한 부분이 눈에 띄자 즉시 그곳부터 시작되는 갱도의 경로를 추측해서 성벽 안에서 반대 갱도를 파들어갔다.

발견 하루 만인 5월 16일, 그란트의 기술이 믿을 만하다는 것이 실증되었다. 땅 밑에서 투르크 쪽 갱도에 맞닥뜨린 그리스 병사들이 갱도를 떠받치는 버팀목에 불을 놓았고 불붙은 버팀목이 무너져내려 투르크 병사들 여럿이 압사당하는 일이 생긴 것이다. 화약은 아직 설치되어 있지 않았다.

그러나 천하의 술탄이 한 번 실패로 물러서리라고는 아무도 생각지 않았다. 그란트는 계속해서 공병대를 지휘했고, 성벽을 지키는 병사들에게도 적의 동태가 조금이라도 이상하면 즉시 보고하라는 지시가 내려졌다. 닷새 뒤인 21일, 두번째의 성공이 방위군의 사기를 북돋워주었다. 이번에는 투르크 쪽 갱도에 침입한 그리스 병사들이 불을 피워 연기를 냄으로써 투르크 갱부들을 몰아내버렸다. 물론 일이 성공한 뒤에 성벽 안으로 통하는 갱도를 다시 메우는 것도 잊지 않았다.

성공은 고생을 잊게 한다. 두번째 성공으로 사기가 충천해진 그란트 및 휘하 공병들은 칠흑같이 어두운 밤에도 적의 동태를 놓치지 않는다는 자신감을 갖게 되었다. 다음날부터 연이어 나흘 동안 투르크군의 갱도는 하루에 하나씩 파괴되어갔다. 실패를 여섯 번이나 맛본 메메드 2세는 확실히 이 작전을 포기한 것 같았다. 그날 이후 여전히 감시의 눈길을 늦추지 않았던 그란트가 적어도 기술자로서는 실업 상태에 들어갔기 때문이다.

스물한 살의 투르크 젊은이는 그러나 하루 종일 동작을 멈추지 않는 기계처럼 모든 가능성을 탐색하고 있었다. 그란트가 최초로 갱도 파괴에 성공했던 날부터 채 이틀도 되지 않은 18일 아침, 육지 쪽 성벽 수비를 맡고 있던 병사들은 눈앞에 우뚝 선 괴물을 보고 자기 눈을 의심했다.

우베르티노가 본 것은 황금문과 페가에 문 사이 성벽 앞에 선 괴물이었다. 어딘가 후방에서 만들어져 밤중에 외호가 있는 곳까지 운반되어 온 듯했다. 나무를 조립해서 만든 이 거대한 탑은 외성벽에 늘어선 탑들보다도 높았다. 소가죽이나 양가죽으로 외부를 둘러싸서 안이 보이지 않았지만 내부에 계단이 설치된 것이 거의 확실했다. 탑 윗부분에서 발사된 화살이 방책을 지키는 수비병들 위로 쏟아졌기 때문이다.

　방위측은 불화살을 날려 이 거대한 괴물을 태우려 했다. 하지만 제대로 되지 않았다. 그날 하루 종일 이 목탑에서 날아오는 화살 장막 덕분에 투르크 병사들은 외호에 폭 넓은 통로를 내는 작업에 전념할 수 있었다. 너비 20미터, 깊이 1 내지 1.5미터, 전체 길이 5킬로미터에 가까운 육지 쪽 외호 전체를 메우는 것은 인해전술을 펼 수 있는 메메드 2세라 할지라도 불가능한 일이었다. 그래서 병사들과 공성탑을 조금이라도 빨리 확실히 성벽에 접근시키기 위해 외호 군데군데에 지표면과 같은 높이의 통로를 내려 한 것이다. 물론 이때서야 시작된 작업은 아니다. 거대한 공성탑이 등장함으로써 작업 속도는 전에 비할 바 없이 빨라지기 시작했다.

　이제 술탄의 생각을 확실히 알게 된 만큼 방위군도 절대 통로의 완성을 수수방관할 수 없게 되었다. 그날 밤 달이 중천을 넘어섰을 때 은밀히 외성벽 밖으로 나간 결사대는 거의 완성된 통로에 구멍을 파서 속에 폭약을 장치한 다음 불을 당겼다. 외호 가장자리 부분을 선택했기 때문에 어마어마한 폭음을 내고 불기둥을 올리며 화약이 터졌을 때 통로뿐만 아니라 외호에 딱 붙어서 있던 공성탑까지도 무너져버렸다. 쓰러진 공성탑이 불길에 휩싸였다.

　폭음과 불기둥은 메소티키온 성벽 주변에서도, 황궁 근처 칼리가리아 문 주변에서도 잇달아 터져나왔다. 허를 찔려 허둥지둥 달아나는 투르크 병사들의 모습이 치솟는 불길에 비쳐 어둠 속에 떠오르는 것을 수비병들은 피로도 잊은 채 지켜보았다. 다음날 아침, 단 하나 남은 공성탑이 수비병들의 환성을 뒤로 하고 후방으로 운송되어 갔다.

그렇지만 공성탑 격퇴와 그란트의 갱도 폭파 성공을 빼고 나면 좋은 일은 하나도 없었다. 방위측의 전사자는 바다와 육지에서 끊임없이 벌어지는 격전과 포격을 생각하면 신기할 정도로 수가 적었지만, 부상자 수는 날이 갈수록 기하급수적으로 늘어났다. 탄약이 바닥나기 시작했고 식량 부족은 이제 무슨 수를 써도 쉬쉬할 수 없게 되었다. 외부에서 원군이 오지 않으면 희망이 없다는 말을 여자들까지도 입에 올리기 시작했다.

5월 23일 오후의 일이다. 마르마라 해 쪽 성벽 위에 있던 한 보초병이 수도를 향해 북상해 오는 소형선을 발견했다. 해상 봉쇄중인 투르크 함대도 배의 접근을 알아챘는지, 아차 하는 순간 몇 척의 투르크 선박이 그 앞을 막아섰다. 하지만 소형선은 교묘하게 투르크 선박들을 피해 북상을 계속했다. 바람이 불지 않으니 노만으로 승부를 내야 한다. 쫓는 투르크 선박도 열심히 노를 젓긴 하지만, 소형선의 키 조작과 노의 움직임이 훨씬 뛰어나 도저히 쫓아갈 수가 없다. 얕볼 수 없는 상대라고 생각한 투르크 쪽이 정박지의 배 몇 척을 더 내보냈을 때는 이미 늦었다. 소형선은 기다리고 있었던 듯 때맞춰 열린 금각만의 방어 사슬 틈새로 들어가버린 것이다. 20일 전에 베네치아 함대를 찾으라는 명령을 받들어 포위망을 뚫고 탈출한 배가 돌아왔다는 소식은 순식간에 선착장부터 시내 구석구석까지 퍼져갔다. 시민들은 물론이고 육지 쪽 성벽을 지키던 병사들까지도 베네치아 함대의 파견을 조금이라도 빨리 알리기 위해 이 배만 먼저 돌아왔다고 생각했다. 콘스탄티노플의 모든 사람들이 희망에 들떠 다음 소식을 기다렸다.

그러나 때에 전 옷을 바꿔 입을 틈도 없이 대사 미노토와 트레비사노에 이끌려 곧장 황제를 알현한 선장의 보고는 황제뿐만 아니라 열석한 방위군 수뇌부 모두를 새파랗게 질리게 했다.

콘스탄티노플을 탈출한 베네치아의 소형 쾌속선은 아군 배가 나타나기를 학수고대하며 마르마라 해와 다르다넬스 해협을 항해했다. 해협을 벗어나면서부터는 근처 섬들을 샅샅이 뒤져가며 함대가 왔는지 찾아다녔다. 베네치아 함대는 어디에도 보이지 않았고 근처 주민들에게 물어봐도 함대가 온다는 소식을 들을 수는 없었다. 이 탐색이 보름이나 계속되었을 때다. 더 이상 찾아보았자 소용없다고 판단한 선장은 다른 11명의 선원을 불러모아 자신의 생각을 말한 다음 이제부터 어떻게 할지는 그들의 의견에 따르겠다는 뜻을 밝혔다. 한 선원이 입을 열었다.

"형제들. 우리가 떠나올 때 콘스탄티노플은 언제 총공격을 펼지 모르는 적 때문에 공포 속에 날을 지새우고 있었네. 차마 입에 올리기도 두렵지만 비잔틴제국의 수도는 결국엔 저 짐승 같은 술탄의 손에 넘어갈 것이다. 따지고 보면 그리스인들이 무능한 탓이지만.

그러니까 형제들. 우리 임무는 다했으니 이제 그리스도의 나라로 돌아가자. 수도는 지금쯤 이미 투르크 수중에 넘어갔을지도 모르지 않는가?"

다른 선원이 발언권을 청하고 말했다.

"형제여. 황제는 우리에게 함대를 찾아달라 청했다. 결국 실패로 끝났지만 어쨌든 황제가 청한 바는 이미 완수했다. 하지만 우리 임무가 이것으로 다 끝난 것일까? 아니다. 결과를 황제에게 보고할 임무가 아직 남아 있다. 나는 콘스탄티노플로 돌아가야 한다고 생각한다. 저 도시가 이미 투르크의 수중에 떨어졌는지, 아니면 아직도 기독교도의 것인지에 관계없이 무조건 돌아가야 한다고 본다. 우리를 기다리는 것이 죽음인지 삶인지 나는 모르겠지만, 일단 북쪽으로 뱃머리를 돌리고 보자."

선장을 포함해서 다른 10명의 선원들도 이 의견에 찬성했다. 반대를 표명했던 최초의 선원도 결론이 나온 뒤에는 이의를 제기하지 않았다. 이렇게 해서 베네치아의 소형선은 콘스탄티노플로 돌아온 것이다. 이 12명의 선원들도 엿새만 지나면 롱고 휘하 함대뿐이긴 해도 베네치아 함대가 테네도스에 도착하리라는 것을 모르고 있었다.

12명의 선원들 한 명 한 명에게 감사를 표한 황제의 뺨 위로 눈물이 반짝였다. 침통한 분위기에 뒤덮인 그곳에 있던 사람들은 이제 더 이상 외부의 구원에 기대지 않겠노라 각오하고 있었다.

그러는 동안에도 적의 포격은 전혀 누그러들지 않고 계속되었다. 특히 적이 집중포격을 퍼부은 성 로마누스 군문을 중심으로 한 지역은 외성벽의 파손이 너무 심해서 방위측이 필사적으로 복구작업을 했음에도 불구하고 이제 더 이상 손을 쓸 수 없을 정도로 절망적이었다. '새끼곰'의 포격으로 파괴된 곳을 열심히 복구해보았자 '엄마곰'이 쏘아대는 500킬로그램짜리 포탄에 한 번만 맞으면 모두 물거품이 되어버렸다. 여전히 위압감을 내뿜으며 서 있는 것은 내성벽뿐이었다. 하지만 그곳까지 퇴각해서 끝까지 도시를 지키기에는 방위측의 전력이 충분치 않았다. 또 배수진을 치기에는 병사들의 신경이 극도로 쇠약해져 있기도 했다. 그날의 만종은 사람들의 귀에 조종(弔鐘)처럼 들렸다.

농성은 50일을 넘어서고 있었다.

무너져가는 사람들

 서민들이 의지할 것은 이제 신밖에 없었다. 하지만 초현실적인 것에 의지하는 사람은 다른 초현실적인 것에 마음이 흔들리게 마련이다. 그때까지는 입에 올리지도 못했던 옛 전승들이 그럴듯한 사실처럼 입에 오르기 시작했다.

 비잔틴제국은 첫 황제 콘스탄티누스 대제와 이름이 같은 황제의 치세 기간에 멸망한다는 예언을 사람들은 떠올리기 시작했다. 뿐만 아니라 대제 입상(立像)의 한쪽 손이 동쪽을 가리키는 것은 동쪽에서 오는 이에 의해 제국이 멸망함을 뜻한다고 말하는 사람들도 나왔다. 옛 전승에는 제국은 달이 차고 있는 동안에는 절대 망하지 않는다는 것도 있어서 사람들을 안심시켜왔지만 24일은 만월이었다. 이제 달이 기울 때가 된 것이다. 사람들은 다시 겁을 집어먹었다. 더구나 이 만월의 밤에 월식이 일어났다. 세 시간 동안 계속된 암흑은 더 없이 불길한 징조로 받아들여졌다. 달은 비잔틴제국의 상징이기도 했던 것이다. 신이 제국을 버렸다는 생각이 사람들을 짓눌렀다.

다음날, 사람들은 성모 마리아의 성상을 받쳐들고 콘스탄티노플 시내를 행진했다. 수비 위치에 꼭 있어야 할 사람들을 빼고는 모두 행진에 참가했다. 행렬이 시 중심부에 다다랐을 때 받침대 위에 안치되어 있던 성상이 굴러떨어지는 일이 일어났다. 놀라서 급히 행진을 멈추고 성상을 들려 했지만 나무 위에 그려놓은 그림일 뿐인데도 성상은 어쩐 일인지 납처럼 무거워서 혼자서는 도저히 들 수 없을 정도였다. 여럿이 힘을 합쳐서야 간신히 들어 원래 위치로 돌려놓을 수 있었다. 사람들의 마음은 더더욱 무거워졌다.

흉조는 여기서 끝나지 않았다. 다시 행진을 시작했을 때 돌연 뇌우가 몰아치기 시작했다. 간간히 눈발까지 섞인 빗줄기는 물기둥이 내리꽂히듯 도시를 뒤덮더니 순식간에 도로를 개천으로 만들어버렸다. 더 이상 행진을 계속할 수는 없었다. 사람들은 앞다투어 비를 피할 곳을 찾아 흩어졌다. 적의 포성도 들리지 않고 빗소리만이 도시에 울리고 있었다.

그 다음날은 아침부터 안개가 자욱했다. 5월 말에 이런 적은 예전에 없었다. 주 그리스도와 성모 마리아가 이 도시를 떠나는 것을 숨기려고 제철이 아닌데도 짙은 안개가 끼는 것이라고 사람들은 수군거렸다.

제국의 중신들은 재차 황제에게 도시를 버리라고 진언했다. 성문을 열라는 말을 전하는 술탄의 사자도 와 있었다. 그러나 황제는 이 도시와 백성들과 운명을 함께하고 싶다고 답했을 뿐이었다.

바로 그날, 투르크 진영에서도 동요가 일어나고 있었다. 포위가 시작된 지 이미 50일인데 콘스탄티노플은 아직도 버티고 있었고, 그렇게 많은 포격을 가했는데도 여태껏 외성벽을 넘어선 병사가 한 명도 없었다. 게다가 베네치아 함대가 출항했다는 정보도 들어와 있었다. 내일이라도 함대가 도착할지 모르는 일이다. 그럴 경우 벌어질 해전에서 투르크가 이긴다고 장담할 수 있는 사람은 한 명도 없다. 투르크 함대가 얼마나 무력한지는 지금까지 본 것만으로도 충분히 알 수 있었으니까. 헝가리 군대가 구원에 나선다는 소문도 돌고 있었다. 만에 하나 헝가리가 투르크와의 협약을 파기하여 맹장 후냐디 휘하 군대가 도나우 강을 넘어오고 바다에서는 베네치아 함대가 구원에 나서게 되면, 16만 투르크 병사도 콘스탄티노플 하나만 상대할 수가 없게 된다. 26일에 열린 작전회의에는 이런 분위기가 반영되었다.

재상 할릴 파샤는 이 기회를 놓칠 수 없다는 듯 힘주어 말했다.

"공략을 단념하고 포위를 풀어야 합니다. 선대 술탄께서도 경험하신 바이니 철수는 절대 수치가 아닙니다. 대국을 다스리는 이가 경계해야 할 것은 다만 무모함뿐입니다. 서유럽 나라들도 언제까지나 비잔틴제국을 모른 체할 수는 없을 것입니다. 베네치아공화국이 이미 함대를 파견했고 제노바도 조만간에 기독교국의 의무를 떠올릴지도 모릅니다. 투르크는 명예롭게 철수할 수 있을 때 이를 결행하는 용기를 가져야 합니다."

국정의 경륜으로 따져서 참석자 누구도 견줄 수 없는 노재상의 발언은 열석한 중신들의 고개를 끄덕이게 했다. 그들은 이제

서야 자신들의 주군이 갓 스물한 살 난 젊은이임을 깨달은 듯 새삼스레 술탄의 얼굴을 쳐다보았다. 메메드 2세의 등 뒤에 서 있던 투르순은 주인의 얼굴이 냉정을 가장하고 있지만 그 손은 분을 못 이겨 파르르 떨고 있음을 보았다.

시동만이 스물한 살 젊은이의 차가운 분노를 알아차린 것은 아니었다. 대신 중 한 사람인 자가노스 파샤가 자리를 박차고 일어나 격한 어조로 반론을 폈다.

"유럽 군주들은 서로 다투는 것으로 날을 지새고 있으니 합동해서 비잔틴에 원군을 보낼 여유 같은 게 있을 리 없습니다. 설령 베네치아 함대가 도착한다 해도 그들이 어찌 우리 육군까지 몰아낼 수 있단 말입니까? 우리 휘하에는 16만 대군이 건재합니다. 이보다 훨씬 적은 군사로 세상의 반을 정복한 알렉산드로스 대왕을 생각해보십시오. 여기까지 온 이상 철수 따위는 논외 문제입니다. 오직 공격, 공격뿐입니다."

기세등등한 자가노스 파샤의 연설에 젊은 무장들이 연달아 일어나 찬성의 뜻을 밝혔다. 좌중의 분위기는 이로써 돌변했다. 끝으로 메메드 2세가 사흘 뒤에 총공격을 결행한다고 말했을 때 반대를 표명한 사람은 한 명도 없었다.

술탄 메메드 2세는 완전히 냉정을 되찾고 무장들에게 차례차례 지령을 하달했다. 함대는 금각만 안과 밖 양쪽에서 기독교 함대에 공격을 가한다. 자가노스 파샤의 군단은 금각만 쪽 성벽을 공격하고 여타 전 군단은 술탄의 직접 지휘하에 육지 쪽 성벽 전역에 걸쳐 대규모 공격을 가하는 것으로 결정되었다.

이 결정을 성벽 안에 있는 사람들은 즉각 알게 되었다. 정체를 알 수 없는 누군가가 작전회의 결과를 적은 글을 화살에 매달아 몇 발 쏘아 보냈기 때문이다. 글을 읽어가는 방위측은 눈앞이 아득해졌다.

그날 밤 투르크 진영은 대낮처럼 환하고 시끄러웠다. 성벽 위에서도 천막 하나하나, 심지어 병사들 한 명 한 명을 알아볼 수 있을 정도였다. 여기저기 횃불을 밝혀놓는 것으로는 성에 차지 않았는지 시커먼 기름을 땅에 뿌려 거기에 불을 질러놓은 것이다. 불의 담장이 금색으로 수놓인 새빨간 술탄의 천막을 드러내주었고, 북과 피리소리를 내며 땅에 엎드려 알라 신에게 기원하는 사람들의 모습을 지옥도처럼 펼쳐 보이고 있었다. 이 소란은 밤이 이슥해져 모든 것이 정적 속으로 빠져들 때까지 계속되었다.

다음날 27일, 이슬람의 단식이 시작되었다. 하지만 단식에 대포는 해당사항이 없는지 하루 종일 포격이 계속되었다. 대포에 붙어 있지 않아도 되는 병사들은 후방에서 여유 있게 공성용 사다리와 갈고리 달린 밧줄을 손보고 있었다. 전군 시찰에라도 나선 듯, 흑마에 하얀 망토를 휘날리는 술탄을 가운데 둔 일군의 무장들이 병사들 사이를 바람처럼 달리는 것이 보였다.

기독교도 쪽도 직접 전선에 나선 이들은 총공격이 가까웠음을 알고 있었지만 사기는 조금도 떨어지지 않았다. 포탄에 튀어오른 파편에 맞아 부상을 입은 주스티니아니도 치료를 받기 위해 자기 배로 잠시 돌아갔을 뿐, 응급처치가 끝나자마자 담당지역으로 돌아와 있었다. 가장 심하게 파괴된 메소티키온 성벽에는 황제나 주스티니아니 둘 중 한 사람은 반드시 있었다.

그날 밤도 투르크 진영은 늦게까지 어제와 마찬가지로 환하고 소란스러웠다. 이 역시도 밤이 이슥해지자 조용한 잠 속으로 빠져들었다. 방위측 병사들도 방책이나 성벽을 수리하고 난 뒤 자리를 뜨지 않고 근처 탑의 구석진 자리에서 선잠을 청했다. 그들에게 허락된 유일한 휴식이었다.

다음날 28일, 메메드 2세는 전군이 정해진 전투 위치에 포진 완료한 것을 보고 하루 동안의 휴식을 허락했다. 대포도 그날만은 숨을 돌렸다. 술탄은 휴식도 없이 중신들을 데리고 병영을 돌며 병사들을 격려하기 시작했다. 고함을 질러대며 직접 병사들을 선동하기를 좋아했던 아버지와는 취향이 다른 메메드 2세는 북을 울려 병사들을 모은 것까지는 선대 술탄과 같았지만 큰 소리로 사기를 높이는 것은 부하 무장 중 한 사람에게 일임했다. 그 무장은 모여든 병사들에게 이렇게 말했다.

"폐하께서는 하염없는 은혜를 베푸셔서 낙성 후 사흘 간의 약탈을 허락하셨다. 알라와 예언자 마호메트 외에 신은 없도다! 내일의 전투는 예언자께서 말씀하신 예언을 실현하는 성전이다. 내일이야말로 기독교도들을 붙잡아 한 명에 2두카토씩 받고 노예로 팔아보지 않겠느냐. 저 도시에 있는 황금은 모두 우리의 것이다. 백만장자가 되는 것도 멀지 않았다. 기독교도들의 수염으로 개목걸이를 만들자.

알라 외에 신은 없다! 죽는 것도 사는 것도 알라 신을 위해!"

병사들은 창검을 휘두르고 함성을 내지르며 이에 응했다. 콘스탄티노플의 재화를 모조리 병사들에게 나눠주겠다는 술탄의 선언은 눈앞의 도시가 지중해에서 가장 부유하다고 믿고 있는 그들에게는 무척이나 매력적이었다. 더구나 조금만 있으면 그 말이 실현될 것이 아닌가. 사흘 간의 단식으로 오히려 의식이 또렷해지기만 하던 그들도 그날 밤은 깊이 잠들 수 있었을 것이다.

같은 시각, 베네치아 상관에서도 대사 미노토가 베네치아인 전원을 모아놓고 이야기를 하고 있었다. 스스로 모범을 보이기 위해서 처자도 피난시키지 않은 이 사내는 간결하게 이렇게 말했을 뿐이다.

"끝내 죽게 되든 다행히 살게 되든 우리는 기독교도의 의무를 다하고자 이곳에 남았다. 조국을 향한 이 마음은 절대 배신당하지 않을 것이다. 나는 확신한다. 조국은 우리가 내린 결단을 이해해주고 존중해줄 것이다. 전투가 시작되면 절대 정해진 위치를 자의적으로 벗어나지 말라. 자리를 벗어나느니 차라리 죽음을 택하라."

말이 끝난 뒤 고향의 포도주가 모두에게 돌려졌다. 트레비사노의 왼팔 상처를 돌보던 니콜로는 부상이 확실히 쾌유되고 있어 조금이나마 마음이 가벼워졌다.

콘스탄티노플 시내에서는 그날 하루 종일 교회 종이 울렸다. 땡땡땡 울리는 신경질적인 경종이 아니다. 꼬리를 길게 끌며 울리는

무너져가는 사람들

조종도 아니다. 평소에 미사를 볼 때 울리는 것과 같은 종이지만, 서유럽에서는 로마 교황이 세상을 떠났을 때만 이렇게 쉬지 않고 종을 울리게 한다. 5월 28일 저녁나절, 콘스탄티노플 주민들은 그 종소리에 안겨 말없이 성 소피아 대성당으로 향하고 있었다.

작년 12월 12일에 동서 교회 연합을 알리는 미사가 치러진 지 다섯 달이 지났지만, 그 다섯 달 동안 수도 제일의 교회인 이곳에 온 연합 반대파는 단 한 사람도 없었다. 마지막 미사라 생각한 것일까. 누가 말하지 않았는데도 하층 서민에 이르기까지 모두가 만종을 등에 지고 대성당의 광대한 본당을 가득 메우기 시작했다. 미사에는 중신들을 거느린 황제도 참석했다. 라틴구에서도 베네치아 대사 이하 유지들이 모습을 보였다. 의식은 콘스탄티노플 대주교이자 교황대리인 이시도로스가 주축이 되었고 연합 반대파 승려들도 거들었다. 게오르기오스의 모습만은 보이지 않았다.

반세기 동안 공의회를 열어 고도의 교리 논쟁을 펼친 것이 몇 번이며 서민들은 또 얼마나 노골적으로 증오심을 드러내었던가. 동·서방 교회의 대립은 유럽 세계에 또 얼마나 깊은 상흔을 남겼던가. 동방 그리스 정교와 서방 가톨릭의 연합은 지금 이 순간 바로 여기서 실현되었다. 형제들에게 축복을. 이시도로스의 말이 떨어지자 제단 앞에 무릎 꿇고 있던 사람들은 서로를 껴안았다. 그가 그리스 정교도인지 로마 가톨릭교도인지는 더 이상 문제되지 않았다. 마음 깊은 곳에서 넘쳐나는 신앙심이 그들의 포옹을 이끌었다. 그리고 미사가 끝난 뒤 각자의 집으로, 또는 각자의 수비 위치로 돌아갔다.

젊은 우베르티노는 감동으로 눈가를 적시며 폐가에 문으로 향했다. 냉철한 상인인 테탈디도 가슴 속에 뭔가 뜨거운 것이 치밀어오름을 주체하지 못하면서 황궁 옆 성벽으로 향했다. 니콜로만은 진료소를 상관에서 배로 옮기는 일 때문에 성 소피아 대성당에 갈 틈이 없었다.

황제가 소집한 방위군 중역들 속에는 프란체스도 있었다. 황제는 참석자들이 지금까지 보여준 온갖 노력과 분전에 예를 표하고 특히 베네치아인들과 제노바인들에게는 여태까지 진력해 줘서 고맙다는 말을 덧붙인 다음 이제 곧 시작될 마지막 전투에서도 잘해주리라 믿어 의심치 않는다고 말했다. 그리고 다시 전원을 향해 말을 이었다.

"사람은 항상 자신의 신앙이나 조국, 아니면 자기 가족이나 주군을 위해 죽음도 달게 받을 각오를 해야 하는 법이다. 우리는 이제 이 모든 것을 위해 싫든 좋든 죽음을 각오해야 하는 상황에 놓이게 되었다. 나도 백성과 운명을 같이할 것이다."

이어서 황제는 자리에서 일어나 좌중의 사람들 앞을 돌면서 한 명 한 명에게 행여 내가 그대에게 잘못한 것이 있다면 원망을 풀어주기 바란다고 말했다. 수척하지만 타고난 고귀함이 빛을 발하는 황제의 볼 위로 눈물이 그치지 않았고, 사람들도 흐느끼면서 황제를 위해서라면 생명도 기꺼이 바치겠노라 맹세했다. 그런 뒤 성 소피아 대성당에서 서민들이 했던 것처럼 마음 가득 신뢰를 담아 서로를 껴안았다. 그리고 서유럽인들은 각자의 수

무너져가는 사람들

비 위치로 흩어져 갔다. 비잔틴 중신들 중에는 성상을 떠받들고 시내를 행진하는 행렬에 가세하는 자들도 있었다.

프란체스는 육지 쪽 성벽의 수비 상태를 살피러 가는 황제 뒤를 따랐다. 순시를 끝낸 황제는 말머리를 다시 북쪽으로 돌려 황궁을 둘러싼 성벽 최북단에 있는 탑에 올랐다.

두 사람의 머리 위로 은빛 쌍두 독수리를 수놓은 하늘색 비잔틴제국 깃발과 금빛으로 성 마르코의 사자를 그려 넣은 붉은색 베네치아공화국 깃발이 밤바람을 한껏 안은 채 펄럭이고 있었다. 육지 쪽 성벽 밖으로는 투르크 천막 앞에 하나씩 지핀 햇불이 빛의 바다를 이루고 있었다. 빛의 바다는 갈라타의 제노바 거류구 뒤쪽에까지 펼쳐져 있다. 금각만 외해에서 움직이기 시작한 투르크 선박들의 등불이 멀리 가물가물 보인다.

마흔아홉의 콘스탄티누스 11세는 잠시 아무 말 없이 이 광경들을 쳐다보고 있었다. 20년 이상 그를 섬겨온 프란체스도 입을 다문 채 그의 등 뒤에 서 있었다. 문득 뒤를 돌아본 황제는 이 충실한 가신의 어깨에 손을 얹고 시내 예비군의 상태를 보고 와달라고 했다. 프란체스는 언제 마지막이 올지도 모르는 지금 잠시라도 황제 곁을 떠나는 것이 내키지 않았지만 그런 사사로운 마음은 지그시 눌러두었다. 그는 머리를 조아린 후 탑의 계단을 내려갔다. 빨리 일을 마치고 성 로마누스 군문을 지킬 황제에게 돌아가겠다고 생각하면서.

충신 프란체스가 황제를 본 것은 이때가 마지막이었다.

콘스탄티노플 최후의 날

 달이 중천을 넘어서고 한 시간쯤 지났을 때였다. 어둠 속에 빨간 꼬리를 길게 끌며 폭죽 세 줄기가 떠오른 것이 신호였다. 16만 전군이 투입된 총공격이 시작된 것이다.

 함성 소리가 전체 전선으로 번져갔다. 공격의 주력은 역시 성 로마누스 군문을 중심으로 한 메소티키온 성벽으로 향했다. 시내 교회에서 경종이 요란스레 울리기 시작했다.

 총공격의 선봉에 선 것은 비정규군단 병사들이었다. 5만 병사들이 성벽 전역에 쇄도했다. 장비도 제각각이고 무기도 창이나 검, 혹은 밧줄 사다리를 지녔을 뿐이다. 필사적으로 방책이나 성벽에 매달리려 하지만 방어도 굉장한 기세여서 투르크 병사들은 픽픽 쓰러져갔다. 포격은 이 순간에도 멈추지 않았다. 날아온 포탄에 투르크 병사들까지 쓰러졌다. 북과 나팔소리가 끊임없이 울려퍼진다. 여기 맞서기라도 하듯 신의 자비를 간원하는 여자들의 높고 날카로운 기도 소리가 시내 가득 울려퍼졌다.

 성벽에서는 기도할 여유도 없었다. 비정규군단 5만 명은 전투력은 떨어지지만 칼을 뽑아들고 등 뒤에 버티고 선 예니체리 군단이 두려워 물러설 수도 없었기 때문이다. 그래도 이 첫번째 공격의 물결은 두 시간 뒤 투르크 쪽에 상당한 피해를 입히고는 일단 수습되었다.

메메드 2세는 비정규군단 병사들의 결점을 낱낱이 알고 작전을 짜놓았다. 통일성도 없고 전투력도 떨어지는 비정규군단이지만 수비병을 지치게 할 수는 있다. 비정규군단이 철수한 것과 거의 동시에 방위측이 한숨 돌릴 틈도 없이 술탄의 두번째 공격 명령이 떨어졌다.

빨간 투르크식 모자에 하얀 군복으로 의상을 통일한 정규군단 병사들의 수는 5만이 넘었다. 전투에 익숙한 병사들이라 대열 하나 흐트리지 않고 전진한다. 더구나 그들 중 절반 정도는 성벽 전체에 공격을 가할 것처럼 보임으로써 수비병들을 제자리에 묶어두면서 메소티키온 성벽에 주력을 집중시켰다.

메메드 2세는 같은 투르크인, 같은 이슬람교도인 그들이 전투를 벌일 때에도 포격을 계속하게 했다. 성 로마누스 군문 근처의 방책이 튀어오르고 거기 매달려 있던 투르크 병사 한 무리를 하늘 높이 날려버렸다. 주변은 자욱한 흙먼지와 연기 때문에 아무것도 보이지 않았다. 연기에 몸을 가린 200명 정도의 병사들이 파괴된 외성벽 틈새로 침입하는 데 성공했다. 그러나 때를 놓치지 않고 달려온 방위병들에게 대다수가 죽음을 당하고 나머지는 외호로 도망쳐 갔다. 포격이 일으킨 흙먼지가 가라앉을 때마다 투르크 병사들을 찾아내 죽이고 격퇴하는 것이 반복되었다. 그렇지만 아직 공격 제2선도 제압하지 못했을 때 제3선이 밀어닥쳐 왔다.

달이 끊임없이 구름에 가려 모든 것이 흐릿하게만 보이는 어둠 속을 하얀 옷에 녹색 허리띠, 하얀 모자로 복장을 통일한 술탄의 최정예이자 가장 믿음직스러운 예니체리 군단 1만 5천 명이 발걸음 하나 흐트러뜨리지 않고 외호를 가로질러 성벽에 접근하고 있었다. 그들은 앞선 2개 군단처럼 무작정 돌진해 오지 않았다. 보병의 방진(方陣)은 수비병의 총탄에도 눈 하나 깜짝하지 않았고 쓰러진 병사는 마치 정해진 수순처럼 한켠으로 밀어버렸다. 대형은 한치도 동요하지 않는다. 왼손에 높이 든 반월도의 칼끝까지도 일직선을 그리고 있었다.

메메드 2세는 더 이상 후방의 본진에서 기다리고만 있을 수 없었다. 외호 가장자리까지 가서 거기 선 채로 눈앞을 지나가는 친자식 같은 군단 병사들을 향해 소리 높여 질타와 격려를 하기 시작했다. 투르순은 깜짝 놀랐다. 술탄은 성벽에서 내리꽂는 총탄과 화살의 사정거리 안에 완전히 들어와 있는 것이다. 여느 때 같으면 술탄 뒤에 한쪽 무릎을 꿇은 채 대기했을 그이지만 그런데 신경쓰고만 있을 수가 없었다. 외호 옆에 선 주군을 성벽으로부터의 공격에서 지키기 위해 양팔을 크게 벌리고 술탄 곁에 서서 미동도 하지 않았다. 자신을 덮칠지도 모를 위험 따위는 투르순에게는 신경도 쓰이지 않았다.

예니체리 군단 병사들은 술탄의 격려에 보답하듯 용맹스럽고 과감한 전투를 펼쳤다. 2킬로미터가 채 안 되는 메소티키온 성벽에 정예 1만 5천이 투입되었다. 군단은 여러 부대로 나뉘어 한 부대가 돌격하자마자 다음 부대가 그 뒤를 따랐다. 이 파상공격은 규칙적으로 몇 번이나 되풀이되었고 그때마다 성벽에 매달린 병사들의 수는 늘어가고 있었다.

방위군은 교대 한 번 못 한 채 연신 밀려오는 적에 맞서 싸우면서도 잘 버티고 있었다. 특히 집중공격되고 있는 메소티키온 성벽을 지키는 병사들은 총지휘관 주스티니아니의 제언에 따라 외성벽에서 내성벽으로 통하는 문을 모두 닫아걸고 열쇠를 황제에게 맡겼다. 외성벽을 최종 저지선으로 삼은 것이다. 이곳에는 그리스인도 베네치아인도 제노바인도 없었다. 그들 모두 한 덩어리가 되어 콘스탄티노플을 지킬 뿐이었다. 아직 젊을 뿐만 아니라 으레 신중한 전투를 하게 마련인 용병대의 대장인데도 주스티니아니의 지휘는 결단력 있고 용감무쌍함 그 자체였다. 황제도 친히 검을 뽑아들고 외성벽을 타고 기어오르는 투르크 병사들에 맞섰다.

무시무시한 백병전은 1시간이나 계속되었다. 세상이 그 용맹함을 익히 알고 투르크 육군의 대들보로 소문난 예니체리 군단도 여기서만은 별다른 전과를 얻어내지 못했다. 적과 아군이 뒤엉킨 덩어리가 성벽을 따라 군데군데 소용돌이처럼 생겨났다 흩어지곤 했다. 이 모습을 일출 직전의 여명이 희미하게 비추더니 곧 조금씩 분명히 그려내기 시작한다. 격투는 이미 다섯 시간을 넘기고 있었다.

그때 가까이서 날아온 화살 하나가 주스티니아니의 왼쪽 목에 명중했다. 일순 온몸이 굳어버린 그의 오른쪽 허벅지에 다시 화살이 꽂혔다. 땅에 쓰러진 젊은 장수의 은빛 갑주 틈새로 피가 분수처럼 솟구쳤다. 격통을 참지 못한 주스티니아니는 비명을 지르면서 급히 달려온 부하 한 명에게 배로 데려가달라 부탁했다. 내성벽으로 통하는 문과 시내로 통하는 문이 남김없이 잠겨 있음은 부하도 알고 있다. 그는 황제에게 달려가 열쇠를 내주기를 청했다.

외성벽과 방책 사이의 통로를 달려온 황제는 쓰러져 있는 주스티니아니 옆에 무릎을 꿇고 그 손을 쥐고는 그곳에 머물라고 청했다. 하지만 그토록 용감했던 이 무장은 넘쳐 흐르는 피에 순간 아직 어린 자기 나이를 되찾은 듯했다. 전선에서 물러나기를 청할 뿐 황제의 간원은 들으려고도 하지 않았다. 어쩔 수 없이 열쇠가 주스티니아니의 부하들에게로 넘어갔고 그들은 제노바의 무장을 후방으로 데려갔다.

이 사고가 주스티니아니의 직속 부하 500명에게 아무 영향도 미치지 않았을 리 없다. 그들은 용병이라 불리는 전쟁 진문기들이다. 이기는 싸움에서는 용감하지만 패색이 보이면 도주도 빠르다. 후방으로 실려가는 대장을 본 순간 이제 전투는 끝장나버렸다는 생각이 그들을 휘감았다. 제노바 병사들은 주스티니아니를 실어나른 뒤 채 닫히지 않은 출구로 밀어닥쳤다. 황제를 필두로 그리스 병사들이 그들을 제지하려 했다. 성벽 안에서 일어난 이 때아닌 소동을 외호 곁에 있던 술탄이 알아차리게 되었다. 스물한 살의 젊은이는 일찍이 들은 적 없는 큰 소리를 내질렀다.

"이제 도시는 우리 것이다!"

예니체리 군단 병사들은 일변했다. 전원이 한 덩어리가 되어 성벽으로 돌격했다. 그들은 이제 더 이상 격퇴당하지 않았다. 방책을 넘은 자는 쉴새없이 외성벽에 달라붙었다. 방위측은 이내 조금씩 밀리기 시작하더니 내성벽에 몸을 의지하기 위해 외성벽 안쪽 통로로 눈사태처럼 밀려들었다. 통로를 가득 메운 방위측 병사들을 외성벽을 점령한 투르크군들이 화살로 차례차례 쓰러뜨렸다.

황궁 쪽 수비도 순탄치 않았다. 파괴된 곳을 비집고 들어오는 투르크 병사가 하나둘 늘어나더니 이제는 격퇴가 불가능하리만치 많아졌다. 이윽고 성문 하나가 붕괴해버렸고 그곳을 통해 숱한 투르크 병사들이 밀어닥친 뒤로는 완전히 절망적인 형세가 되어버렸다. 그래도 계속 싸우고 있던 베네치아인들은 탑 위에서 휘날리던 제국 깃발과 베네치아 국기가 내려가고 그 자리를 하얀 초승달이 그려진 붉은색 투르크 국기가 대신하는 것을 본 순간 모든 것이 끝났음을 알아차렸다. 트레비사노는 병사들에게 금각만으로 철수하라고 고함을 질렀다.

탑 위에서 휘날리는 투르크 국기를 황제도 보았다. 백마를 달려 성 로마누스 군문까지 가서 아군 병사들에게 포기하지 말라고 할 생각이었다. 하지만 그리스 병사들도 이미 붉은 깃발을 보고 있었다. 모든 것이 끝났다. 병사들은 도주로를 찾아 허둥지둥 사방을 돌아다니고 있었다. 이미 외성벽을 완전 점거한 투르크군이 양떼에 몰려든 늑대처럼 이들을 남김없이 죽여버렸다.

황제도 이제는 다 끝났음을 알았다. 지금 그의 곁에 있는 이들은 세 명밖에 안 되는 기사들. 그리스 기사 한 명과 달마치야 출신 사내 한 명, 그리고 에스파냐 귀족 한 명뿐이었다. 이들 네 사람은 말을 버렸다. 말에서 내려 계속 싸우리라 마음먹었다. 그러나 주위가 너무나 혼란스러워 싸움마저도 뜻대로 되지 않았다. 황제의 사촌이기도 한 그리스 기사는 포로가 되느니 죽음을 택하겠다 외치며 적과 아군이 뒤얽힌 속으로 뛰쳐들어갔다.

황제는 주홍색 망토를 버렸다. 제위를 나타내는 문장도 벗어던졌다.

"내 심장에 창을 꽂아줄 기독교도가 한 명도 없단 말인가."

누군가는 그가 이렇게 중얼거렸다고도 한다. 동로마제국 최후의 황제는 검을 뽑아들고 눈사태처럼 밀려오는 적군 한가운데로 모습을 감췄다. 두 기사가 뒤를 따랐다.

성벽 함락을 알리는 폭죽이 투르크 진영 여기저기서 솟아올랐다. 어느새 아침햇살이 내리비추어 밤에 솟아올랐던 폭죽만큼 잘 보이지는 않았지만 투르크 병사들은 재빨리 알아차렸다. 전군이 북소리를 울리며 성벽으로 밀어닥쳤다. 그 순간까지도 적을 막아내고 있던 페가에 문 근처 수비병들 중에 이 폭죽의 의미를 놓치는 병사는 없었다. 여기서도 사람들은 순식간에 허물어지기 시작했다. 도망칠 곳은 금각만에 떠 있는 배밖에 없다. 그런데 여기는 금각만에서 가장 먼 곳. 초조해진 그들은 충분히 격퇴할 수 있는 적과도 맞서려 하지 않았다. 오직 공포만이 그들을 지배했다. 성벽을 넘어온 투르크 병사가 성문을 열어주자 수많은 병사들이 밀려들어왔다. 일찍이 제국이 흥성했을 때 황제들이 전승을 거두고 개선하던 황금문도 이런 식으로 방치되어 여기서도 투르크 병사들은 거칠 것 없이 시내로 밀려들어왔다.

 공방전 기간 동안 적과 상대한 적이 한번도 없는 마르마라 해쪽 성벽도 이날 5월 29일 아침만은 무사할 수 없었다. 육지 쪽 성벽 함락을 알리는 폭죽이 솟아오른 것을 본 투르크 해군은 이에 뒤질세라 남하를 시작하여 마르마라 해 쪽으로 난 작은 선착장 두 군데로 상륙했다. 선착장 앞에 난 성문 부근 주민들은 저항해도 별수없음을 알아차렸는지 일찌감치 성문을 열고 항복했다. 그곳 바로 남쪽을 지키고 있던 투르크의 망명 왕자 오르한과 휘하 투르크인들은 손써볼 틈도 없이 밀려든 투르크 병사들에게 포위되었다. 왕자도 그의 부하도 술탄 앞으로 끌려나가면 어떻게 될지 잘 알고 있었다. 몇 배나 더 많은 적에 맞서 몸을 아끼지 않고 싸운 지 얼마나 되었을까. 왕자는 말 위에서 몸을 던져 아군 한 명이 자기 쪽으로 내민 검 위로 떨어져 세상을 등졌다.

 에스파냐 영사 펠레 프리아와 휘하 카탈루냐 병사들도 끈질기게 저항했다. 그들은 전원이 죽거나 포로가 될 때까지 저항을 멈추지 않았다. 그 바로 북쪽을 지키고 있던 이시도로스 추기경이 당면한 문제는 그렇게 간단하지가 않았다. 처음 공방전이 시작될 때 적이 노릴 공산이 적다고 판단해서 병사들 대부분을 육지 쪽 성벽으로 보냈기 때문에 여기 남아 자신을 지켜줄 병사는 이제 거의 없었다. 더구나 자신은 콘스탄티노플 대주교일 뿐만 아니라 로마 교황의 대리가 아닌가. 술탄이 황제 다음으로 찾아나설 사람은 바로 자신이었다. 붙잡히기라도 하는 날엔 지상에 있는 신의 대리인이자 전 가톨릭 교회의 대표자인 로마 교황이 이슬람교도 술탄의 포로가 되는 셈이다. 추기경 이시도로스의 시선은 마침 자기 곁을 지나던 한 걸인에게 머물렀다.

워낙 시내가 넓었기에 방위군이 붕괴된 사실을 콘스탄티노플 주민 모두가 곧바로 알아차리지는 못했다. 도주해 오는 아군 병사들과 그들을 쫓아오는 투르크 병사들을 본 뒤에도 절망에 빠져 금각만으로 도망친 사람들은 별로 없었다. 그리스인들이 도망쳐 간 곳은 도시의 동쪽 끝 근처에 있는 성 소피아 대성당이었다. 전승은 이렇게 말했다. 콘스탄티노플은 함락되어 적이 성 소피아 대성당까지 밀려올 것이나, 그때 대성당 원형 지붕에 대천사 미카엘이 강림하여 그들을 보스포루스 해협 동쪽으로 떨쳐낼 것이라고. 사람들은 그 믿음을 버리지 않았다. 광대한 성 소피아 대성당 안이 도망쳐 온 사람들로 가득 찼다. 그들은 정동 대문을 안에서 걸어 잠근 뒤 무릎 꿇고 기도하기 시작했다.

금각만 안의 기독교 함대도 황궁 탑 위에 투르크 국기가 걸리는 것을 보고 폭죽 소리가 몇 번 나는 것을 듣고는 육지 쪽 성벽이 돌파당했음을 알게 되었다. 방어 사슬 밖의 적 함대와 금각만 안쪽 함대 모두가 동원되는 일제 공격에 대비해 함대는 즉각 전투 대형을 갖췄다.

그런데 투르크 함대 선원들의 머릿속을 꽉 채운 것은 기독교 함대를 공격하는 것이 아니라 육지 쪽 성벽으로 침입한 아군이 자기들보다 먼저 전리품을 손에 넣을지도 모른다는 우려였다. 방어 사슬 밖의 투르크 함대는 마르마라 해 쪽 선착장을 통해 시내에 조금이라도 빨리 들어가려고 기독교 함대에는 눈길 한 번 주지 않고 지나쳐버렸다. 금각만 안쪽의 투르크 선박들도 황궁 근처 성문을 통해 침입하기 시작한 자가노스 파샤군보다 뒤처지지 않으려고 만만치 않은 적인 기독교 해군은 그대로 놔둔 채 훨씬 더 손쉬운 사냥감을 찾아 성문으로 쇄도했다.

이는 금각만 안에 있던 기독교 함대에게는 하늘이 내려준 은총이나 다름없었다. 트레비사노를 대신해 함대를 총지휘하던 디에도는 휘하 선박 전원에게 언제든지 출항할 수 있도록 뱃머리를 바다 쪽을 향해 선착장에 정박하고, 도망쳐 오는 사람들을 최대한 많이 탑승시키라는 지시를 내렸다. 지시가 제대로 이행되고 있음을 확인한 디에도는 또 다른 선장 한 명과 니콜로를 데리고 보트를 몰아 금각만을 건너서 갈라타의 제노바 거류구로 향했다.

마중나온 거류구 행정관 로멜리노에게 디에도는 말했다.

"앞으로 당신들은 어떻게 할 거요? 여기 남아서 싸울 거요, 아니면 다 팽개치고 도망칠 거요? 만일 당신들 제노바인이 일치단결해서 싸운다면 우리 베네치아인들도 행동을 같이하겠소."

행정관 로멜리노는 정말 어찌해야 좋을지 모르겠다는 표정이었다. 마지막 총공격 직전에 술탄의 사자가 와서 거류구의 중립을 재확인하고 갔던 것이다. 하지만 그런 말을 해보았자 무슨 소용이 있겠는가. 로멜리노는 곤혹스러운 표정으로 말했다.

"일단 시간을 좀 주지 않겠는가. 술탄에게 사절을 보내 술탄이 제노바 거류구의 중립만 인정하는 게 아니라 베네치아 거류구와도 강화할 생각이 있는지 알아보고 싶네만."

이렇게 급박한 때에 그런 일이 가능할 리가 없다. 디에도는 그저 경멸감을 얼굴에 띤 채 아무 말도 하지 않았다.

회담을 마친 뒤 타고 온 보트에 올라타기 위해 발길을 옮기던 세 사람 앞에 거류구 성문은 모조리 닫혀 있었다. 그러나 눈앞에서 벌어지는 콘스탄티노플의 불행을 덤덤하게 보고 넘길 수만은 없는 사람들이 이곳 제노바 거류구에도 적지 않았다. 그런 사람들이 성문을 열어주어 세 베네치아인은 다시 배에 오를 수 있었다. 거류구 선착장에서는 술탄의 약속을 믿지 않는 사람들이 가족을 데리고 잇달아 배에 오르고 있었다.

세 사람이 콘스탄티노플 쪽 선착장에 닿았을 때 구출작업은 최고조에 달해 있었다. 도망쳐 오는 사람들이 꼬리를 물고 이어져 가뜩이나 그다지 넓지 않은 선착장은 순식간에 발 디딜 틈도 없어졌다. 개중에는 떠밀려 바닷물에 빠지는 사람들도 있었다. 이런 아수라장에서도 선원들은 침착하게 한 사람 한 사람씩 배 위로 끌어올리고 있었다.

태양이 하늘 한가운데를 가로지르고 있었다. 선착장을 가득 메운 사람들은 거의 다 배에 올라탔고 도망쳐 오는 사람들도 조금씩 줄어들기 시작했다. 니콜로는 부상자를 치료해야 하는데도 왠지 일이 손에 잡히지 않아 선미에 우두커니 서 있었다. 트레비사노가 없다. 대사 미노토도, 베네치아 거류구의 유력자들 중 몇 명도 구출된 사람들 속에 보이지 않았지만, 이들과 더불어 트레비사노의 모습 역시 어느 배에서도 찾아볼 수 없었다.

지휘를 맡고 있던 디에도는 구출작업 때문에 더 이상 만안에 머물면 위험해진다고 판단했다. 그는 자신이 탄 갤리선에 닻을 올리라 명하고 다른 배에도 뒤를 따르라는 신호를 보냈다.

아직도 사람들은 도망쳐 오고 있었다. 그들은 배가 떠나는 것을 보고 바다에 뛰어들어 헤엄치기 시작했다. 차마 미련을 떨칠 수 없어 해안선을 따라가며 평소보다 천천히 움직이던 배들이 이들을 모두 건져올렸다. 니콜로가 탄 배도 바다에 뛰어들긴 했어도 수영을 못해 허우적거리던 한 사람을 구해냈다. 피렌체 상인 테탈디였다. 베네치아 상관에서 가끔씩 마주쳤던, 아직 수염도 덜 자란 피렌체 출신 학생의 모습은 배 위에 죽은 듯 누워 있는 사람들 속에도 없었다. 그리고 곁에 있기만 해도 주위를 안심시켜주는 체구의 소유자 트레비사노 제독은 끝내 선착장에 모습을 보이지 않았다.

디에도의 갤리선은 금각만 안에 있던 모든 배들에 자신을 따르라는 신호를 보내면서 아직 봉쇄된 채로 있는 방어 사슬로 향했다. 방어 사슬에 닿을락 말락 해지자 선원 두 명이 보트를 내려 콘스탄티노플 쪽 탑에 묶여 있던 가죽끈을 끊었다. 잘린 방어 사슬이 곧 파도에 떠밀리고 사슬을 떠받치던 뗏목들이 해면 위를 표류한다.

갤리선은 그 틈새를 비집고 외해로 미끄러져 나갔다. 바로 그 뒤를 일곱 척의 제노바 배가 따른다. 거류구에서 온 배도 포함되어 있다. 그리고 모로시니가 지휘하는 베네치아 갤리선 한 척, 이어서 또 한 척의 베네치아 갤리 상선도 탈출했다. 이 배는 왠지 간신히 움직이고 있는 듯했다. 육상 방어에 동원된 선원들 중 150명이나 돌아오지 못한 배였다. 가까스로 금각만을 빠져나온 이 배 뒤쪽에 트레비사노의 갤리 군선이 따라오고 있었다. 승무원 부족은 앞의 배만큼 심하지 않았지만 함장이 없다. 다시 그 뒤로 제노바 배 두 척이 따라온다. 마지막으로 탈출한 배는 크레타 선박 네 척이다. 이 네 척의 배는 상당수의 그리스 난민들을 태우고 있었다.

금각만에는 아직도 비잔틴 배 열 척, 제노바 배 두세 척, 거기에 화물전용 베네치아 범선을 더해 최소한 스무 척 정도가 남아 있을 것이다. 디에도는 이들 배가 뒤늦게 온 사람들을 모두 구해서 금각만을 탈출해주기 바라면서 보스포루스 해협 출구 근처 해상에서 한 시간 정도 기다리기로 했다. 하지만 그 뒤로 탈출해 온 배는 한 척도 없었다.

디에도로서는 본연의 임무를 떠올린 투르크 함대가 해상에서 동료들을 기다리는 자기 함대를 공격해올 가능성을 생각하지 않을 수 없었다. 지금은 강한 북동풍이 불고 있지만 이 바람도 언제 바뀔지 모른다. 그는 이 바람이 부는 동안에 최종적인 탈출 결정을 내려야 했다. 이를 제노바 배에 알리자 선원들은 이렇게 답했다.

"우리 배는 대형 범선이라서 바람만 잘 받으면 더 빨리 달릴 수 있습니다. 그러니까 조금만 더 기다려보겠습니다. 적어도 해 질 때까지는 기다려보고 싶습니다."

방어에 강한 제노바 대형선이 일곱 척이나 있으면 그렇게 걱정할 필요가 없음은 디에도도 잘 알고 있다. 그는 일단 베네치아 선단부터 출발시키기로 했다.

오후 두 시가 조금 지났을 무렵, 베네치아 배 네 척과 크레타 갤리선 네 척은 두 개의 돛대에 펼친 삼각돛에 강한 북풍을 가득 안고서 마르마라 해를 남하하기 시작했다. 콘스탄티노플을 잃어 이제 대투르크 최전선이 되어버린 네그로폰테가 일차 기착지이다.

멀어져가는 콘스탄티노플을 무심히 바라볼 수 있는 사람은 이들 배에 한 명도 없었다. 전투라면 신물이 나는 군용 갤리선 선원들마저도 굳게 입을 다문 채 수평선 건너로 흐릿해져가는 '기독교를 믿는 로마인의 도시'에서 눈을 떼려 하지 않았다.

콘스탄티노플 시내에서는 밀려들어온 투르크군이 닥치는 대로 약탈을 일삼았다. 허락된 사흘 동안 약탈한 것은 모두 자기 것이 된다. 이런 식이라면 반항만 하지 않으면 적어도 목숨은 건질 수 있음을 그리스인들은 재빨리 알아챘다.

실제로 살해당한 자는 4천 명이 될락 말락 했다. 4만 명 가까운 사람이 있었음을 생각해보면, 대도시 함락치고는 당시로서는 그다지 심한 편이 아니었다. 게다가 살해된 사람들 대다수는 적의 돌입 직후에 죽었다. 투르크인들은 시내의 전투원이 8천 명도 안 된다고는 믿을 수 없었기에 아직도 안에는 본대가 웅크리고 있을 거란 생각에 돌입 직후 눈에 띄는 사람들을 공포심에 가까운 감정으로 죽여댄 것이다. 성벽 수비병들 중에 전사자가 많은 것도 어느 정도는 이 때문이었다. 따라서 죽음을 당한 사람들의 피로 도시는 큰 비가 내린 뒤 같았다는 것도 성벽에 가까운 지역에서 펼쳐진 광경이었다.

워낙에 투르크인들은 친부모를 죽인 자라도 죽이기보다는 노예로 팔아 돈을 버는 쪽을 더 좋아한다는 소문이 나 있던 사람들이다. 저항하지 않으면 주저하지 않고 노예로 삼았다. 이리하여 도망치지 못한 주민들 대부분이 포로가 되었다. 성 소피아 대성당으로 도망친 사람들도 반월도를 든 투르크 병사들의 말에 따라 아무 저항 않고 밧줄에 묶였다. 시내에 수없이 많았던 수도원, 수녀원도 투르크 병사들의 손에서 벗어나지 못했다. 수녀들 중에는 이교도의 손에 넘어가느니 죽음을 택하겠다며 안뜰 우물 속에 몸을 던진 사람도 몇몇 있있지만, 성직자들 대부분은 순종의 미덕에 따라 수도원장의 명대로 저항하지 않고 포로가 되었다. 저항하지 않았는데도 죽음을 당한 이들은 노예로 팔 수도 없는 노인들이나 갓난아기들이었다.

투르크군은 포로가 된 사람들을 신분이나 남녀 구별도 없이 두 줄로 늘어세워 흔한 그물이나 여자들이 쓰고 있던 얇은 비단으로 포박했다. 비명이 일어나는 것은 용모가 빼어난 젊은이나 여자를 차지하려는 투르크군이 그를 대열에서 끌어낼 때뿐이었다. 그럴 때를 빼고 나면 포로들은 마치 온순한 양떼 같았다. 절망으로 퀭해진 눈에 초점을 잃은 채 끄는 대로 끌려갈 뿐이었다.

황궁이나 교회는 물론이고 서민들의 집도 약탈을 피할 수 없었다. 투르크 병사들은 앞다퉈 물건을 실어날랐고 관심이 없는 것은 그 자리에서 부수고 불태웠다. 수많은 성상이 깨어지고 태워졌으며, 보석이 도려내어진 십자가가 길바닥에 나뒹굴었다.

정오가 좀 지날 때까지 메메드 2세는 천막에 머물면서 자신을 찾아온 갈라타의 제노바 거류구 대표와 포로가 된 비잔틴제국 중신들을 불러들여 만났다. 그가 무엇보다도 알고 싶었던 것은 황제의 행방이었다.

제국 중신들은 한결같이 황제는 전투가 극에 달했을 때부터 보이지 않았다고 답했다. 그 직후 황제의 목을 베어 왔다는 투르크 병사 두 명이 당도했다. 그들이 가져온 목을 보이자 중신들은 예외없이 황제라고 했다. 메메드 2세는 그 목을 성 소피아 대성당 근처에 있는 원주 위에 걸어놓으라고 명했다. 두 투르크 병사는 이 목을 베어 온 사체에는 독수리 문장이 수놓인 양말이 신겨 있었다고 했다. 메메드 2세로서는 황제가 죽은 것을 확인한 것으로 충분했다.

이 모든 것을 끝낸 다음 젊은 승리자는 안으로 들어가 잠시 동안 입성을 위한 몸단장을 했다. 하얗고 두꺼운 비단 망토 밑으로 하얀 옷에 녹색 허리띠를 맨다. 머리에 쓴 하얀 터번에는 커다란 녹색 에메랄드가 빛을 발한다. 허리에 찬 반월도는 눈부시게 번뜩이는 금으로 만들어져 있다.

몸단장을 끝낸 메메드 2세는 천막 밖에 백마를 대령하라고 투르순에게 명했다. 56일 동안 늘상 타고 다니던 흑마를 승리의 순간 입성할 때도 타리라 생각하고 있던 투르순은 일순 귀를 의심했지만 곧 주인의 의중을 읽을 수 있었다. 시동은 공손히 절하고 마부장에게 백마를 준비하라고 이르기 위해 천막을 나섰다.

스물한 살의 젊은이는 오후 두 시가 조금 지났을 때 대신들과 장군들, 거기에 이슬람교 고승들까지 거느리고 예니체리 군단 정예병의 호위를 받으며 카리시우스 문을 지나 콘스탄티노플에 입성했다. 그는 이제서야 자기 것이 된 이 도시를 차분히 음미하려는 듯 큰 길 위로 천천히 말을 몰았다. 약탈에 제정신이 아닌 병사들이나 포로들의 침묵의 행렬에도 그는 눈길 한 번 주지 않았다.

성 소피아 대성당 앞까지 왔을 때 메메드 2세는 말에서 내렸다. 그리고 몸을 숙여 한줌 흙을 쥐어 터번 위에서부터 흩뿌렸다. 오만하기 그지없는 주인이 알라 신 앞에 겸허함을 표한 것임을 투르순도 알 수 있었다.

술탄은 걸어서 대성당 안으로 들어갔다. 그토록 많던 그리스인들이 모두 끌려나간 지금, 구석진 곳에 늙은 승려 몇 명이 웅크리고 있을 뿐이었다. 한 투르크 병사가 교회의 대리석 포석을 떼어내려 하는 것을 본 술탄은 처음으로 노성을 질렀다. 물건이나 사람의 약탈은 허락했지만 도시와 거기 있는 건물들은 술탄의 전리품인 것이다. 그 투르크 병사는 즉시 밖으로 내쳐졌다. 승자의 노성에 더 움츠러든 늙은 승려들에게 메메드 2세는 그저 수도원으로 돌아가라 일렀을 뿐이다.

더 안쪽으로 들어간 메메드 2세는 벽면을 메운 모자이크가 내뿜는 장엄한 색채의 홍수에 잠시 찬탄의 눈길을 보냈지만, 이내 대신들을 돌아보며 이 교회를 즉시 모스크로 개조하라고 했다. 모스크로 바꿀 때 제일 먼저 없어지는 것은 벽면의 모자이크이다.

그러는 동안 이슬람 고승 중 한 명이 설교단에 올라 알라 외에 다른 신은 없도다라고 외치기 시작했다. 메메드 2세도 제단에 올라가 이마를 바닥에 대고 승리를 가져다준 신에게 감사의 기도를 올렸다.

성 소피아 대성당을 나온 술탄은 근처에 있는 황폐해진 구 황궁에 들른 뒤 마찬가지로 오랫동안 방치된 고대 로마식 경기장을 둘러보았다. 그런 연후에 또 다른 큰 길을 따라 폐가에 문을 나서서 자신의 천막으로 돌아왔다. 술탄의 순시가 이뤄지는 동안 저항의 총소리 하나 나지 않았고 정복된 사람들 중에 말 앞을 막아서는 사람 하나 없었다. 콘스탄티노플은 술탄 메메드 2세 앞에 완전히 굴복한 것이다.

비잔틴제국은 지상에서 소멸하고 그 자리에 투르크제국이 출현했다.

에필로그

 속히 황제에게 돌아가야 한다고 생각하면서 시내 예비군을 모으는 데 힘을 쏟고 있던 프란체스는 성이 함락될 때 밀려들어온 적군에 포위되어 주변에 있던 그리스 병사들과 함께 포로가 되었다. 성실하고 소박한 성격처럼 체격도 평범한 그는 당시 지위에 어울리는 무장도 갖추고 있지 않아서 투르크 병사들은 그를 잡아놓고도 이 사내가 비잔틴제국의 대신일 뿐 아니라 황제의 제일가는 측근임을 전혀 알지 못한 것 같았다.

 일개 병사 취급을 당한 프란체스는 다른 포로들과 함께 이열 종대로 서서 성밖 투르크 신영까지 끌려갔다. 그곳에서 투르크 병사들은 포로를 서로 나눠 가졌고 여기서 주인으로 정해진 투르크 병사의 천막 밖에서 프란체스는 다시 한 달 동안을 짐승처럼 살아야 했다. 그리고 메메드 2세가 정복한 도시의 관리를 중신 한 사람에게 맡기고 아드리아노폴리로 돌아가기 위해 콘스탄티노플을 출발한 6월 26일, 승리자를 따라 아드리아노폴리로 향하는 포로들의 기나긴 행렬 속에는 프란체스도 들어 있었다. 포로가 너무 많아서 술탄의 백마가 지평선 너머로 사라진 뒤에도 행렬 끝에 있던 사람들은 아직 콘스탄티노플 성문 안에 있었다고 한다.

이 한 달 동안 프란체스의 머리를 가득 메우고 있던 최대의 문제는 황제의 시신이 어디로 갔는가였다. 황제가 용맹스럽게 싸운 끝에 적의 창검에 숨을 거뒀다는 소식은 포로들 사이에도 바람처럼 번지고 있었지만, 그 시신이 어떻게 되었는지는 누구 하나 확실히 알지 못했다. 프란체스는 술탄 앞에 대령되어 제국 중신들이 황제라 말한 그것이 황제의 목이라고는 도저히 믿을 수 없었다. 하지만 몸이 속박된 이상 직접 원주 앞까지 가서 확인해볼 수도 없었다. 자신이 충심을 다해 섬기던 그분은 비잔틴제국 최후의 황제에 어울리는 죽음을 택했다. 그것으로 충분하지 않은가라며 위안할 뿐이었다.

또 하나 그를 괴롭히는 문제는 아내와 아들딸의 행방을 찾는 일로 그것도 쉽지는 않았다. 이것은 그래도 모든 포로들의 관심사여서 주의를 기울이면 정보를 얻는 것이 어렵지 않았다. 얼마 안 있어 아내가 다른 투르크인 소유가 되었음을 알 수 있었다. 그리고 아드리아노폴리에 닿은 지 얼마 뒤, 아들도 딸도 모두 술탄이 직접 궁정 노예로 고른 젊은 남녀들 속에 포함되어 있음을 알게 되었다.

술탄의 마부장 소유의 노예가 된 프란체스는 일단 자신의 자유를 사야만 했다. 아직 그리스인이 지배하고 있는 펠로폰네소스 반도에 사는 사람들도, 이미 투르크 지배하에 든 지방의 그리스인들도 너나할것없이 콘스탄티노플 함락으로 노예가 된 동족을 구제하는 데 온 힘을 쏟고 있었기에 그들 중 한 사람에게서 빌린 돈으로 노예 생활 18개월째에 자유를 되찾을 수 있었다. 다음은 아내의 자유를 사야 했다. 이것도 프란체스가 제국을 위해 얼마나 헌신해 왔는지 알고 있던 사람들이 협력을 아끼지 않아 실현할 수 있었다.

이 아버지에게로 아들과 딸의 비보가 전해져 왔다. 술탄의 하렘에 들어간 딸은 그후 얼마 되지 않아 죽었고, 아직 열네 살밖에 되지 않은 아들도 술탄의 욕망을 거절했다는 이유로 죽음을 당했다는 소식이었다.

더 이상 투르크인의 나라에 머물 이유도 필요도 없어졌다. 프란체스는 아내를 데리고 펠로폰네소스 반도 일부를 영유하고 있는 황제 토마스 팔라이올로구스에게 몸을 의탁했다. 거기서 관직을 맡아 살고 있다가 1460년에 이르러 메메드 2세가 여기마저도 정복해버리자 토마스를 따라 베네치아령 코르푸 섬으로 망명했다. 그뒤 몇 년 동안은 팔라이올로구스 망명 정권의 일원으로 참가해 로마와 베네치아 등 이탈리아 여러 나라에 사절로 가기도 했지만 1468년에 아내가 세상을 떠난 것을 계기로 수도원에 들어갔다. 그리고 1477년에 죽을 때까지 수도사로 삶을 보내면서 『회상록』을 썼다. 프란체스가 처한 입장만으로도 이 기록은 비잔틴제국 최후의 날을 알려주는 그리스 쪽의 제일가는 사료로 간주되고 있다.

경애해 마지않던 황제의 입장을 곤란하게 한 장본인으로 프란체스가 내심 미워하던 비잔틴제국의 재상 노타라스 앞에 놓인 운명은 또 다른 의미에서 극적이었다.

중신들과 함께 포로가 된 노타라스의 신분은 처음부터 누가 봐도 뚜렷했다. 사람들이 전하는 얘기에 따르면 재상은 정복자 앞에 금화와 재보를 받쳐든 채 나타났다고 한다. 그것이 사실인지 아닌지는 차치하고라도 메메드 2세는 당시 노타라스와 여러 중신들을 후대하고 앓아 누운 노타라스의 아내에게 병문안까지 갔기 때문에 신분이 높은 포로들은 자신들의 미래를 희망적으로 기대할 수 있었다. 하지만 노타라스의 아들이 세상이 다 아는 미소년이라는 얘기가 술탄의 귀에 들어갔는지, 그후 얼마 지나지 않아 아들을 보내라는 술탄의 명을 전하는 사자가 노타라스를 찾아왔다.

이때 황족이기도 한 재상 노타라스의 핏줄 속에 흐르던 비잔틴제국 귀족의 피가 눈을 떴다. 재상은 승리자의 명령을 단호히 거절했다. 반응은 곧 나타났다. 전원 참수형. 노타라스는 형을 집행하기 위해 나타난 투르크 병사를 향해 아직 어린 아들이 아버지의 죽음을 보고 동요하면 안 되니 먼저 아들을 죽여달라고 청했다. 소년과 소년의 동년배인 사촌의 목이 베이는 것을 본 뒤 그 또한 목을 길게 늘였다. 메메드 2세는 그전부터 제국의 지배계급을 근절하리라 생각하고 있었기 때문에 이와 같은 결말은 언젠가 올 것이 좀더 빨리 온 것뿐이었다.

한편 황제가 독신으로 있었던 비잔틴 궁정에서 모후가 세상을 떠난 뒤로 제일 부인으로서의 지위를 뽐내던 노타라스의 아내도 아드리아노폴리로 가던 도중 병사했다. 노타라스 가문에서 살아

남은 사람은 포위가 시작되기 훨씬 전에 재산을 가지고 베네치아로 떠난 딸 하나뿐이었다.

포로가 된 사람들 중에는 작전회의 석상에 동석하면서도 노타라스가 말 한 번 걸지 않을 만큼 연합 반대파의 증오를 고스란히 받았던 이시도로스 추기경도 있었다. 하지만 머리에 입은 상처를 돌보기 위해 얼굴을 가릴 정도로 붕대를 둘렀고 자신의 화려한 옷을 걸인의 옷과 바꿔입은 까닭에 적군들 중 어느 누구도 이 너저분한 노인이야말로 자신들이 황제 다음으로 찾아다니는 로마 교황의 대리임을 알아보지 못했다. 전하는 말에 따르면 추기경의 옷을 입은 그 불행한 걸인은 곧바로 참수되었다고 한다.

이시도로스는 그뒤에도 운이 좋았다. 하루빨리 현금을 쥐고 싶어한 투르크 병사들이 이시도로스가 포함된 포로들 무리를 갈라타의 제노바 거류구로 팔러 갔기 때문에 아드리아노폴리까지 끌려갈 일도 없었다. 이시도로스를 비롯한 포로들을 사서 곧바로 자유를 돌려준 제노바인은 그 중에 추기경이 있다고는 생각지도 못했던 것 같다. 그뒤 여드레 동안 그는 거류구 안의 여러 집들을 전전하면서 숨어 지냈지만, 술탄이 제노바 거류구에도 항복을 요구하고 거류구가 투르크 지배하에 들어가자 그것도 위험해졌다.

그리스 하층민으로 변장한 추기경은 소아시아로 가는 투르크 배에 올라 탈출했다. 소아시아의 항구에 닿은 뒤에는 고생고생하며 여행한 끝에 제노바 식민지 포체아까지 갈 수 있었다. 여기서 주민 몇 명이 그의 정체를 알아차렸다. 제노바 식민지라고는 하지만 투르크령에 포위된 섬 같은 곳이다. 추기경은 신변의 위험을 느껴 탈출을 결심하고 간신히 구한 보트에 의지해 일단 제노바령 키오스 섬까지 가는 데 성공했다. 하지만 자기를 알아보는 사람들이 있는 곳인 만큼 도저히 안심할 수 없었던 그는 출발 직전의 베네치아 배에 도움을 청했고, 이 배가 그를 태우고 크레타 섬까지 왔을 때에야 비로소 안도의 숨을 내쉴 수 있었다. 크레타는 투르크에서 멀리 떨어진 곳이고, 반투르크 기치를 선명히 내건 베네치아의 식민지이기도 했던 것이다.

크레타에는 적어도 6월 말까지는 머물렀던 것 같다. 로마 교황 앞으로 두 통, 맹우 베사리온 추기경 앞으로 한 통, 베네치아공화국 원수 앞으로 한 통, 그리고 전 가톨릭교도에게 부치는 것으로 생각되는 서한 한 통, 이렇게 합계 다섯 통의 서한을 그는 이곳에서 작성했다. 이 서한들에는 콘스탄티노플 함락의 양상이 상세하게 적혀 있었다.

베네치아를 경유해서 로마로 돌아간 것은 같은 해 11월 말이었던 것 같다. 로마에서 대투르크 십자군을 결성하기 위해 동분서주했지만, 그 꿈을 이루지 못한 채 눈을 감은 것이 1463년. 콘스탄티노플이 함락되고 10년이 지났을 때였다.

재상 노타라스 같은 소극적 반대가 아니라 명확하고도 적극적으로 연합에 반대한 게오르기오스도 콘스탄티노플 낙성에 즈음해서 포로가 된 사람들 중 한 명이다. 교회나 수도원에 재산이 많다는 것은 투르크군 말단 병사들도 다 알고 있는 사실이었다. 당연히 그가 있던 수도원도 철저히 약탈되었다. 그리고 수도사들도 저항하지 말라는 게오르기오스의 명령을 충실히 지켜서 순순히 적의 포로가 되었다.

아드리아노폴리로 끌려가는 길 내내 게오르기오스는 포로가 된 사람들을 격려하고 이 불행한 자들에게 힘을 불어넣는 데 전념했다. 몸에 걸친 승복은 보잘것없어도 고귀한 기풍이 전신에 흐르는 게오르기오스에게는 투르크 병사들도 왠지 모를 위압감을 느끼고 있었는지, 도중에 기력이 다해 쓰러진 사람들이나 끝내 숨을 거두는 사람들을 위해 마지막 기도를 해주고 싶다는 그의 청을 순순히 들어주었고 그만은 목에 맨 밧줄을 풀어주었을 정도였다.

그렇지만 이 승려가 어떤 위치에 있던 사람이었는지까지는 몰라서 그의 행방을 팔방으로 수소문하던 메메드 2세도 한동안은 그가 있는 곳을 알 수 없었다. 그뒤 아드리아노폴리의 한 부유한 투르크인 집안에 노예로 있던 사람이 그를 알아본 까닭에 즉각 술탄의 부름을 받게 되었다.

메메드 2세는 젊은 혈기 하나만 가지고 아버지가 못 한 것도 나는 할 수 있다고 과시할 생각으로 콘스탄티노플을 원했던 것이 아니다. 이 스물한 살 난 투르크 젊은이는 비잔틴제국의 구영토, 즉 전 동지중해 세계를 자기 것으로 하려면 제일 먼저 교통의 요충이자 수도인 콘스탄티노플을 수중에 넣어야 함을 알았기에 다른 무엇보다도 '저 도시'를 원했던 것이다.

젊은 술탄은 자신이 쌓아올릴 대제국의 수도를 아드리아노폴리가 아니라 콘스탄티노플에 두리라 마음먹었다. 이를 위해서는 대도시 운영에 익숙지 않은 투르크인만 이주시켜서는 안 된다. 그리스인이, 동지중해 세계에서 풍부한 경험을 쌓은 그리스인이 반드시 필요했다.

그리스인을 도시로 들인다 해도 그들은 어디까지나 술탄의 신하여야 했다. 그리스 정교 신앙을 허용하고 일신상의 안전과 자유를 허용하더라도 이는 어디까지나 투르크인의 지배를 받아들이는 데 대한 보상이어야 한다. 메메드 2세는 이런 구도를 실현시키는 데 게오르기오스만큼 적합한 인물도 없다고 확신하고 있었던 것이다.

술탄의 부름을 받은 게오르기오스는 메메드 2세로부터 콘스탄티노플의 대주교가 되라는 명령을 받았다. 아니, 명령이기보다는 간원이었다. 콘스탄티노플의 대주교가 되는 것은 전 그리스 세계 제일의 정신적 지도자가 됨을 뜻한다. 게오르기오스는 처음에는 상당히 주저한 것 같다. 하지만 그는 결국 이 곤란한 제의를 받아들이기로 했다. 그와 술탄 간에 이미 투르크 지배하에 있는 그리스 정교도와 같은 권리, 즉 투르크의 지배를 받아들이고 아직 어린 소년들을 정기적으로 징집해서 예니체리 군단 병사로 하는 대신 종교의식의 자치를 포함해서 종교의 자유와 신변상의 안전을 보증받는다는 권리에 대해 협정이 성립된 셈이다.

게오르기오스가 대주교 자리에 있었던 것은 1454년 1월부터

1456년 봄까지였다. 이 기간 동안 여러 교회들이 차례차례 모스크로 바뀌어갔고 대주교의 본당 교회마저도 이리저리 전전해야 했다. 그런 와중에도 그는 콘스탄티노플로 강제 이주된 그리스인들 편에 서서 그들을 옹호하는 데 진력했을 뿐만 아니라 투르크 지배하에서도 그리스 정교를 버리지 않은 사람들을 향해 수많은 조언과 호소를 담은 글들을 쓰는 데 게으르지 않았다. 그 깊은 학식에 경의를 품고 있던 메메드 2세가 자주 그를 찾아왔고 그럴 때마다 대주교가 술탄에게 설파한 기독교의 신앙 원리는 곧바로 터키어로 번역되었다고 한다.

이 게오르기오스도 1456년 여름부터 1457년 사이 어느 땐가에 대주교 자리를 물러나와 아토스 산에 있는 수도원으로 들어갔다. 그뒤에도 1460년부터 1464년에 걸쳐 메메드 2세의 요청을 끝내 거절하지 못하고 대주교 자리로 돌아온 것만 두 차례이다. 이러는 동안에도 늘 마음 속에 그리던 수도원 생활을 한껏 누리게 된 것은 1465년이 되어서였다. 1472년, 그는 평범한 수도승으로 세상을 떠났다. 투르크제국의 수도가 된 콘스탄티노플은 이제 종루 대신 이슬람교 사원의 광탑(光塔)이 숲처럼 빼빼이 세워진 도시가 되어 있었다.

그는 저서 『콘스탄티노플 공략에 관하여——신앙인들에게 보내는 편지』를 남겼다.

19세기에 이르러 400년에 달한 투르크 지배에서 독립한 그리스인 등 그리스 정교도가 얼마나 끈질기게 신앙을 지켰는지를 보면, 나라를 위해서라면 종교상의 타협은 어쩔 수 없다고 생각한 이시도로스보다는 신앙의 순수함과 통일을 위해서라면 나라의 멸망까지도 감수해야 한다고 믿었던 게오르기오스 쪽이 옳았던 게 아닐까. 광신을 배격하는 입장에서 보면 암담한 기분이 들지도 모르지만, 사리를 따지기 전에 무조건 믿고 보는 광신이 신앙을 지키는 데 더 쓸모있었던 예를 얼마든지 찾아볼 수 있는 것 또한 사실인 것이다.

단 투르크 지배하의 그리스 정교도는 오히려 순교에서 기쁨을 느끼며 기꺼이 맹수의 먹이가 되었던 초기 기독교도와는 달리, 신앙에서 중요하지 않은 것은 서슴없이 타협하고 그외에는 그저 참고 견디는 것으로 자신들의 신앙을 끝까지 지켜냈다. 이슬람교도이긴 해도 투르크 민족은 종교 문제에 관용을 베푼다는 것을 게오르기오스는 날카롭게 꿰뚫고 있었을 것이다.

게오르기오스를 경애하면서도 결국엔 서유럽인으로 행동한 그의 제자, 브레시아 출신 우베르티노도 함락 때에 포로가 되었다. 그가 지키고 있던 페가에 문에서 금각만까지는 너무 먼 거리여서, 일단 가기만 하면 베네치아 배가 자신들을 구해줄 것임을 알고 있었지만 도중에 투르크군에 둘러싸여버린 것이다. 그를 잡은 투르크 병사들도 빨리 현금을 쥐고 싶은 일념뿐이어서 곧장 제노바 거류구로 끌려간 우베르티노는 한 피렌체 상인에게 팔렸다. 대금은 나중에 우베르티노의 부모가 그에게 부쳐주기로 약속했다.

자유의 몸이 된 우베르티노는 배에 올라 이탈리아로 향했지만, 불운하게도 도중에 이슬람 해적들의 공격을 받았다. 다시 노예가 되는가, 아니면 평생 사슬에 묶여 갤리선의 노를 저어야 하는가 하는 갈림길에서 다행히 해적선을 공격한 성 요한 기사단에 의해 구출되었다. 기사단의 본거지 로도스 섬에서 잠시 지낸 뒤 크레타를 경유해서 베네치아로 돌아온 그는 고향 브레시아에는 말 그대로 얼굴만 비추고 곧장 로마로 갔다. 추기경 카브라니카가 그를 비서로 쓰겠다고 했기 때문이다.

로마에는 적어도 3년은 있었던 것 같다. 이 시기에 「콘스탄티노폴리스」라는 제목의 장편 서사시를 짓는다. 자기 눈으로 하나의 제국, 하나의 문명이 멸망하는 것을 본 고전학도 우베르티노에게 이 경험은 어떤 형태로든 후세에 전해야 한다는 생각을 품게 할 정도로 강렬했을 것이다. 그뒤 고향으로 돌아온 그는 그리스 철학을 연구하는 한편으로 번역도 하고 시를 짓기도 하면서 조용한 삶을 보내게 된다. 1470년에 세상을 떠난 듯하다.

고전문명 같은 것에는 전혀 관심이 없었고 가톨릭과 그리스 정교의 연합이 이뤄질지 어떨지에도 그다지 관심이 없었던 상인 테탈디도, 콘스탄티노플 함락이라는 대사건에 직접 참가한 뒤로 이를 누군가에게 전해주고 싶다고 생각한 데서는 다른 '현장 증인들'과 다름없었던 것 같다.

함락 때 자기가 수영을 못 한다는 것도 잊어버리고 바다에 뛰어든 덕택으로 목숨을 부지한 이 피렌체인은 그로부터 엿새 뒤 베네치아 해군기지가 있는 네그로폰테에 입항하게 되는 배에 올라탔다. 베네치아인들이 향후 대책을 논의할 동안 여기서 기다리던 그는 때마침 이곳에 있던 한 프랑스인에게 콘스탄티노플 공방전에 관한 이야기를 해주었다.

이 프랑스인은 얼마 지나지 않아 테탈디의 이야기를 프랑스어로 번역해서 아비뇽의 대주교에게 보냈다. 이 글은 순식간에 프랑스인들 사이에서 화제가 되었고, 원래부터 십자군 정신이 왕성했던 프랑스가 중심이 되어 십자군 결성을 호소할 때 교황 니콜라우스 5세의 추인까지 받아 선전문으로 활용되었다. 피렌체 상인 테탈디는 고국 이탈리아보다는 프랑스에서 유명해지게 된 것이다. 그리고 이로부터 15년 뒤인 1468년에 이르면 간결한 대신 문학적 매력이 떨어졌던 테탈디의 이야기는 더 세련된 문체를 띠고 나타나 콘스탄티노플 함락에 관한 프랑스의 가장 권위 있는 사료로 간주되기까지 했다.

6월 4일에 베네치아에 도착한 뒤 그곳에서 7월 5일에 출발하여 피렌체로 향했다는 것까지는 추적이 가능하지만, 그뒤 테탈디가 어떻게 지냈는지를 알려주는 사료는 없다. 아마도 고향에서 여생을 보내며 프랑스에서 유명인이 된 데 쓴웃음이라도 짓지 않았을까.

더 이상 비잔틴제국의 수도가 아니게 된 콘스탄티노플을 뒤로

하고 때마침 불어온 북풍을 돛에 안고 전속력으로 남하한 베네치아와 크레타 선단이 투르크 함대의 추격에 대한 공포에서 완전히 풀려난 것은 엿새째 되던 날 아침, 네그로폰테에 입항해서였다. 총지휘관 디에도의 판단에 따라 최전선 기지이지만 수비가 부실해 보이는 테네도스 섬을 지나치고 안전면에서 불안이 없는 네그로폰테로 직항한 것이다. 롱고 휘하 15척의 배가 테네도스에 있다는 것은 디에도도 알지 못했다.

네그로폰테는 베네치아공화국이 동지중해 해역의 제해권을 보전하는 데 가장 중요하다고 생각하고 있는 코르푸 섬, 모도네 섬, 크레타 섬과 동렬에 놓이는 기지이지만, 대투르크 전선이라는 면에서 보면 최전방이기도 했다. 항구에는 출항 명령만 떨어지면 곧장 가서 콘스탄티노플을 구원할 채비가 되어 있는 베네치아 함대가 닻을 내리고 있었다.

거기에 '수도 함락'이라는 소식이 전해진 것이다. 네그로폰테 주둔 함대 총사령관 로레단은 디에도 등 생존자들의 상세한 보고를 받자마자 곧바로 본국 정부에 이를 통보하기 위해 쾌속선을 출항시켰다.

도망쳐 온 배들은 며칠 뒤 이곳 네그로폰테에 부상자들을 남겨놓은 채 출항했다. 크레타 배들은 그대로 남하를 계속해서 크레타로, 베네치아 배들은 여기서 20일 이상 걸리는 본국까지의 항해에 버틸 수 있는 배 두 척만으로 고국으로 향했다. 지휘는 디에도가 맡고 니콜로도 디에도의 배에 승선했다. 또 다른 배 한 척에는 테탈디가 타고 있었다.

에필로그 **243**

두 척의 베네치아 갤리선은 펠로폰네소스 반도 남단에 있는 모도네 기지에 하루 동안 기항했을 때 브란덴부르크에서 팔레스티나로 향하는 순례자들을 태운 배와 마주쳤다. 이슬람의 바다 가운데에 고립되어 있던 기독교도의 마지막 성채 비잔틴제국의 멸망이 이들 순례자들에 의해 전해졌다.

로레단이 급파한 쾌속선이 베네치아에 입항한 것은 6월 29일. 서유럽은 콘스탄티노플이 함락되고 실로 한 달이 지나서야 이 중대한 소식을 접하게 된 것이다. 베네치아 정부는 곧장 이 '특보'를 로마 교황, 나폴리, 제노바, 피렌체, 프랑스 왕, 신성로마제국 황제, 헝가리 왕 등에게 알리기 위해 각국으로 사절을 급파했다. 상업상의 권익을 지키기 위해 베네치아와 제노바가, 종교상의 이유로 로마 교황이 각각 콘스탄티노플 구원을 위해 본격적인 재정 지출을 결정한 직후였던 만큼 함락 소식은 청천벽력과 같았다. 저 견고한 성벽이 이렇게 빨리 무너지리라고는 아무도 생각지 못했던 것이다.

디에도나 니콜로, 그리고 테탈디 등의 현장 증인들이 베네치아에 닿은 것은 로레단이 보낸 쾌속선이 닿고 나서 닷새가 지난 뒤였다. 곧장 각의로 출석한 디에도는 거기서 사건의 전말을 상세히 보고했다. 그 직후에 소집된 원로원 회의에서도 같은 보고를 되풀이했고 의원들의 질문에도 대답해야 했다. 단 이 단계에서는 인명 피해에 관한 한 공방전 중의 전사자 외에는 확실히 파악할 수 없었다. 베네치아에서는 이런 일이 생기면 상선 선장이더라도 귀국 후에 반드시 국회에 보고할 의무가 있었다. 그래서 디에도도 20일 남짓 선상에서 지내면서 여기에 대비한 상세한 보고서를 미리 작성해놓았을 것이다. 베네치아 정부도 그의 보고를 받고서야 비로소 본격적인 대책을 강구할 수 있었다.

베네치아는 이때도 강온 양면을 구사하기로 했다. 강경책으로 택해진 것은 이러했다. 네그로폰테로 사자를 급파해서 로레단 제독에게 휘하 전 함대를 상시 전시 체제에 두는 한편, 테네도스에 있는 롱고 휘하 15척과 함께 에게 해를 회항할 것도 명한다. 만에 하나 투르크가 남하할 기미를 보일 경우, 에게 해의 제해권을 위해서라면 베네치아는 전쟁도 불사한다는 강한 의지를 보여주기 위한 것이었다. 코르푸, 모도네, 크레타에 있는 각 해군기지에도 임전 체제를 취하라는 지령이 하달되었다. 본국 조선소에서는 17척의 갤리 군선이 건조되고 있었지만 이것으로는 부족하다는 판단에 따라 새로이 50척의 건조가 원로원에서 결의되었다. 이에 드는 비용 5만 2,500두카토의 임시 지출도 가결되었다.

통상 국가 베네치아는 다른 나라와의 교역으로 살아가는 나라이다. 강경한 태도만 취할 수는 없었다. 그래서 정부는 이미 로레단에게 보내둔 특사 마르첼로의 교섭 상대를 비잔틴제국에서 투르크로 바꿨다. 마르첼로에게는 즉시 아드리아노폴리에 있는 술탄에게 서둘러 가라는 지령과 아울러 술탄에게 줄 선물 비용으로 1,200두카토를 쓸 권한도 주었다. 그리고 술탄에게는 콘스탄티노플 공방전에 참가한 베네치아 시민은 개인 자격으로 참가한 것일 뿐 베네치아 정부는 투르크와의 우호관계를 파기할 생각이 전혀 없으며 정부도 그들의 행동을 심히 유감스럽게 생각한다고 전하라는 지령도 내렸다.

베네치아가 당면한 급선무는 특사를 통해 투르크와 베네치아 간에 예전과 같은 우호관계를 부활시키는 것이었다. 이를 위해 정부는 공방전의 전사자 문제는 물론이고 거류구 안의 창고나 상관, 금각만 안에서 포획된 상선에 실려 있던 화물 등 콘스탄티노플 함락으로 베네치아가 입은 손해, 돈으로 환산하면 총액 40만 두카토에 달하는 막대한 손해에 대해서도 통상관계가 재개되기만 하면 굳이 거론할 필요가 없다고까지 특사 마르첼로에게 명했다.

하지만 나라를 떠나 있던 베네치아 시민 하나하나가 설령 자신의 희생이 국익을 위해 어둠 속에 묻히더라도 고국의 동포들만은 자신을 잊지 않으리라 확신할 수 있도록, 베네치아는 그들의 희생에 보답하는 것을 소홀히 하지 않았다.

술탄 앞으로 갈 선물 비용의 지출이 결의된 지 닷새 뒤, 원로원은 대사 미노토의 아들에게 조만간 출항할 예정인 아리몬다호를 타고 콘스탄티노플로 가서 포로가 된 것으로 추정되는 대사의 행방을 찾아보고, 만일 정말로 포로가 되어 있다면 돈을 주고 석방시키라는 말을 전했다. 7월 17일까지는 베네치아 정부도 미노토의 행방을 확인하지 못했다는 분명한 증거이기도 하다.

그 다음날, 원로원은 또한 야습시 돌격대장으로 전사한 것이 확인된 선장 코코의 아들들에게는 연금을, 딸에게는 결혼 지참금을 국고에서 지출하기로 결의했다.

그리고 8월 28일의 원로원 결의 사항에서는 대사 미노토의 딸이 결혼할 경우 1천 두카토의 지참금을, 혹 수녀가 된다면 300두카토의 자금을 지출하기로 했음을 볼 수 있다. 함락 때 베네치아 배로 탈출한 처와 또 다른 아들 한 명에게도 각각 매년 25두카토의 연금을 주기로 정했다.

이는 원로원이 콘스탄티노플 함락 후 두 달이 지나서야 미노토가 아들 한 명과 함께 참수되었다는 소식에 접했음을 보여준다. 미노토와 더불어 베네치아 거류구의 유력자 일곱 명도 함께 참수되었다. 당당히 국기를 내걸고 도전해 온 베네치아 거류구를 메메드 2세는 한치도 용서하지 않았던 것이다.

단 미노토 이외 일곱 희생자의 유족에게 원로원은 종신 연금 지출을 결의하지 않았다. 귀족이긴 해도 부유하지는 않았던 미노토와 귀족일 뿐 아니라 부자이기도 했던 다른 일곱 명을 구별한 것이다. 베네치아공화국에서는 국정을 담당하는 계급에 속하는 사람들을 귀족(노빌레)이라 불렀는데, 그 권리에 따른 의무는 항상 최일선에 서서 자기 몸을 돌보지 않고 나라를 위해 싸우는 것이었다.

이런 체제에서라면 당연한 일이겠지만, 귀족도 아니고 부자도 아닌 선원들이 남긴 유족의 생활을 보증하는 것도 원로원은 결코 잊지 않았다. 함락 소식을 접했을 때부터 그해 연말까지 소식이 확인될 때마다 연금을 지출하기로 결의한 내용과, 포로가 된 사람들을 풀어주기 위해 보상금을 지출한다는 결의가 원로원 결의 사항을 가득 메우고 있다. 그리고 12월 10일의 원로원 결의 사항에서 가브리엘로 트레비사노 제독의 소식이 처음으로 분명히 기록됨으로써 오늘날 우리도 그의 행방을 알 수 있게 되었다.

그날 원로원은 함락 때 포로가 된 트레비사노 제독이 풀려나는 조건으로 제시된 보상금 중 가족의 지불 능력을 벗어난 350두카토를 국고에서 원조하기로 했다.

트레비사노가 언제 본국으로 돌아왔는지 알려주는 사료는 없다. 하지만 다음해 가을부터는 대투르크 최전선에 선 해군 장수들 속에서 그 이름을 다시 찾아볼 수 있으므로 원래 직위로 돌아간 것 같다. 단 가브리엘로라는 이름은 트레비사노 가문 남자들이 많이 쓰던 것이어서 어쩌면 동명이인일지도 모르겠다.

디에도의 배에 타고 일찌감치 귀국한 니콜로지만 그뒤 그가 어떻게 지냈는지 알려주는 사료는 없다. 아마도 예전처럼 의료업에 종사했을 것이다. 베네치아에서는 상선이든 뭐든 장거리 항해를 하려면 반드시 선의를 탑승시켜야 했는데, 상급 선원 명부에서 니콜로 바르바로라는 이름을 적잖게 찾아볼 수 있다. 이 경우 역시 바르바로 가문 남자들 중 니콜로라는 이름은 흔했기 때문에 다른 사람일 가능성도 충분히 고려해야 한다. 물론 선의로 근무하지 않았을 가능성도 생각할 수 있다. 어쨌든 트레비사노와 함께 콘스탄티노플로 간 니콜로 바르바로는 『콘스탄티노플 공방전 일지』를 남겼다.

이 글은 공방전에 들어가기 전의 정세부터 쓰기 시작해서 공방전 과정에서 그날그날 일어난 사건이나 관찰을 기록한 것으로, 그가 베네치아에 귀국한 뒤 비로소 알게 된 것도 기록되어 있으므로 콘스탄티노플에 있을 때의 일지를 기초로 삼아 귀국 후 일년 정도 지나서 정리해낸 것으로 생각된다. 이 『일지』 덕분에 비로소 우리 후세 사람들도 콘스탄티노플 공방전을 하루 단위로 알 수 있게 된 것이다. 니콜로 이외의 현장 증인들의 기록만 읽으면 공방전 과정에서 일어난 수많은 사건에 대해서는 알 수 있어도 그런 사건들이 도대체 언제 일어났는지까지는 동시대인이라도 현장에 없었던 사람이라면 알 수 없는 것이다.

게다가 니콜로의 기록이 역사적인 중요성 면에서도 발군의 가치를 지니는 것은 그 기술의 정확성에 있다. 후세의 연구에 따르면, 예컨대 투르크군의 전력만 놓고 봐도 육지 쪽 성벽 수비에 직접 가담하지 않은 이 베네치아 의사가 기록한 숫자가 가장 실상에 가깝다는 것이 증명되고 있다.

그러나 콘스탄티노플 공방전에 관한 가장 정확하고도 냉정한 이 기록은 로마 교황청을 경악시킨 이시도로스의 편지나 로마 지식계급 사이에서 평판이 높았던 우베르티노의 장편시와 비교해서, 또한 프랑스 땅에서 십자군 정신을 고무하는 선전문으로 활용된 테탈디의 진술에 비교해서도 당시에는 그다지 많이 알려지지 않았다. 1837년에 중요 사료로서 베네치아의 마르치아나 도서관에 들어갈 때까지 바르바로 가문의 사료실 안에 잠들어 있었기 때문이다. 그런 까닭에 1783년에 『로마제국 쇠망사』를 쓸 때 그 마지막 부분을 콘스탄티노플 함락으로 매듭지은 역사가 기번도 그리스 쪽 사료는 활용하면서도 니콜로의 『일지』는 알지 못했던 것이다.

디에도가 원로원에 보고했다는 내용은 현재 남아 있지 않다. 하지만 함락 때에 니콜로가 갈라타의 제노바 거류구까지 동행했다는 점과 베네치아 배에서 선의의 지위가 높았다는 점, 그리고 디에도의 보고문이 네그로폰테에서 베네치아까지의 20일 간의 항해중에 작성된 점 등을 생각해보면 이 '보고문'을 작성할 때 그와 동승했던 니콜로가 중요한 역할을 했을 가능성도 매우 높다 할 것이다. 만약 그랬다면, 니콜로의 냉정하고 정확한 관찰도 적어도 베네치아의 국정 담당자들에게만은 알려져 있었을 것이다. 두세 군데 잘못 파악한 부분이 있고, 때로 반제노바 감정이 폭발하기도 하는 점을 빼고 나면 베네치아의 한 선의가 써서 남긴 『콘스탄티노플 공방전 일지』는 비잔틴제국 최후의 나날들을 알려주는 사료들 중 가장 신뢰도가 높다 할 것이다. 게다가 공방전 기간 중에 제노바인이 애매한 태도로 일관한 것을 생각해보면 니콜로가 이 글에서 드러내는 분개심도 이런 유의 사료가 허용하는 범위를 넘지 않는 것이었다. 아니, 그런 분개심이 오히려 생생한 감정을 전달해주는 역할을 하기도 하는 것이다.

나이가 어린데다 돈을 보고 찾아온 용병대 대장이었음에도 불구하고 공방전 기간 내내 방위 제일선에 서서 싸워, 제노바인이라면 뭔가 애매한 눈길로 쳐다보곤 하던 그리스인과 베네치아인들까지도 진심으로 경의를 표했던 유일한 제노바인인 주스티니아니도 최후의 한순간에 갈피를 못 잡은 결과 이 모든 경의와 믿음을 수포로 돌려버렸다.

전선을 이탈한 그는 자기 배로 실려가서 치료를 받았는데, 이 배도 일단 금각만을 벗어난 뒤에는 늦게라도 올지 모를 피난민들을 기다리던 다른 제노바 배들과 행동을 같이했다. 그러는 동안에도 콘스탄티노플 시내에서 전해오는 함락 때의 묘한 분위기나 탈출 기회를 놓친 금각만 안의 선박들이 차례차례 투르크 병사들에 약탈당하는 모습에서 눈을 돌릴 수가 없었다.

주스티니아니의 부하 용병들은 그래도 끝까지 대장에 대한 경애심을 버리지 않았지만, 다른 선원들은 자기들 역시 제노바인인데도 이 고명한 동료가 마지막에 택한 행위에 곤혹스러움을 감추지 못했다. 자신만만했던 젊은 무장을 진정으로 상처 입힌 것은 바닥을 흥건히 적시는 피보다도 동포들의 이런 눈길이었다. 콘스탄티노플을 뒤로 하고 돛을 올린 지 사흘 뒤 주스티니아니는 배 위에서 세상을 떠났다.

같은 제노바인이라도 갈라타의 제노바 거류구 행정관 로멜리노에게 함락 후의 나날들은 불안과 무력감이 번갈아가며 괴롭히는 지옥과 같은 날들이었다.

5월 29일, 투르크군이 성벽을 돌파했다는 소식을 접하자마자 제노바 거류구는 술탄의 진영으로 사절을 파견해서 시종 일관해서 중립을 지켰음을 강조했다. 그날 메메드 2세는 사절을 만나기는 했지만 아무 말도 하지 않았다. 이틀 뒤, 술탄의 부름을 받아 그 앞으로 나아간 거류구 대표에게 메메드 2세는 거류구의 항복을 명한 것이다. 형식상으로는 거류구와 자가노스 파샤가 강화를 맺고 이후 거류구의 행정을 주민 투표로 뽑은 장로들이 맡는다는 내용이었지만, 모든 것은 투르크의 허가 없이는 행해질 수 없었다. 사실상의 항복이었다. 그 다음날 로멜리노와 자가노스 파샤 간에 '강화'가 조인되었다. 그리고 다시 다음날, 주민들은 투르크군 1개 부대가 밀려들어 거류구 성벽을 철거하는 것을 묵묵히 보고만 있어야 했다. 성벽은 200년 동안 콘스탄티노플을 기지로 통상을 하는 여타 국가와 비교가 되지 않을 정도로 유리한 지위를 누려온 갈라타의 제노바 거류구의 번영을 상징해왔다. 그 성벽이 이제 가장 높은 탑 하나만 빼고 흔적도 없이 사라진 것이다.

흔히들 콘스탄티노플이 함락되면서 베네치아 거류구는 40만 두카토에 달하는 피해를 입었다고 하지만, 제노바의 피해는 적게 잡아 50만 두카토, 부동산까지 포함하면 100만을 가볍게 넘어서는 것이었다. 라이벌 제노바와의 경쟁을 피해서 동지중해 무역의 거점을 이집트의 알렉산드리아로 옮긴 베네치아와 달리, 콘스탄티노플과 흑해에 전력을 투구해온 제노바의 통상은 비잔틴제국이 멸망함으로써 치명적인 타격을 입었다.

비잔틴을 멸망시킨 그 메메드 2세가 1475년에는 카파 공략에 성공하고, 훗날 1566년에는 키오스 섬이 투르크에 점령당함에 따라 제노바 상인은 동지중해 교역에서 완전히 차단되어버렸다. 반면 항해 기술로는 여전히 둘째가라면 서러운 제노바 선원들의 눈이 그뒤 서지중해, 나아가 대서양으로 돌려지는 것도 따지고 보면 투르크 젊은이의 유별난 정복욕 덕분이었다고 해도 과언은 아닐지도 모른다.

결단력은 부족했지만 성실했던 행정관 로멜리노는 그뒤 개인적으로도 불행한 삶을 살았다. 자식이 없었기에 후계자로 점찍어두었던 조카가 투르크군의 포로가 된 뒤 이슬람교로 개종한 것이 그 첫번째였다. 거류구 주민들 중에 상인으로 살아남기 위해 개종한 사람이 적지 않았던 것은 사실이다. 잡혀서 노예가 된 기독교도들의 자유를 하루빨리 되찾아주기 위해 거류구의 뜻있는 이들과 함께 보상금을 모으는 데 진력하던 그 앞에 다른 사람도 아닌 자신의 조카가 개종한 자유인이 되어 나타난 것이다. 환갑을 훨씬 넘긴 로멜리노가 이곳 갈라타에 정을 붙일 것이라고는 이제 하나도 남지 않게 되었다.

공방전 개시 선에 부임했어야 할 신임 행정관이 이제서야 키오스 섬에 닿았다는 소식을 듣고 그도 갈라타를 떠난다. 키오스에 닿아 신임 행정관에 대한 인수인계를 마친 것이 9월 말. 인수인계가 끝나자마자 로멜리노는 본국으로 가는 배에 올랐다. 본국으로 돌아온 그가 어떻게 여생을 보냈는지 확실히 알려주는 사료는 없다. 다만 아직 키오스에 있을 때 본국에 사는 동생 앞으로 보낸 장문의 편지가 남아 있다. 공방전을 거류구측 시각에서 진술하면서 제노바 거류구가 극히 곤란한 입장에 처해 있으며, 거류구의 많은 제노바인들이 포위된 콘스탄티노플을 돕기 위해 얼마나 수고를 아끼지 않고 가능한 한 최대의 원조를 행했는지를 진술한 내용의 편지이다. 그러나 결과적으로는 로멜리노도 거류구의 다른 사람들도 서유럽 여러 나라들과 마찬가지로 메메드 2세를 과소평가한 대가를 톡톡히 치른 셈이다.

콘스탄티노플 공략시 그리스 정교도로서 투르크군에 가담해서 싸워야 했던 세르비아 기병들의 희생도 결국은 헛수고였음이 밝혀지는 데는 채 2년도 걸리지 않았다. 술탄의 요구에 따라 1,500기의 기병을 보내준 나라에 그가 돌려준 것은 1455년의 세르비아 침공이었다. 그해, 세르비아 남부 노보브로도에 파견되어 있던 미하일로비치는 쳐들어온 투르크군의 포로가 되어 두 동생과 함께 소아시아의 투르크 군단으로 보내졌다. 아마도 살아남기 위해서였겠지만, 그곳에서 그는 이슬람교로 개종해서 예니체리 군단에 편입되었다. 아직 스물다섯 어린 나이여서 군복무를 할 수 있는 노예로 간주되었기 때문일 것이다.

예니체리 군단 병사로서 미하일로비치는 그후 8년 간을 복무하게 된다. 이 시기는 비잔틴제국을 멸망시킨 여세를 몰아 메메드 2세의 영토 확장 정책이 파죽지세로 진행되고 있던 때였다. 투르크의 전선 확장에 따라 미하일로비치 또한 각지에서 전투를 치르던 나날이기도 했다.

1463년, 그가 군단과 함께 보스니아에 있을 때의 일이다. 당시 기독교국 육군 중 투르크에 맞설 수 있는 유일한 용장으로 이름 높았던 헝가리 왕 마티아슈 1세가 이끄는 군대와 대적한 투르크군이 열세에 몰림에 따라 미하일로비치가 속한 부대가 헝가리 병사들에게 포위되었다. 미하일로비치는 자유를 되찾을 호기라 판단하고 헝가리군에게 항복한다. 그가 다시 기독교로 개종한 것도 그해의 일이었다.

　그는 그뒤에도 변함없이 병사로 지냈다. 세르비아인인 그가 돌아갈 조국은 이미 없어졌기 때문에 권유에 따라 헝가리군에 가세해서 싸우기로 한 것이다. 헝가리군의 행군에 따른 그의 행적은 헝가리, 보스니아, 모라비아, 폴란드에 걸치는 것이었다. 『회상록』은 폴란드에 있을 때 쓴 것 같다. 1490년부터 1498년에 걸쳐 씌어진 것으로 되어 있다. 이즈음에는 그 옛날 세르비아의 청년 기사도 이미 환갑을 넘긴 노인이 되어 있었다. 미하일로비치의 『회상록』은 저자의 특이한 경력 때문에 '예니체리 군단 병사였던 자의 회상록'이라는 별명으로도 불렀다.

　어떤 사건이 한 인물에 대한 그때까지의 평가를 180도 바꿔버릴 때도 있는 법이다. 콘스탄티노플의 함락은 턱없는 야심에 도취된 풋내기, 잘 봐줘도 선대 술탄이 남긴 영토를 현상 유지하면 다행인 그릇 정도로 평가되던 메메드 2세를 일세를 풍미한 영웅으로 바꿔놓았다.

에필로그　255

함락 직후 이 젊은 승리자와 관계를 개선하기 위해 파견된 베네치아공화국 특사 마르첼로를 수행한 부관 랑그스키는 8개월에 걸친 교섭 기간 동안 자신이 받은 인상을 이렇게 적고 있다.

"술탄 메메드는 22세. 균형잡힌 몸매에 키는 보통 사람보다 큰 편이다. 무술에 능하고 친근감보다는 위압감을 풍기는 사람이다. 웃을 때가 거의 없고 신중하며, 어떠한 편견에도 사로잡히지 않는다. 한 번 정하면 반드시 실행에 옮기는데, 이때 그 행동이 실로 대담하다.

알렉산드로스 대왕에 맞먹는 영광을 바라면서 키리아쿠스 당코나와 또 한 명의 이탈리아인으로 하여금 매일 로마사를 낭독하게 하고 여기에 귀를 기울인다. 헤로도토스, 리비우스, 퀸티우스 쿠루티우스 등의 역사책이나 교황들의 전기, 황제들의 평전, 프랑스 왕들 이야기, 랑고바르디 왕들의 이야기를 즐기는 편이다. 터키어, 아랍어, 그리스어, 슬라브어를 말할 줄 알고 이탈리아 지리를 소상히 알고 있다. 아이네아스가 살았던 땅부터 교황이 사는 도시, 황제의 궁정이 있는 곳, 전 유럽 각국이 서로 다른 색으로 표시된 지도를 가지고 있다.

특히 지배욕이 강하며 가장 관심을 많이 두는 분야는 지리와 군사 기술이다. 우리 서유럽인들에게 유도 심문을 할 때는 혀를 내두를 정도로 교묘하다.

이렇게 만만치 않은 인물을 우리 기독교도들이 상대해야 하는 것이다."

여러 면에서 재능이 뛰어난 이 젊은이는 게다가 10만을 헤아리는 군대의 통수권자였다. 이 정도 군사를 모을 수 있는 나라는 당시 유럽에는 하나도 없었다.

대포의 위력도 서유럽 군주들에게 충격을 안겨주었다. 유럽에도 대포는 있었다. 이미 150년 전부터 베네치아는 배에도 대포를 장착해서 쓰고 있었다. 그러나 대포의 진정한 위력에 착안해서 이를 활용한 자는 메메드 2세가 처음이었다. 더구나 당시 최강이라 평가되던 콘스탄티노플의 삼중 성벽을 파괴한 것인 만큼 실험결과로서는 이보다 더 좋은 것도 없었다. 실제로는 수비병이 부족해서 방책과 외성벽 외에는 전혀 지키지 못했을 뿐이고, 가장 견고한 내성벽은 끄떡없이 남아 있었지만 당시 이 정도로 자세한 정보를 얻을 수 있었던 사람들은 소수에 지나지 않았다. 대포라는 무기가 콘스탄티노플의 삼중 성벽을 파괴했다는 정보만이 유럽 구석구석까지 퍼져갔다. 다음해, 대포의 즉각적인 대량 제작을 위한 예산을 원로원에서 가결한 베네치아를 필두로 유럽 각국은 앞다퉈 이 신병기 개발에 나섰다. 당연한 일이겠지만 이에 따라 축성 기술에도 일대 혁명이 일어나게 된다.

동서를 불문하고 유럽이나 중근동 지방을 여행할 때 마주치게 되는 성벽이나 성채는 크게 나눠 두 가지이다. 대포 사용이 활발해지는 시기 이전의 것이냐, 아니면 그 이후의 것이냐이다. 두 유형의 차이는 긴 말이 필요없이 한 번만 보면 바로 알 수 있다. 비교적 얇은 성벽이 지상에서 높이 직립한 것이 전자이고, 두꺼운 성벽이 그다지 높지는 않아도 지상에 튼튼하게 뿌리박고 있는 듯한 느낌을 주면서 하반부가 지표면을 향해 완만한 경사를 그리고 있는 것이 후자에 속하는 성벽이다. 중간쯤부터 내리뻗은 완만한 경사면은 직격탄을 맞았을 때 충격을 조금이라도 완화하기 위해 고안된 것이었다. 이런 식의 성벽을 가장 빨리 채용한 것이 투르크의 공세에 정면으로 노출된 로도스 섬의 성 요한 기사단과 베네치아공화국이었음은 말할 나위도 없다.

대포라는 신병기의 출현은 머리에서 발끝까지 강철 갑주로 무장하고 전투의 전문가라는 자긍심으로 살아가던 중세 기사계급을 완벽히 무용지물로 만들어버리기도 했다. 대포 조작은 가르치기만 하면 누구든지 할 수 있다. 말을 모는 능력도 창을 내리꽂는 능력도, 다시 말해 오랜 수련이나 타고난 특권 없이는 갖출 수 없는 모든 능력이 이제 무용지물이 된 것이다. 중세 전장의 꽃이었던 기사들은 대형을 짜서 수로 밀어붙이는 보병들과 대포를 다루는 포병이라는 양대 '아마추어' 집단 앞에 쇠퇴를 거듭해야 했다.

중세와 근세를 구분지은 것은 병기 부문에서만은 아니었다. 메메드 2세와 재상 할릴 파샤는 콘스탄티노플 공략이냐 온존이냐로 대립했지만, 이후 투르크에서는 메메드 2세의 선택 쪽이 정치적으로 옳았음이 증명되었다.

비잔틴제국의 수도를 수중에 넣은 것은 예전의 제국 영토 전체에 대해 영유권을 주장할 수 있게 되었음을 뜻했다. 또한 전략적으로도 교통 요충지이자 축이기도 한 콘스탄티노플의 획득은 발칸 반도와 아시아로 나뉘어 있던 투르크를 한 국가로 연결, 연

동시키는 기반을 완성하게 하기도 했다.

선대 술탄의 오른팔, 투르크 명가 중의 명가 출신인 할릴 파샤는 콘스탄티노플이 함락된 지 사흘 뒤 돌연 체포, 투옥되었다. 그리고 그리스인 포로들과 함께 아드리아노폴리로 끌려가 다시 20일을 감옥에서 보낸 뒤 참수형에 처해졌다. 죄목은 비잔틴과의 내통이었다.

콘스탄티노플을 공략함으로써 육상과 해상 양면에서 대진격의 발판을 마련한 메메드 2세는 한시도 소홀히 하지 않고 수도 정복의 효능을 발휘시켰다. 콘스탄티노플에 있던 교회를 잇달아 모스크로 개조하고 토프카피 궁전의 건조를 명하는 한편, 투르크인뿐만 아니라 그리스인과 유대인도 강제 이주시켜 투르크 제국의 수도를 아드리아노폴리에서 이제는 이스탄불이라는 공식명을 얻은 콘스탄티노플로 옮길 준비를 착실히 진행시켰다. 이와 동시에 군사면에서도 적이 충격을 딛고 일어설 틈을 주지 않았다.

콘스탄티노플 함락 후 2년 뒤, 세르비아 공략에 성공했다. 다음해인 1456년에는 보스니아도 투르크 지배하에 들어갔다. 이로써 폴란드와 헝가리는 대투르크 전선의 최전선에 놓이게 된다.

1460년, 펠로폰네소스 반도에 팔라이올로구스 왕가 황족들이 간신히 보전하고 있던 지역도 투르크 대군 앞에 무릎을 꿇었다. 황족 중 한 명인 토마스는 로마 교황에게로 망명한다.

다음해인 1461년, 역시 비잔틴제국의 황통을 이은 나라인 트레비존드가 함락된다. 이로써 흑해 남안은 투르크의 완전한 지배하에 들어가게 된다.

1463년, 지금까지 육전을 주전공으로 하던 투르크군이 바다로 진출하기 시작했다. 과녁이 된 것은 에게 해에 떠 있는 레스보스 섬이었다. 대군이 상륙해서 육지에서 공격을 퍼붓자 200년 이상 제노바령이었던 이곳도 즉시 함락되고 만다.

그리고 1470년, 에게 해 남하를 계속한 투르크는 베네치아 해군 기지 네그로폰테에 싸움을 걸어왔다. 이 전투는 그해에 투르크가 네그로폰테를 점령한 데서 시작되어 이후 10년 간이나 계속된 투르크-베네치아 전쟁의 단초가 되었다.

1473년, 페르시아 땅으로 원정에 나선 투르크군은 페르시아군을 패주시키고 개선한다. 이에 따라 동서로 투르크를 협공하려던 베네치아의 시도는 실패로 끝났다.

1475년, 투르크는 대군을 흑해로 파견하여 카파를 공략한다. 이 공략에 의해 흑해는 투르크의 내해가 되었다. 카파를 근거지로 하던 제노바의 통상은 이로써 재기불능 상태가 되어버렸다. 반면 투르크는 크림 지방으로 향하는 길을 열게 된 셈이다.

1479년, 이번에는 서남쪽으로 군사를 보낸 메메드 2세는 당시까지 산악지방의 게릴라전으로 애를 먹어왔던 알바니아를 마침내 수중에 넣는 데 성공한다. 이제 발칸은 그리스 해안을 따라 점점이 존재하는 베네치아 기지를 빼고 나면 완전히 투르크 앞에 무릎을 꿇었다.

1480년, 이탈리아 본토가 처음으로 투르크의 공격에 직면했다. 투르크군이 남이탈리아의 오트란토에 상륙하자, 로마 교황은 산 피에트로 광장이 금세라도 이슬람교도로 메워질 것만 같은 생각에 밤잠을 설칠 정도였다. 하지만 그 다음해에 술탄이 급사를 하면서 투르크군이 철수함에 따라 이는 악몽에 그쳤다.

메메드 2세는 1481년 5월 3일, 대군을 이끌고 아시아 쪽으로 건너간 직후 숨을 거뒀다. 당시 나이 마흔아홉. 이 원정의 목표는 시리아와 아라비아 반도의 메카, 그리고 이집트 공략이었다고 한다. 이 '기독교도의 적'이 죽자 유럽은 횃불을 올리고 불꽃을 날리며 축하했고, 교회는 신에 감사 기도를 올리는 사람들로 가득 찼다.

'정복왕'이라는 칭호를 얻은 메메드 2세의 전적이 모조리 성공으로만 일관된 것은 아니다. 베오그라드 공략은 실패했고 로도스 섬도 함락되지 않았다. 이 두 군데는 물론이고 시리아와 이집트 공략도 그가 쌓아놓은 기반 위에 선 손자 셀림, 그리고 쉴레이만 대제 때에 이르러 실현되었다.

투르크는 '정복왕' 사후에도 급격히 붕괴하지는 않았다. 알렉산드로스 대왕보다 20년 정도 더 산 메메드 2세에게는 정복에 그치지 않고 정복지를 지배망에 확고히 편입시킬 수 있는 사회 기구를 정비할 시간적 여유도 있었기 때문이다. 투르크제국은 16세기 중반 쉴레이만 대제 때 절정을 맞이하고 20세기 초까지 이어졌다. 이것도 콘스탄티노플 공략이 없었다면 불가능했을 것이다.

시동 투르순은 1460년까지 메메드 2세를 섬겼는데, 그해에 대신들의 각의라 해도 좋을 '디반'의 서기관으로 임명되었다. 그뒤 투르크제국의 아시아 지구 재무장관을 지냈고, 자리를 옮겨 유럽 지구에서도 같은 관직을 맡은 뒤 평온한 은퇴 생활에 들어간 것 같다. 그가 죽은 해는 명확하지 않지만 1499년 전후로 추정되고 있다. 메메드 2세가 세상을 떠난 지 18년째 되는 해이고, 당시 투르크는 그의 아들 바예지드가 다스리고 있었다.

아마도 은퇴 생활에 들어가면서부터라고 생각되는데, 이제는 '베이'라는 존칭으로 불리게 된 이 옛날의 시동은 한 권의 역사책을 써서 남겼다. 『정복왕 술탄 메메드의 역사』이다. 내용은 1487년에서 끝맺음되고 있다. 투르크인의 손에 의한 역사 저술로는 가장 오래된 것 중 하나라고 한다.

콘스탄티노플의 함락은 유럽인에게, 특히 고대 로마가 자기 세계의 모태라 생각하던 서유럽인에게 말로 형언할 수 없는 충격이었다. 비잔틴제국과 직접적인 관계를 맺고 있던 이탈리아 해양 도시국가나 로마 교황청, 그리고 헝가리 등 동유럽 여러 나라 사람들이 말기 제국의 실상에 정통해 있었던 것은 물론이지만, 다른 나라 사람들도 동로마제국이 쇠락을 거듭하며 수백 년 세월을 보내왔다는 것 정도는 익히 알고 있었다. 이미 십자군 시대부터 이슬람교도의 진출에 대해 수세를 취해야 했던 제국의 실상은 십자군 원정에서 살아 돌아온 사람들을 통해 유럽 세계

끝자락에까지 알려졌던 것이다. 더구나 최근 반세기 동안 제국을 버리고 서유럽에 정착하는 학자들의 모습이나, 공의회가 열릴 때마다 서유럽 군주들을 찾아다니며 원군을 요청하는 제국 황제의 모습은 그들에게도 낯설지 않았다.

하지만 비잔틴제국이 끝내 지상에서 사라졌을 때, 이들의 가슴 속은 딱히 뭐라 할 수 없는 암울함으로 가득 채워졌다.

고대 로마의 황제가 없어진 뒤 서유럽 군주들 중에 황제를 칭하는 이가 없지는 않았다. 그들 중 어떤 이는 고대 로마인이 갈리아인이라 부르던 프랑크인이고, 또 어떤 자는 갈리아보다도 더 야만적이라 생각되던 게르마니아 출신이었다. 그들은 신성로마제국 황제라는 명칭을 걸고 검은 쌍두 독수리를 상징으로 삼을지언정 옛 로마제국 황제 같은 권위도 권력도 없었다. 서유럽 사람들은 이를 알고 있었다. 알고 있었기에 어쩔 수 없을 때만 따르고 기회만 있으면 주저없이 반대 입장을 취한 것이다. 이런 분위기 속에 살던 사람들에게 고대 로마인이 창설한 제국의 계승자는 비록 내용물은 그리스 것이어도 비잔틴제국밖에 없었던 것이다. 게다가 비잔틴 황제는 고대 로마 황제에게는 없었던 기독교도라는 자신들과의 공통성도 갖추고 있었다. 서유럽인이 보기에 황제라 부르기에 손색이 없는 지상에서 유일한 이는 바로 이 동로마제국 황제뿐이었다.

그것이 이제 사라져버렸다. 팔라이올로구스 가의 한 황녀가 모스크바 대공에게 시집간 뒤로 러시아가 '세번째 로마'라 자칭하지만, 그리스 정교의 본산이 이전되었다는 뜻이면 몰라도 프랑스인이나 게르만인 황제도 그 권위를 인정할 수 없는 서유럽인들이 황녀와 결혼했다는 이유만으로, 흰색 쌍두 독수리를 문장으로 삼았다는 이유만으로 러시아인 황제의 권위를 인정할 이유가 없지 않은가. 서유럽 사람들은 비잔틴제국이 멸망함으로써 비로소 고대 로마라는 모태에서 잘려 나온 듯한 고통을 느끼게 된 것이다.

콘스탄티노플 함락에 관한 한, 당시 냉정하고 정확한 기록보다는 감정적인 시나 보고가 더 많이 알려지게 된 것은 다가올 변혁을 생각하기보다는 상실한 것에 대한 애석함 속으로 침잠하는 쪽을 택했기 때문이리라. 흰색 쌍두 독수리는 이슬람교도의 반월도에 무참히 베인 것이다.

로마제국 최후의 황제는 주홍색 망토를 바람에 나부끼며 백마를 몰아 천공 저편으로 영원히 떠나버렸다.

2천 년 로마에 바치는 조가
• 옮긴이의 말

 서쪽의 로마제국이 서기 5세기 말에 죽어 신화 속의 거인처럼 잡다한 여러 부족이 유럽으로 태어나는 모태가 되었다면, 동쪽의 로마제국은 이 모태를 굳건히 지켜주는 방패였다.

 이 동쪽의 제국은 고대 로마와 페르시아의 쟁패 이래 계속되어온 동방 전선의 담당자였고, 7세기 초에 마호메트(무하마드)가 나와 이슬람을 개창한 뒤로는 기독교 대 이슬람의 종교전쟁에서 주역을 맡기도 했다. 이미 마호메트 당시부터 비잔틴제국의 변경은 이슬람교도와 전투를 치러야 했지만, 본격적인 대결이 벌어진 것은 한 세대 뒤인 7세기 후반부터이다. 673년부터 677년까지 만 4년 간이나 계속된 콘스탄티노플 공방전이 그것이다. 아라비아는 해군력에 의지해서 보스포루스 해협을 봉쇄함으로써 비잔틴제국의 혈관을 막으려 했고 이에 맞선 비잔틴제국은 아무런 원군도 없이 당시 처음 모습을 보인 것으로 추정되는 '그리스의 불꽃화약'에 의지하여 숱한 해전을 치렀다. 마침내 4년 세월이 흐른 끝에 누적된 피해를 감당할 수 없게 된 아라비아가 자진 철군함으로써 이때의 공방전은 막을 내렸다.

이 전쟁은 어디까지나 타나, 카파 등의 주요 도시와 콘스탄티노플 간의 교통을 차단하는 데 중점을 두고 제국의 고사(枯死)를 노린 것이었을 뿐, 수도 자체를 공격 대상으로 삼은 것은 아니었다. 본격적인 수도 공격은 717년에 시작된다. 왈리드 치하의 아라비아가 페르시아 땅뿐만 아니라 북아프리카 연안 및 에스파냐 땅, 펀자브와 중국 국경 지대에 이르는 아시아로까지 세력을 확장시킨 뒤였다. 같은 시기에 비잔틴제국은 고대 로마의 군인 황제 시대에 버금가는 20년 간의 무정부 상태에 빠져 있다가 마침내 레오 3세라는 새 황제를 맞아들여 급거 성벽 보수에 나섰고 불가리아 쪽과 외교 접촉을 시작했다.

717년 8월 15일에 시작되어 정확히 1년 동안 계속된 포위전에는 800척의 군선과 16만 명의 병력이 동원되었다. 9월 1일과 3일, 금각만 방어사슬 밖으로 나아간 비잔틴 해군이 아라비아 함대를 격파하고 일시적이나마 봉쇄를 푸는 데 성공했으나 육상과 해상의 봉쇄는 의연히 유지되었다. 하지만 겨울이 오면서 100일 동안이나 눈이 내렸고 유럽의 겨울에 익숙지 않은 아라비아인들이 수천 명이나 쓰러졌다. 이 겨울 동안 레오 3세는 불가리아 왕 테르벨리스와 동맹을 맺는 데 성공한다.

718년 봄. 추가 파병된 이슬람 함대 760척이 보스포루스 해협 봉쇄에 나서고 5만 명의 육상 예비대가 콘스탄티노플 앞에 모습을 드러냈을 때, 이슬람 육군은 기근 끝에 인육을 먹을 정도로 비참한 상태에 빠져 있었다. 그리고 아라비아의 공격은 하향곡선을 그리기 시작한다. 6월에는 비잔틴 해군에 의해 이슬람 함대가 격파되었고, 7월에는 아드리아노폴리에서 벌어진 전투에서 불가리아에 패배하여 2만 2천 명의 전사자를 내었다. 마슬라마 휘하의 이슬람 육군이 치유하기 힘든 피해를 입었으며, 미지의 존재 프랑크족이 기독교를 수호하기 위해 육군과 해군을 무장시키고 있다는 소문이 돌기까지 했다.

마침내 718년 8월 15일, 이슬람은 봉쇄를 풀고 자기 땅으로 돌아갔다. 서기 8세기를 연 대접전은 이렇게 끝이 났으며, 이것은 14년 뒤에 유럽의 서쪽을 확정하고 지킨 투르-푸아티에 전투와 더불어 동쪽 끝을 확정한 '결정적 전투'였다. 누군가는 "유럽 문명의 '보존자'를 구해낸 이들 '미명 시대'의 황제들에게 감사해야 한다"고 하고, 또 누군가는 "레오 3세는 단지 비잔틴제국뿐만 아니라 서유럽 문명 전체를 구원한 것이다"라 했다. 그 중심에 수도 콘스탄티노플이 있었다.

저자의 눈이 향하는 1453년의 콘스탄티노플은 718년 당시와는 너무나 다른 곳이 되어 있었다. 제1차 십자군의 눈을 휘둥그레지게 하고 유럽의 축성 붐을 일으키는 데 일조한 수도 콘스탄티노플은 이미 실질적 주인마저 바뀌어 있었다. 저자 스스로도 언급하는 제4차 십자군은 1204년에 공격 대상을 이슬람에서 비잔틴으로 바꾸었으며 콘스탄티노플은 베네치아인들의 사흘 간의 약탈에 시달려야 했다. 쏟아져 나온 전리품이 너무 많아 "어느 도시에서 이보다 많은 전리품이 나온 적이 있던가"라는 탄식이 나올 정도였다. 그 이전부터 있어온 이탈리아 해양 도시국가

들끼리의, 또한 그리스 원주민과 '라틴인' 간의 알력이 빚은 결과였지만, 이로써 제국은 서유럽 세력의 전진기지가 되어버린다. 형해뿐인 제국에 외교 능력이 있을 리도 없었다. 718년의 비잔틴은 불가리아를 원군으로 얻었지만 1453년의 제국은 헝가리가 투르크군을 돕는 것마저도 막을 수 없었다. 산발적인 포격으로 아무 성과도 올리지 못하던 투르크군에 자진해서 찾아와, 사격선을 교차하면 큰 효과를 얻을 수 있음을 가르쳐준 이들은 그리스 정교의 제국이 멸망함으로써 투르크도 망하리라는 예언을 믿고 있던 헝가리인들이었다.

하지만 저자가 얘기하려 하는 것은 몰락 당시의 제국이 어떤 상태에 있었는지가 아니다. 그것은 무대 장치일 뿐이다. 저자의 시선이 가는 곳은 그 무대 장치 위에 선 인간 군상들이며, 그 모습은 참전자들 각각의 시선에 실려 우리에게 전해 온다. 그러기에 이 책은 참전자들 스스로가 노래하는 진혼가인 셈이며, 한편 면면히 이어 내려온 2천 년 로마에 바치는 조가(弔歌)이다. 역자가 이런저런 사족을 붙일 필요도 없이 이 책의 본문만으로도 이런 분위기는 그대로 전달되리라 본다.

다만 여기서 한 가지는 덧붙여야겠다는 생각이 든다. 끝내 동포들까지도 차가운 시선을 보내는 속에서 숨을 거둔 한 젊은 용병, 주스티니아니의 얘기다. 1453년 5월 29일의 패전 책임은 보통 이 젊은이에게로 집중되고 있다. 특히 베네치아인들이 남긴 사료에서는 이 점이 강조되고 있다고 한다. 이 책에서도 예외는 아니다. 하지만 J. F. C. 풀러는 약간 다른 해설을 보충해준 바 있다. 즉 주스티니아니의 도주로 인해 엄청난 혼란이 야기된 것은 사실이지만 이를 놓치지 않은 메메드 2세의 명에 따라 정면 공격을 개시한 예니체리 병사들은 즉각 격퇴되었다는 것이다. 그들을 지휘한 하산이라는 거인은 전사하기까지 했다. 따라서 주스티니아니의 부상 및 도주가 바로 패전으로 연결된 것은 아니었다.

따라서 풀러는 성벽 수비가 붕괴된 직접적인 원인을 다른 사료를 인용해서 이렇게 설명한다. 황제 및 주스티니아니가 지키는 부분보다 약간 북쪽으로 침투한 투르크군의 일대(一隊)는 보키아르디 형제가 이끄는 방위군에 의해 퇴로가 차단되자 성벽을 따라 남하, 카리시우스 문을 지키던 방위군을 격파하고 탑 중 하나에 투르크 국기를 올린 다음 계속해서 성 로마누스 군문에까지 이르렀다. 방위군으로서는 난데없이 측면을 강타당한 기습이었다. 갑작스런 혼란이 전선을 휘감았고, 성벽 안에서 일어난 이 혼란은 젊은 술탄의 눈을 피해가지 못했다. 예니체리 군단에 재차 총공격 명령이 떨어진 것은 바로 이때였다. 진격하는 그들의 눈에 카리시우스 문 근처 탑에 오른 투르크 깃발이 보였다. "도시가 함락되었다!"라는 함성이 거세게 일어났다. 함락된 부분은 얼마 되지 않았으나 사실 여부 이전에 그곳은 혼란으로 가득한 전장. 성 로마누스 군문으로 돌아온 황제는 책에 나와 있는 대로 톨레도의 돈 프란시스코와 테오필루스 팔라이올로구스를 거느리고 적진에 뛰어들었다. 그리고 도시는 이때 비로소 함락되었다는 것이다.

어떤 것이 사실인지 500년이 지난 지금 확실히 알 수는 없지만, 용병임에도 불구하고 침몰하는 배를 빠져나가지 않은 한 젊은 목숨의 책임을 덜어주는 설명에 마음이 끌림은 어쩔 수 없다.

마지막으로, 얇은 책이지만 이 책을 내면서 감사드릴 분들이 많다. 먼저 생각지도 못했던 번역의 기회를 주신 한길사 김언호 사장님, 그리고 역자가 이런저런 고집을 부려 무던히도 애태운 한길사 편집부 여러분들에게 이 자리를 빌려 다시 한번 감사드린다. 또한 번역 기회부터 참고문헌까지 많은 도움을 준 오랜 선배 최성균 형에게 감사드린다.

1998년 1월
최은석

콘스탄티노플 함락

지은이 시오노 나나미
옮긴이 최은석
펴낸이 김언호

펴낸곳 (주)도서출판 한길사
등록 1976년 12월 24일 제74호
주소 10881 경기도 파주시 광인사길 37
홈페이지 www.hangilsa.co.kr
전자우편 hangilsa@hangilsa.co.kr
전화 031-955-2000~3 **팩스** 031-955-2005

인쇄 오색프린팅 **제본** 경일제책사

제1판 제 1 쇄 1998년 1월 20일
제1판 제 4 쇄 2000년 3월 5일
제2판 제 1 쇄 2002년 9월 10일
제2판 제12쇄 2021년 7월 10일

값 14,000원
ISBN 978-89-356-5111-5 03900
ISBN 978-89-356-5114-6 (전3권)

• 잘못 만들어진 책은 구입하신 서점에서 바꿔드립니다.